SUSAN MALLERY
Días de verano

Editado por Harlequin Ibérica.
Una división de HarperCollins Ibérica, S.A.
Núñez de Balboa, 56
28001 Madrid

© 2012 Susan Macias Redmond. Todos los derechos reservados.
DÍAS DE VERANO, N° 33 - 1.5.13
Título original: Summer Days
Publicada originalmente por HQN.

Todos los derechos están reservados incluidos los de reproducción, total o parcial. Esta edición ha sido publicada con permiso de Harlequin Enterprises II BV.
Todos los personajes de este libro son ficticios. Cualquier parecido con alguna persona, viva o muerta, es pura coincidencia.
® Harlequin y logotipo Harlequin son marcas registradas por Harlequin Books S.A.
® y ™ son marcas registradas por Harlequin Enterprises Limited y sus filiales, utilizadas con licencia. Las marcas que lleven ® están registradas en la Oficina Española de Patentes y Marcas y en otros países.

I.S.B.N.: 978-84-687-2777-6
Depósito legal: M-6300-2013

Este libro es para Kristi y esto es lo que ella me pidió que dijera la dedicatoria:

Me gustaría dedicar este libro a mi madre, Doris, por haberme enseñado el entretenimiento y el valor de la lectura y haber tenido siempre un buen libro a mi disposición. Para mi amiga Ann, con la que intercambio libros y con la que soy capaz de reírme sin motivo alguno una y otra vez. Para Kevin, mi marido, el amor de mi vida, que sigue haciéndome reír y jamás me ha privado de una buena lectura. Y para Julie, mi queridísima hija, que me inspira y de la que tan orgullosa me siento. Os quiero a todos, gracias por toda la diversión y las risas compartidas. Besos y abrazos, Kristi.

Capítulo 1

Solo en Fool's God podía verse uno obligado a parar un Mercedes por culpa de una cabra. Rafe Stryker apagó el motor de su potente coche y salió. La cabra que descansaba en medio de la carretera le miró con un brillo confiado en sus ojos oscuros. Si no hubiera sabido que era imposible, Rafe habría jurado que le estaba diciendo que aquella carretera era suya y que si alguien iba a tener que ceder en aquel conflicto de voluntades, iba a ser él.

–¡Malditas cabras! –musitó, mirando a su alrededor en busca del propietario de aquel animal descarriado.

Pero lo que vio fue unos cuantos árboles, una cerca rota y, a lo lejos, las montañas elevándose hacia el cielo. Alguien había descrito aquel lugar como digno de un dios. Pero Rafe sabía que Dios, siendo inteligente y sabiéndolo todo, no querría tener nada que ver con Fool's Gold.

Resultaba difícil creer que solo a tres horas de allí en dirección este estuviera San Francisco, una ciudad llena de restaurantes, rascacielos y mujeres atractivas. Y era allí a donde él pertenecía. No a aquellas tierras situadas a las afueras de una ciudad que se había prometido no volver a pisar en toda su vida. Y aun así había regresado, arrastrado por la única persona a la que jamás le negaría nada: su madre.

Miró a la cabra perjurando para sí. Debía de pesar unos cincuenta y cinco kilos. Aunque Rafe había pasado los últimos ocho años intentando olvidar su vida en Fool's Gold, todavía recordaba todo lo aprendido en Castle Ranch. Imaginó en aquel momento que si había sido capaz de enfrentarse a un buey adulto, sería perfectamente capaz de espantar a una cabra. O, por lo menos, de levantarla y dejarla a un lado de la carretera.

Bajó la mirada hacia sus pezuñas, preguntándose si estarían muy afiladas y el efecto que podrían tener en su traje. Apoyó el codo en el techo del coche y se pinzó el puente de la nariz con los dedos. Si no hubiera sido porque su madre estaba desolada cuando le había llamado por teléfono, habría dado media vuelta en ese mismo instante y habría vuelto a su casa. En San Francisco tenía empleados, subalternos incluso. Personas que se harían cargo de un problema como aquel.

Rio al imaginar a su almidonada asistente enfrentándose a una cabra. La señora Jennings, un ciclón de unos cincuenta años con una capacidad innata para hacer sentir incompetente hasta al más exitoso de los ejecutivos, probablemente se quedaría mirando a aquella cabra con expresión sumisa.

—¡La has encontrado!

Rafe se volvió hacia aquella voz y vio a una mujer corriendo hacia él. Llevaba una cuerda en una mano y lo que parecía una lechuga en la otra.

—Estaba muy preocupada. Atenea se pasa la vida metiéndose en problemas. Soy incapaz de encontrar un buen cierre que consiga retenerla. Es muy inteligente, ¿verdad, Atenea?

La mujer se acercó a la cabra y le palmeó el lomo. La cabra se estrechó contra ella como un perro en busca de afecto. Aceptó la lechuga y la cuerda alrededor del cuello con idéntica conformidad.

La mujer miró entonces a Rafe.

–¡Hola, soy Heidi Simpson!

Debía de medir cerca de un metro setenta y cinco, tenía el pelo rubio y lo llevaba recogido en dos trenzas. La camisa de algodón metida por la cintura de los pantalones mostraba que era una mujer de piernas largas y sinuosas curvas, una combinación que normalmente le resultaba atractiva. Pero no aquel día, cuando todavía tenía que enfrentarse a su madre y a un pueblo que despreciaba.

–Rafe Stryker –se presentó él.

La mujer, Heidi, se le quedó mirando fijamente y abrió los ojos como platos mientras retrocedía un paso. La boca le tembló ligeramente y su sonrisa desapareció.

–Stryker –susurró, y trago saliva–. May es tu…

–Mi madre, ¿la conoces?

Heidi retrocedió un paso más.

–Sí, eh… ahora mismo está en el rancho. Hablando con mi abuelo. Al parecer ha habido una confusión.

–¿Una confusión? –utilizó la que la señora Jennings denominaba su voz de asesino en serie–. ¿Es así como describes lo que ha pasado? Porque yo me siento más inclinado a pensar que ha sido una estafa, un robo. Un auténtico delito.

No era una situación cómoda, pensó Heidi, deseando salir corriendo de allí. Ella no era una persona que huyera de los problemas, pero en aquel caso se habría sentido mucho mejor enfrentándose a ellos rodeada de gente, y no en una carretera desierta. Miró a Atenea preguntándose si una cabra bastaría para protegerla y decidió que, probablemente, no. Atenea estaría más interesada en saborear el obviamente carísimo traje de Rafe Stryker.

El hombre permanecía frente a ella con aspecto de estar seriamente disgustado. Lo suficiente al menos como para atropellarla con aquel coche enorme y seguir su camino. Era un hombre alto, de pelo y ojos oscuros, y en aquel momento estaba tan enfadado que parecía capaz de destrozarla con sus propias manos. Y Heidi tenía la sensación de que era suficientemente fuerte como para conseguirlo.

Tomó aire. Muy bien, a lo mejor no la destrozaría, pero seguro que quería hacerle algo. Lo leía en sus ojos castaños, casi negros.

–Ya sé lo que estás pensando –comenzó a decir.

–Lo dudo.

Tenía una voz grave, aterciopelada, que la hizo sentirse incómoda. Como si no pudiera predecir lo que iba a pasar a continuación y, sin embargo, supiera que fuera lo que fuera, iba a ser malo.

–Mi abuelo ha traspasado los límites –comenzó a decir, pensando que no era la primera vez que Glen se había rendido a su premisa de «mejor pedir perdón que pedir permiso»–. No pretendía hacer ningún daño a nadie.

–Le ha robado a mi madre.

Heidi esbozó una mueca.

–¿Estás muy unido a ella? –sacudió inmediatamente la cabeza–. No importa, es una pregunta estúpida.

Si a Rafe no le importara su madre, no estaría allí en aquel momento. Y tampoco podía decir que la sorprendiera. Por lo que ella sabía, May era una mujer encantadora que se había mostrado muy comprensiva con aquel error. Aunque no lo bastante como para mantener a su hijo al margen.

–Glen, mi abuelo, tiene un amigo al que le diagnosticaron un cáncer. Harvey necesitaba tratamiento, no tenía seguro y Glen quería ayudarle –Heidi intentó sonreír, pero sus labios no parecían muy dispuestos a cooperar–. Así que... se le ocurrió la idea de vender el rancho. A tu madre.

–Pero el rancho es tuyo.

–Legalmente, sí.

Era su nombre el que aparecía en el crédito del banco. Heidi no había hecho cuentas, pero imaginaba que tendría alrededor de setenta mil dólares en patrimonio, el resto del rancho todavía estaba sujeto a la hipoteca.

–Le pidió doscientos cincuenta mil dólares a mi madre y ella no ha recibido nada a cambio.

–Algo así.

–Y ahora tu abuelo no tiene manera de devolverle el dinero.

–Tiene seguridad social y tenemos algunos ahorros.

Rafe desvió la mirada hacia Atenea y volvió después a mirarla.

–¿De cuánto estamos hablando?

Heidi dejó caer los hombros con un gesto de derrota.

–De unos dos mil quinientos dólares.

–Por favor, aparta la cabra. Voy hacia el rancho.

Heidi tensó la espalda.

–¿Qué piensas hacer?

–Quiero que detengan a tu abuelo.

–¡Pero no puedes hacer una cosa así! –Glen era el único familiar que tenía–. Es un anciano...

–Estoy seguro de que el juez lo tendrá en cuenta cuando determine la fianza.

–No pretendía hacer ningún daño a nadie.

Rafe no se dejó conmover por su súplica.

–Mi familia siempre vivió en este lugar. Mi madre era el ama de llaves. El propietario de este rancho no le pagaba prácticamente nada. Mi madre a veces ni siquiera tenía dinero suficiente para dar de comer a sus cuatro hijos. Pero continuó trabajando para él porque le había prometido que heredaría el rancho cuando muriera.

A Heidi no le estaba gustando aquella historia. Sabía que acababa mal.

–Al igual que tu abuelo, le mintió. Cuando al final murió, dejó el rancho en herencia a unos parientes lejanos que vivían en el Este –sus ojos se transformaron en unos rayos láser que la taladraron prometiendo un castigo innombrable.

–No voy a permitir que mi madre vuelva a sufrir por culpa de este rancho.

¡Oh, no!, se lamentó Heidi. Aquello era peor de lo que imaginaba. Mucho peor.

–Tienes que comprenderlo. Mi abuelo jamás haría ningún daño a nadie. Es un buen hombre.

–Tu abuelo es el hombre que le ha robado doscientos cincuenta mil dólares a mi madre. El resto es simple artificio. Ahora, aparta de ahí esa cabra.

Incapaz de pensar una respuesta, Heidi se apartó de la carretera. Atenea trotó a su lado. Rafe se metió en el coche y se alejó de allí. Lo único que quedó tras él tras su furiosa partida fue una nube de polvo. Sin embargo, la carretera estaba pavimentada y bien cuidada por el Ayuntamiento. Aquella era una de las ventajas de vivir en Fool's Gold.

Heidi esperó hasta perderlo completamente de vista, se volvió hacia el rancho y comenzó a correr. Atenea la seguía sin insistir, casi por primera vez en su vida, en alargar su período de libertad.

–¿Has oído eso? –le preguntó Heidi. Sus zapatos deportivos resonaban en el asfalto–. Ese hombre está muy enfadado.

Atenea trotaba a su lado, aparentemente ajena al triste destino de Glen.

–Como tengamos que venderte para devolverle el dinero a May Stryker te arrepentirás –musitó Heidi, e inmediatamente deseó no haberlo hecho.

Durante toda su vida había deseado una sola cosa: tener un hogar. Un verdadero hogar, con techo, cimientos, alcantarillado, agua corriente y electricidad. Cosas que la mayoría de la gente daba por sentadas. Pero ella había crecido yendo de ciudad en ciudad. El ritmo de sus días lo marcaba las ferias en las que trabajaba su abuelo.

Cuando había encontrado Castle Ranch, se había enamorado localmente de aquel rancho. Del terreno, de la vieja casa y, sobre todo, de Fool's Gold, la ciudad más cercana. Tenía un rebaño de ocho cabras, incontables vacas salvajes y cerca de cuatrocientas hectáreas de tierra. Había comenzado a montar un negocio de queso y jabón, elaborados ambos con leche de cabra. Vendía la leche de las cabras y sus excrementos como fertilizante. En el rancho había cuevas naturales en las que podía curar el queso. Aquel era su hogar y no estaba dispuesta a renunciar a él por nada del mundo.

Pero tendría que hacerlo por alguien, por Glen. Su abuelo había vendido un rancho que no le pertenecía a una mujer con un hijo muy enfadado.

Rafe aparcó el coche al lado del de su madre. El rancho tenía peor aspecto de lo que él recordaba. Las cercas marcaban los límites de forma casi imaginaria, la casa estaba ligeramente combada y necesitada de pintura. Se le ocurrían miles de lugares mejores en los que estar. Pero marcharse no era una opción, al menos hasta que aclarara todo aquel lío.

Salió del coche y miró a su alrededor. El cielo estaba azul, típico de California. De aquel azul que los directores de cine adoraban y al que los compositores cantaban en sus canciones. En la distancia, las montañas de Sierra Nevada acariciaban el cielo. Cuando era niño se quedaba mirándolas fijamente, deseando estar al otro lado. En cualquier parte que no fuera aquel rancho. A los quince años se sentía atrapado en aquel lugar. Era curioso que al cabo de tanto tiempo continuara experimentando aquella sensación.

La puerta de la casa se abrió y salió su madre. May Stryker podía ser una mujer de mediana edad, pero continuaba siendo muy atractiva, gracias a su altura y su figura estilizada y a un pelo oscuro que caía libremente por sus hombros. Rafe había heredado su altura y el color de pelo y de ojos aunque, por lo que decía su madre, tenía la personalidad de su padre. May era una mujer de gran corazón que quería cuidar y sanar al mundo. Rafe descansaría mucho mejor cuando lo hubiera conseguido.

–¡Has venido! –exclamó May mientras se acercaba sonriendo hasta él–. Sabía que vendrías. ¡Oh, Rafe! ¿No te parece maravilloso haber vuelto?

Sí, claro, pensó Rafe con amargura. Y a lo mejor podía pasarse después por el infierno.

–Mamá, ¿qué está pasando aquí? Tu mensaje no estaba muy claro.

Lo que quería decirle era que no había conseguido explicarle cómo se había visto envuelta en aquel lío. Lo único que su madre le había dicho era que había comprado el rancho y que el hombre que se lo había vendido le decía que no podía entregárselo. Principalmente porque no era suyo.

Una auténtica estafa. O un robo. Fuera como fuera, aquel prometía ser un día muy largo.

–Ya está todo arreglado –le explicó su madre–. Glen y yo hemos estado hablando y…

–¿Glen?

Su madre sonrió de oreja a oreja.

–El hombre que me vendió el rancho –rio suavemente–. Por lo visto, tiene un amigo con cáncer y…

–Sí, esa parte ya la he oído –la interrumpió.

–¿Quién te lo ha contado?

–Heidi.

–¡Ah, así que la has conocido! ¿No te parece maravillosa? Se dedica a la cría de cabras. Llevan aquí cerca de un año y son una gente encantadora. Glen es el abuelo de Heidi. La pobre perdió a sus padres cuando era niña y ha sido él el que la ha criado –May suspiró–. Forman una familia maravillosa.

A Rafe no le gustaba cómo estaba sonando aquello.

–Mamá...

Su madre sacudió la cabeza.

–Yo no soy uno de tus clientes rebeldes, Rafe. A mí no puedes intimidarme. Siento haberte llamado para pedirte que vinieras, pero ahora lo tengo todo bajo control.

–Lo dudo.

Su madre arqueó las cejas.

–¿Perdón?

–Tú no eres la única que está involucrada en este caso. Yo firmé todos los documentos de la compra ¿recuerdas?

–Puedes retirar la firma. Yo me encargaré de todo. Ahora lo que tienes que hacer es volver a San Francisco.

Antes de que pudiera explicarle que no había manera de retirar la firma de un documento legal, la puerta de la casa volvió a abrirse y salió un anciano del interior. Era más alto que May, tenía el pelo blanco y los ojos de un azul chispeante. Le guiñó el ojo a May, le dirigió a Rafe una sonrisa encantadora y avanzó hacia ellos.

–Así que ya estás aquí –dijo el hombre, tendiéndole la mano mientras se acercaba–. Soy Glen Simpson. Encantado de conocerte. Tengo entendido que ha habido una ligera confusión con tu encantadora madre, pero te aseguro que todo se va a solucionar.

Rafe lo dudaba.

–¿Tiene los doscientos cincuenta mil dólares que le ha robado?

–¡Rafe!

Rafe ignoró a su madre y continuó mirando fijamente a Glen.

–No exactamente –admitió el anciano–. Pero los conseguiré. O encontraré la forma de llegar a un acuerdo con May. No hay ningún motivo para poner las cosas más difíciles, ¿no crees?

–No.

Rafe sacó el teléfono móvil del bolsillo y se apartó de su madre y de Glen. Antes de marcar, se aflojó el nudo de la corbata. Después, llamó a Dante Jefferson.

–Ya te dije que no fueras –le saludó una voz familiar.

–Te pago para que me aconsejes –musitó Rafe–, no para que me digas «ya te lo dije».

Dante Jefferson, su abogado y socio en el negocio, se echó a reír.

–El «ya te lo dije» es gratis.

–¡Qué suerte la mía!

–¿Tan mal está la situación?

Rafe miró a su alrededor, contemplando aquellas hectáreas tan familiares para él. Había crecido allí, por lo menos hasta los quince años. Había trabajado como un animal en aquel lugar en el que incluso había pasado hambre.

–Sí, necesito que vengas –contestó Rafe. Esa misma mañana, antes de salir hacia allí, le había informado a Dante de la situación–. Por lo que sé hasta ahora, no pueden devolverle el dinero y el hombre que se lo vendió no es el propietario del rancho.

Dante soltó un bufido burlón.

–¿Y creía que no se daría cuenta de que no le daban el rancho después de haber pagado doscientos cincuenta mil dólares?

–Por lo visto, sí.

–Nunca he estado en Fool's Gold –comentó Dante.

–Todo el mundo tiene una racha de mala suerte alguna vez en su vida.

Dante se echó a reír.

–Tu madre adora ese lugar.

–Mi madre también cree en los extraterrestres.

–Por eso me cae tan bien. ¿Te he dicho alguna vez que firmar documentos sin leerlos podría causarte problemas? ¿Y me has hecho caso alguna vez en tu vida?

Rafe se aferró con fuerza al teléfono.

–¿Es esta la ayuda que me estás ofreciendo?

–Sí, esta es mi forma de hacer las cosas. Llamaré a la policía local y haré... –se oyó movimiento de papeles–, que detengan a Glen Simpson. Antes de que yo llegue ya le habrán detenido. Estaré allí a las seis. Hasta entonces, no hagas nada de lo que tenga que arrepentirme.

No estaba dispuesto a prometer nada, pensó Rafe mientras colgaba el teléfono. Se volvió y descubrió a su madre corriendo hacia él.

–¡Rafe! ¡No pueden arrestar a Glen!

El anciano ya no parecía tan sonriente. Palideció ante la mirada de Rafe y comenzó a retroceder hacia la casa.

–Mamá, ese hombre te ha quitado dinero haciéndote creer que estabas comprando un rancho. No es el propietario del rancho, de modo que te ha robado y no tiene ninguna forma de devolverte lo que te ha quitado.

May apretó los labios.

–Lo dices como si...

Rafe la interrumpió.

–Las cosas son como son.

–No entiendo por qué tienes que tomártelo todo de ese modo.

Rafe desvió la mirada hacia la casa, esperando ver a Glen deslizándose en su interior. Pero el anciano se había quedado en el porche. A lo mejor pretendía salir huyendo. A Rafe no le importaba disfrutar de una buena pelea, pero prefería oponentes más fuertes.

Desvió la mirada de la casa al jardín. Había flores, eran distintas de las que plantaba su madre, pero igual de coloridas. En un enorme letrero se anunciaba la venta de leche de cabra, queso de cabra y estiércol. Por un instante, se descubrió pensando que esperaba que guardaran los tres productos en diferentes contenedores y a suficiente distancia.

Y, hablando de cabras, vio un par de ellas más allá de la cerca del rancho. Había también un caballo al lado del establo. No había bueyes, advirtió mientras recordaba lo mucho que había tenido que trabajar con ellos cuando era niño.

Había habido buenos momentos, admitió para sí. Muchos ratos en los que se divertía con sus hermanos y su hermana. Su padre les había enseñado a Shane y a él a montar a caballo, Rafe le había enseñado a Clay y más tarde a Evangeline. Había sido Rafe el que había asumido el papel de su padre tras la muerte de este. O, por lo menos, lo había intentado. Al fin y al cabo, solo tenía ocho años. Todavía recordaba lo mucho que le había costado asimilar que su padre nunca volvería a casa y que eran muchas las cosas que dependían de él.

Aquella mujer, Heidi, fue trotando hacia la casa. La cabra corría a su lado como un perro bien domesticado.

–Glen, ¿estás bien? –preguntó, jadeando ligeramente–. ¿Qué ha pasado?

–Nada, todo va bien –le contestó Glen.

Parecía estar tranquilo para ser un hombre que estaba a punto de ir a la cárcel.

–No, no va nada bien –repuso May con firmeza–. Mi hijo está poniendo las cosas difíciles.

–No me sorprende –musitó Heidi, volviéndose hacia él–. Sé que estás enfadado, pero podemos llegar a un acuerdo, siempre y cuando estés dispuesto a escuchar y ser razonable.

–Espero que tengas suerte –dijo May con un suspiro–. A Rafe le cuesta mucho ser razonable.

Rafe se encogió de hombros.

–Todo el mundo tiene algún defecto.

—¿Te parece gracioso? —le exigió Heidi, con los ojos centelleantes de indignación y miedo—. ¡Estamos hablando de mi familia!

—Y de la mía.

Justo en ese momento aparcó un coche tras el suyo. Rafe reconoció el distintivo de la alcaldía y el escudo de la policía local.

Salió del coche una mujer de unos cuarenta años, con uniforme y gafas de sol. En la placa que llevaba en el pecho se leía «jefa de policía Barns». Rafe estaba impresionado. Dante no solo había hecho las llamadas pertinentes, sino que había ido hasta el final.

Heidi se acercó a la mujer sin soltar la cabra. Sonrió, aunque le temblaban los labios. A pesar de lo mucho que le irritaba la situación, Rafe tuvo que reconocer que parecía tan inocente como una cabrera. Miró a la cabra.

—Jefa de policía Barns, soy Heidi Simpson.

—Ya sé quién eres.

La policía sacó un teléfono móvil del bolsillo y buscó en la pantalla.

—Estoy buscando a Rafe Stryker.

—Soy yo —Rafe se acercó a ella—. Gracias por venir personalmente.

—He venido ante la insistencia de su abogado —y no parecía muy contenta—. Cuénteme, ¿qué está pasando aquí?

—Glen Simpson le vendió a mi madre Castle Ranch a cambio de doscientos cincuenta mil dólares. Se quedó el dinero y le entregó una documentación falsa. Él no es el propietario del rancho, no ha ingresado el dinero y ya se lo ha gastado. A pesar de que dice que quiere arreglar las cosas, no tiene forma de devolver el dinero.

May soltó un sonido de disgusto.

—Mi hijo tiene muy claro lo que ha pasado, pero ha pasado por alto un pequeño detalle.

—¿Qué es? —preguntó Barns.

—Que no había ninguna necesidad de meter a la policía en esto.

—Me gustaría estar de acuerdo con usted, señora, pero su hijo ha puesto una denuncia. Y supongo que no va a decirme que no tenía ningún derecho a hacerlo. ¿Me está diciendo que he venido hasta aquí para nada?

—Yo también figuro como propietario del rancho –le aclaró Rafe. Y eso era culpa exclusivamente suya–. Mi madre cree en la bondad innata del señor Simpson, pero yo no.

—No es un mal hombre –insistió Heidi.

La jefa de policía se volvió hacia Glen.

—¿Usted tiene algo que decir?

Glen alzó la mirada hacia el cielo y se volvió hacia la policía.

—No.

—En ese caso, voy a tener que llevármelo.

—¡No puede llevárselo! –Heidi se interpuso entre la policía y su abuelo, con la cabra todavía a su lado–. ¡Por favor! Mi abuelo es un hombre mayor. ¡Si le encierran, morirá!

—No van a llevárselo a Alcatraz –le recordó Rafe–. Estará en una prisión de un pueblo pequeño. No va a ser tan duro.

—¿Lo dices por experiencia propia? –le preguntó Heidi.

—No.

—Entonces, será mejor que te calles –a Heidi se le llenaron los ojos de lágrimas cuando se volvió hacia la policía–. Seguro que puede hacer algo…

—Tendrá que hablar con el juez –respondió Barns con una voz sorprendentemente amable–. Pero su amigo tiene razón. La prisión no está tan mal. Estará bien.

—Yo no soy su amigo.

—No es mi amigo.

Heidi y Rafe se miraron el uno al otro.

—¿Puedo darle una patada? —le preguntó Heidi a la policía—. Solo una, pero fuerte.

—A lo mejor más tarde.

Rafe comprendió que era mejor no protestar. Por la forma en la que aquellas dos mujeres le estaban fulminando con la mirada, una patada sería una sentencia amable.

Le habría gustado señalar que él no había hecho nada malo, que el malo era Glen. Pero aquel no era momento para la lógica. Conocía a su madre suficientemente bien como para saberlo y dudaba de que Heidi fuera muy diferente.

Glen no opuso ninguna resistencia. Se dejó esposar y se sentó en el asiento trasero del coche patrulla.

—Iré allí en cuanto pueda pagar la fianza —le prometió Heidi.

—Hasta mañana por la mañana no fijarán la fianza —le explicó la policía—. Pero puede ir a verlo. Y no se preocupe, estará bien atendido.

La policía se montó en el coche y se marchó. Heidi soltó a la cabra y May se volvió indignada hacia su hijo.

—¿Cómo has podido detener a Glen?

Rafe pensó en la posibilidad de señalar que no había sido él el que le había detenido, que lo único que había hecho había sido llamar a la policía para que le detuvieran. Un detalle que, seguramente, su madre no apreciaría.

—¡Te ha robado, mamá! Ya perdiste este rancho en una ocasión y no voy a permitir que vuelvas a perderlo.

El enfado de su madre se aplacó visiblemente.

—¡Oh, Rafe, siempre has sido muy bueno conmigo! Pero puedo cuidarme sola.

—Acaban de estafarte doscientos cincuenta mil dólares.

—¡Deja de repetírmelo!

Rafe le pasó el brazo por los hombros y le dio un beso en la frente. A pesar de que May era una mujer alta, continuaba siendo más alto que ella.

—Sabes que me desesperas, ¿verdad? –le preguntó.
Su madre le devolvió el abrazo.
—Sí, pero no lo hago a propósito –May alzó la mirada hacia él–. ¿Y ahora qué?
—Ahora vamos a conseguir tu rancho.

Capítulo 2

Heidi permanecía en medio de Fool's Gold, sin estar muy segura de qué era lo primero que tenía que hacer. Glen necesitaba su ayuda, y ella necesitaba un abogado. No tenía dinero para pagarlo, pero de ese problema ya se ocuparía más adelante. De momento, lo más urgente era sacar a su abuelo de la cárcel.

Giró lentamente y vio el letrero de la librería Morgan y del Starbucks en el que solía quedar con sus amigas. Estaba también el bar de Jo, pero en ninguno de aquellos establecimientos anunciaban ayuda legal gratuita.

Sacó el teléfono móvil y buscó hasta encontrar el número de Charlie. Le envió un mensaje a toda velocidad: *Es urgente, ¿podemos hablar?*

A los pocos segundos recibía la respuesta: *Claro, quedamos en el parque.*

«El parque» era el parque de bomberos del pueblo. Heidi dejó la camioneta donde estaba y recorrió a pie las tres manzanas que la separaban del lugar de su cita.

El parque de bomberos estaba en la zona más antigua del pueblo. Era un edificio de ladrillo y madera de dos plantas, con un enorme garaje con puertas a la calle. Aquella cálida tarde de abril estaban abiertas. Charlie Dixon la esperaba al lado del enorme camión de bomberos que conducía.

—¿Qué ha pasado? —preguntó en cuanto vio a Heidi corriendo hacia ella.

—Glen se ha metido en un lío.

Charlie, una mujer alta y competente que no había conocido nunca a un hombre al que no pudiera batir en todo, puso los brazos en jarras y arqueó las cejas.

—Estamos hablando de Glen. ¿En qué lío puede haberse metido?

—Ni te lo imaginas.

Heidi puso rápidamente al tanto a su amiga de lo que había ocurrido con Glen, le habló de la simpática viuda a la que había estafado y del misterioso y despiadado Rafe Stryker y terminó explicándole que Glen estaba en aquel momento encarcelado.

Charlie soltó una maldición.

—¡Solo a un hombre se le ocurre organizar un lío como este! —gruñó—. ¿De verdad Glen ha vendido el rancho?

Heidi suspiró.

—Falsificó los documentos y todo.

No era la primera vez que su abuelo coqueteaba con la ilegalidad, pero casi siempre había cometido timos de poca monta que no podían considerarse ni delitos. Durante los últimos años, de lo único que había tenido que preocuparse Heidi había sido de su propensión a tener una mujer en cada ciudad. Para ser un hombre de más de setenta años, tenía demasiada actividad.

—Tengo que sacarle de la cárcel —se lamentó Heidi—. Es el único familiar que me queda.

—Lo sé. Muy bien, mantengamos la calma. Y lo digo en serio. La cárcel de Fool's Gold no es un lugar terrible. Estará bien atendido. En cuanto a lo de sacarle de allí... —miró a Heidi—. No te lo tomes a mal, pero, ¿tienes dinero?

Heidi esbozó una mueca al pensar en el lamentable estado de su cuenta corriente.

—Invertí todo lo que tenía en el rancho.

—¿Y el rancho está hipotecado?
—Sí.
Charlie le dio un enorme abrazo.
—Así que estabas viviendo el sueño americano.
—Sí, estaba —contestó Heidi, agradeciendo el abrazo—. Hasta que ocurrió todo esto.

No le importaba tener que pagar mensualmente la hipoteca al banco. Era una señal de estabilidad, la prueba de que tenía una casa, algo que algún día le pertenecería por completo.

—Conozco a una abogada —le dijo Charlie—. De vez en cuando atiende casos gratuitamente. Déjame hablar con ella y después ve a verla.

—¿Crees que me ayudará?

Charlie sonrió de oreja a oreja.

—Me adora. Estuve saliendo con su hijo. Cuando rompimos, su hijo se enrolló con una chica atractiva y sin cerebro, la dejó embarazada y se casaron. Aunque él está localmente enamorado de ella y adora a su familia, Trisha sigue pensando que fui yo la que lo dejé.

Charlie era la mujer menos femenina que Heidi había conocido en su vida. Llevaba el pelo muy corto, vestía de forma muy cómoda, sin preocuparse por las modas, y no se maquillaba jamás. Pero eso no significaba que no fuera una mujer atractiva o que, a su manera, no se cuidara. Heidi había visto a muchos hombres fijándose en ella. La miraban como si sospecharan que era una mujer difícil de dominar, pero que vivir junto a ella sería una emocionante aventura.

—Él se lo pierde —le dijo Heidi.

—Eres una buena amiga.

—Y tú también. No sabía a quién llamar, Charlie.

Tenía otras amigas, pero, intuitivamente, había sabido que Charlie iría al fondo del asunto, que la ayudaría a salir del lío sin hacer un mundo de todo aquello.

–Saldremos de esta.

Heidi se aferró a aquella promesa. Sus padres habían muerto cuando tenía un año. Ni siquiera se acordaba de ellos. Glen había decidido criarla y desde ese momento, se habían convertido en un equipo. Hubiera hecho lo que hubiera hecho, Heidi iba a permanecer al lado de su abuelo. Aunque eso significara tener que enfrentarse a Rafe Stryker.

Por lo que le había dicho Charlie, Trisha Wynn era una mujer de unos sesenta años, pero aparentaba cuarenta y vestía como si tuviera veinticinco. Su vestido, rosa, dorado y escotado, marcaba unas curvas impresionantes. Llevaba tacones altos, pendientes largos y toneladas de maquillaje.

–Cualquier amiga de Charlie será bien recibida por mí –fue su recibimiento mientras conducía a Heidi a un despacho pequeño, pero muy cómodo y acogedor–. Así que Glen se ha metido en un lío. No puedo decir que me sorprenda.

Heidi se hundió en la cómoda butaca de cuero que le ofreció la abogada.

–¿Conoces a mi abuelo?

Trisha le guiñó el ojo.

–Pasamos un largo fin de semana juntos en un centro turístico este otoño. Habitación con chimenea y un excelente servicio de habitaciones. Normalmente evito a los hombres, pero con Glen hice una excepción. Y mereció la pena.

Heidi le ofreció la mejor de sus sonrisas y asintió, cuando lo que realmente le habría gustado hacer habría sido taparse los oídos y comenzar a cantar. Jamás le había gustado enterarse de los detalles de la vida sentimental de su abuelo y, en aquel momento, le resultaban particularmente incómodos.

–Sí, bueno, me alegro de que te... gustara –comenzó a decir.

Trisha ensanchó su sonrisa.

–Sí, esa es una buena forma de decirlo. Pero cuéntame, ¿qué ha hecho Glen ahora?

Por segunda vez en menos de una hora, Heidi tuvo que explicar lo que les había hecho Glen a May Stryker y a su hijo. Trisha escuchaba y tomaba notas mientras Heidi hablaba.

–Y ahora no tienes dinero para pagar a May.

Era una afirmación, más que una pregunta, pero Heidi contestó de todas formas.

–No, no tengo dinero para pagar. Tengo dos mil quinientos dólares en mi cuenta corriente, eso es todo.

Trisha respingó.

–¡No sigas! Y nunca le digas eso a un abogado.

–¡Oh! Charlie dijo... bueno, más bien insinuó que podrías llevar este caso de forma gratuita.

Trisha unió las yemas de sus dedos, con las uñas pintadas de color fucsia brillante.

–Sí, a veces lo hago. Normalmente porque me interesa el caso o porque me siento obligada a ello. Mi cuarto marido, que en paz descanse, me dejó en una situación económica holgada, así que no necesito el dinero. Pero aun así, sigue siendo agradable que me paguen.

Heidi no sabía cómo contestar a eso, así que mantuvo la boca cerrada.

Trisha se reclinó en la silla.

–Por lo que veo, aquí tenemos el principal problema. En primer lugar, el hecho de haberle quitado a alguien doscientos cincuenta dólares es algo que a ningún juez le va a hacer ninguna gracia. Estamos hablando de un delito que podría mantener a Glen en la cárcel durante años. Y si tienes tan poco dinero como dices, no vas a poder devolver esa cantidad.

Heidi asintió.

–Si pudiéramos pagar a plazos…

–Esa será parte de nuestra defensa. Que tú quieres pagar a plazos. Tienes que proponer un plan de devolución. ¿A qué te dedicas?

–Tengo cabras. Utilizo la leche para hacer queso y jabón. Ahora tengo a dos preñadas y podré vender los cabritos.

Trisha arqueó las cejas.

–Aunque solo fuera por una vez en mi vida, me encantaría trabajar con alguien que esté lanzando un proyecto en Internet –volvió a prestar atención a Heidi–. Así que cabras. Muy bien, eso te vincula a la comunidad. Y ese tal Harvey, la raíz del problema, quiero que lo traigas. El juez tiene que ver el motivo por el que Glen se llevó el dinero. ¿Cómo está, por cierto?

–Genial. El tratamiento ha funcionado y los médicos dicen que morirá en la cama dentro de veinte años.

–Estupendo. Pídele a Harvey que traiga los informes médicos.

Trisha continuó detallando su estrategia. Cuando terminó, le preguntó:

–¿Cómo se llama su hijo?

–Rafe Stryker.

Trisha tecleó el nombre en el ordenador y apretó los labios.

–Has elegido al hombre equivocado, señorita. Podría asustar a un tiburón –continuó tecleando y gimió–. ¿Es atractivo?

Heidi pensó en aquel hombre alto y ligeramente aterrador que quería hacer trizas todo su mundo.

–Sí

–Si yo estuviera en tu lugar, intentaría llevármelo a la cama. El sexo puede ser la única forma de arreglar todo esto.

Heidi se quedó boquiabierta. Y cerró conscientemente la boca.

—¿Y no hay un plan B?

Rafe conducía lentamente por Fool's Gold, seguido por su madre a una media manzana de distancia. Hacía años que no estaba por allí y podría haberse pasado fácilmente, por no decir felizmente, toda una vida sin volver.

No era que no le pareciera un lugar atractivo, tenía el encanto y el colorido de las ciudades pequeñas. Los escaparates de las tiendas estaban limpios, las aceras eran anchas. En los escaparates se anunciaban rebajas y fiestas... A pesar de que era un día de entre semana, había mucha gente paseando por las calles. Desde la perspectiva del mundo de los negocios, Fool's Gold parecía estar floreciendo. Pero para él siempre sería el lugar en el que se había sentido atrapado cuando era un niño, el lugar en el que había tenido que aguantar más de lo que un niño era capaz de soportar.

Todo era más pequeño de lo que recordaba. Probablemente porque lo veía por primera vez desde la perspectiva de un adulto, se dijo a sí mismo. Reconoció el parque en el que se encontraba con sus amigos las raras tardes que podía escapar de las tareas y de la familia. La carretera de la escuela era la misma de siempre. Vio a tres niños montando en bicicleta en aquella dirección.

Él también había tenido una bicicleta, recordó. Una bicicleta que le había regalado una mujer. En aquel entonces tenía diez u once años y estaba desesperado por ser como sus amigos. Pero aquella bicicleta la había recibido por caridad y su orgullo había tenido que batallar contra el pragmatismo.

No podía quejarse. Se habían portado muy bien con ellos. Cada agosto tenían ropa nueva para ir al colegio, zapatos nuevos y mochilas con todo lo necesario para el curso escolar. En verano, recibían cestos con comida y en Navidad regalos. No tenía que pagar la comida en el colegio, algo que siempre le había humillado, aunque los trabajadores del comedor jamás lo habían mencionado. En una ocasión, cuando se dirigía de vuelta hacia su casa, una mujer había detenido el coche, había abierto la puerta y le había tendido una chaqueta. Así de sencillo.

Era una chaqueta nueva y de abrigo. En uno de los bolsillos había unos guantes y cinco dólares. En aquel entonces, le había parecido una gran cantidad de dinero. Y se había sentido agradecido y furioso al mismo tiempo.

Aunque apreciaba aquellos gestos y atenciones, odiaba necesitarlos. A veces, durante la semana, se veía obligado a mentir y a decirle a su madre que no tenía hambre para que sus hermanos pudieran cenar. Se iba a la cama decidido a ignorar el vacío que le devoraba el estómago.

Jamás había comprendido la mezquindad del anciano para el que trabajaba su madre, un hombre que se aseguraba de que nunca le faltara nada, pero que no era capaz de pagarle a su ama de llaves lo suficiente como para que alimentara a sus hijos. Lo único bueno que tenía mirar al pasado era que, mientras que la casa del ama de llaves continuaba en pie, el lugar en el que vivía el anciano había desaparecido.

Fool's Gold no tenía la culpa de nada de lo ocurrido, se dijo a sí mismo. Pero aun así, los recuerdos permanecían. Eran cosas que había intentado olvidar, enterrar en el pasado. Él era un hombre poderoso, rico. Podía levantar un teléfono y hablar directamente con un diplomático o un senador. Conocía a los directores ejecutivos de las empresas más importantes de los Estados Unidos. Y aun así, mientras cruzaba Fool's Gold, volvía a sentirse como aquel niño delgaducho que añoraba saber lo que era sentirse a salvo y seguro. Tener el estómago lleno, juguetes y una madre que no tuviera que esconder su preocupación tras una sonrisa.

Giró al llegar al Rona's Lodge, el principal hotel de la ciudad. El Gold Rush Ski Resort estaba demasiado lejos como para que resultara práctico, de modo que se alojaría allí.

Ronan's Lodge o, como lo llamaba la gente del pueblo, El Disparate de Ronan, había sido construido durante la fiebre del oro. Aquel edificio de tres plantas era el testimonio de una época en la que hasta el último detalle se hacía a mano. Cuando el conserje corrió a abrirle el coche, Rafe se fijó en las puertas de madera tallada que conducían al interior del edificio.

Años atrás, cuando todavía era un niño, habría sido incapaz de imaginar que alguna vez en su vida podría entrar en un lugar como aquel. En aquel momento abandonó su vehículo y aceptó el ticket que le tendía el conserje como si fuera algo que hiciera cada día. Y así era, pero nunca acababa de acostumbrarse.

Sacó la bolsa de cuero en la que llevaba el equipaje y fue a ayudar a su madre. May miraba sonriente hacia el hotel.

—Me acuerdo de este lugar —le dijo con los ojos brillando de alegría—. Es precioso. ¿De verdad vamos a alojarnos aquí?

—Es lo más práctico.

—Necesitas un poco de romanticismo.

—Ahora ya tienes un proyecto.

May se echó a reír y le acarició la mejilla.

—¡Oh, Rafe! Es maravilloso que hayas vuelto. Mientras venía conduciendo por aquí, no sabía adónde mirar. ¿No te encanta todo? Siento que tuviéramos que marcharnos. ¡Fuimos tan felices en este lugar!

Rafe suponía que sí, que algunos días habían sido felices, pero para él, abandonar Fool's Gold había sido el objetivo que le devoraba las entrañas. Pero aquella no era una conversación que quisiera tener con su madre, se recordó.

–Podrás volver a ser feliz otra vez en cuanto tengas el rancho –le dijo mientras la acompañaba al interior del hotel.

El vestíbulo era enorme. Había paneles tallados en una de las paredes y una lámpara de araña de cristal importado de Irlanda. Rafe no estaba seguro de dónde había sacado aquella información, ni de por qué la recordaba, pero así era.

Mientras May se detenía con las manos en el pecho y miraba maravillada a su alrededor, Rafe se acercó al mostrador de recepción y se presentó.

–Tenemos reservadas dos habitaciones –dijo, sabiendo que su siempre eficiente secretaria habría hecho todos los arreglos pertinentes.

–Sí, señor Stryker, por supuesto. Les hemos reservado una suite a cada uno en el tercer piso.

La joven, vestida con un traje azul claro le tendió un documento para que lo firmara, le indicó las horas a las que estaba abierto el restaurante y le informó de que el servicio de habitaciones funcionaba las veinticuatro horas del día.

Pero él estaba más interesado en tomar una copa. Dos quizá. Tras dirigir una breve mirada al bar, agarró a su madre del brazo y la condujo hacia el ascensor.

–A mí con una habitación pequeña me basta –le advirtió ella cuando bajaron en la tercera planta.

–Muy bien.

–Estoy segura de que conseguiré llegar a un acuerdo con Glen y con Heidi y no tendré por qué continuar en el hotel.

Rafe se detuvo delante de la primera puerta e introdujo la tarjeta en la rendija.

–Mamá, cuando te conviertas en la propietaria del rancho, ¿de verdad vas a querer vivir allí? Estarás en medio de la nada –aunque su madre todavía era joven, no le gustaba la idea de que estuviera sola en el rancho–. La casa es vieja y no creo que esté particularmente cuidada.

Pensó en el tejado hundido y en la pintura descolorida y sintió que comenzaba a dolerle la cabeza.

May le palmeó el brazo.

–Me gusta que te preocupes por mí, Rafe, pero estaré perfectamente. He estado deseando volver al rancho desde que lo perdimos hace veinte años. Siento que pertenezco a ese lugar. Quiero convertirlo en mi hogar. Y sé que todo va a salir bien. Ya lo verás.

Rafe estaba seguro de que ganarían el juicio. Dante se encargaría de ello. Pero había una enorme distancia entre ganar un juicio y que las cosas salieran realmente bien. Su madre iba a enfrentarse a una situación muy complicada.

–Quiero ir a ver a Glen a la cárcel –anunció mientras le metía la maleta en el dormitorio de la suite.

–Punto uno –musitó Rafe, pensando en la primera de las complicaciones de la lista.

–Me siento fatal sabiendo que está allí –su cálida mirada se enfrió–. No tenías que haber llamado a la policía.

–Ese hombre ha cometido un delito.

–Lo sé y te agradezco que te preocupes por mí, pero creo que deberíamos haber encontrado otra solución.

Con un poco de suerte, habría un mini bar en la habitación, pensó Rafe sombrío. Así no tendría que bajar al bar.

–Glen está perfectamente.

–No tienes forma de saberlo. Pienso ir a verle.

Rafe reconocía aquella cabezonería, principalmente porque él la había heredado de su madre.

–Dame media hora para ponerme en contacto con la oficina y después te llevaré a la cárcel. Iremos juntos.

May volvió a sonreír.

–Gracias.

Claro que sonreía. Al fin y al cabo, acababa de salirse

con la suya. Rafe le prometió volver al cabo de media hora y se dirigió a su habitación, situada al final del pasillo.

Utilizando la tarjeta, entró en aquel espacio vacío y libre de las iniciativas de su madre. La habitación daba a las montañas. Las cortinas estaban suficientemente abiertas como para permitirle ver las cumbres de Sierra Nevada acariciando el cielo.

Entró en el dormitorio, dejó la bolsa de viaje sobre la cama y volvió a la zona del salón mientras se quitaba la corbata. En vez de buscar en el mini bar, sacó el teléfono móvil y llamó a la oficina.

–Despacho del señor Stryker –contestó en tono profesional su asistente al primer timbrazo.

–Hola, señora Jennings.

–Señor Stryker, ¿está usted en Fool's Gold con su madre?

–Sí, y parece que voy a tener que pasar aquí una buena temporada.

–Me lo imaginé cuando el señor Jefferson me comentó que iba a reunirse con usted. Es un sitio precioso.

Rafe arqueó las cejas. La señora Jenning nunca hacía comentarios de carácter personal. Ni siquiera sabía si estaba casada, si era abuela o vivía con un grupo de rock.

–¿Ha estado usted aquí?

–Varias veces. Organizan unas fiestas maravillosas.

Sobre gustos no había nada escrito, pensó Rafe.

–Tendré que comprobarlo por mí mismo.

–Puedo enviarle un calendario. Está en la página web del Ayuntamiento, www.FoolsGoldCA.com.

–Eh, no hace falta, pero gracias por el ofrecimiento. Necesito que me reorganice la agenda. Cancele todo lo que no sea importante y aplace todo lo demás.

Se produjo una pausa durante la que, Rafe estaba seguro, su asistente estaba tomando notas.

–De acuerdo –le dijo–. Ahora mismo estoy revisando

las dos próximas semanas y creo que podré hacerme cargo de todo. Excepto de su reunión con Nina Blanchard.

Rafe se hundió en el sofá y reprimió una maldición.

–La llamaré personalmente.

–Por supuesto.

Terminaron la conversación y colgaron el teléfono. Rafe regresó al dormitorio, se cambio rápidamente el traje por unos vaqueros y una camisa de manga larga y se puso la cazadora de cuero.

No podía evitar a Nina Blanchard eternamente, pensó. Al fin y al cabo, había sido él el que la había contratado. Pero no iba a poder aprovecharse de sus servicios mientras estuviera en Fool's Gold. Nina tendría que esperar hasta que resolviera los problemas en los que se había metido su madre.

Después de abandonar Fool's Gold, Rafe se había prometido experimentar todo lo que el mundo pudiera ofrecerle. Había conseguido una beca para estudiar en Harvard, había viajado por Europa y había hecho amistades entre ricos y poderosos. Pero jamás había estado en una prisión.

Y aunque estaba seguro de que todas debían de parecerse, tuvo la impresión de que la prisión de Fool's Gold era uno de los mejores lugares en los que uno podía ser encarcelado.

Para empezar, en vez de en colores industriales, las paredes estaban pintadas de amarillo y crema. Unos carteles de brillantes colores anunciaban las fiestas que tanto parecían gustar a su asistente. Olía a carne guisada y a pan recién hecho. La mujer que les registró al entrar era una joven de aspecto amable, no el típico funcionario de rostro sombrío que aparecía normalmente en las películas.

–Esta noche estamos recibiendo muchas visitas –comentó la funcionaria Rodríguez.

Llevaba su brillante y larga melena recogida en una cola de caballo.

Rafe estudió su peinado. No le parecía muy buena idea que las fuerzas del orden llevaran una cola de caballo. Al fin y al cabo, eso le daba a los delincuentes algo a lo que agarrarse, les permitía dominar físicamente la situación. ¿Estaría Fool's Gold tan cerca del nirvana que no tenían que enfrentarse a delitos verdaderamente serios?

–Glen Simpson es un hombre muy popular –sonrió–. La media de la ciudad está mejorando, pero aun así, sigue habiendo pocas posibilidades para mujeres de cierta edad, y Glen es un hombre encantador.

May firmó el documento que le tendía.

–¿Qué media?

–La media de hombres. Teníamos pocos. El año pasado saltó la noticia y se organizó un auténtico lío. Los medios de comunicación decidieron aprovechar el tema y se organizó hasta un *reality show*.

–Sí, creo recordarlo –comentó May pensativa–. *El verdadero amor o Fool's Gold*. Creo que tuvieron que quitarlo de antena antes de que terminara.

–No tenía audiencia, fue una pena. A mí me gustaba. En cualquier caso, sirvió para que se corriera la noticia de que faltaban hombres y no han parado de venir. Desde entonces, mi vida es mucho más interesante –sus ojos castaños chispeaban–. Pero la mayor parte de ellos son jóvenes, así que desde que llegó, Glen ha sido considerado un buen partido. Solo lleva unas cuantas horas en la cárcel y ya ha recibido seis… –miró la tablilla–, siete visitas.

May parecía incómoda.

–Le aseguro que no he venido por ningún motivo relacionado con el romanticismo. Solo quería asegurarme de que Glen, eh… el señor Simpson, estaba bien –se inclinó hacia la funcionaria y bajó la voz–. Ha sido mi hijo el que le ha metido en la cárcel.

–Gracias por darme tu apoyo, mamá.
–Podríamos haber arreglado las cosas de otra manera.
–No, si pretendes recuperar tu dinero.

May tensó la expresión, señal segura de que se había propuesto algo. Alzó las manos.

–Muy bien, tienes razón. Ahora, vamos a ver cómo está. Es lo único que podemos hacer por él.

Rafe resistió la tentación de mirar el reloj. Confiaba en que volvieran al hotel antes de que cerrara el bar.

La funcionaria les condujo a través de un largo y luminoso pasillo y cruzaron con ella una serie de puertas. El olor a comida se hizo más intenso, recordándole a Rafe que no había almorzado y estaban ya cerca de la hora de la cena.

–Aquí le tienen –dijo la funcionaria mientras empujaba una puerta para invitarlos a entrar–. Glen, tienes más visitas.

La única experiencia que Rafe tenía sobre la cárcel procedía de lo que había visto en las películas de televisión. No estaba muy seguro de qué lugar ocuparía la prisión de Fool's Gold en ese lúgubre espectro. Pero nada le había preparado para las condiciones en las que Glen se encontraba.

El anciano estaba tumbado en la celda. La celda contaba con el consabido camastro, aunque en aquella ocasión cubierto por una bonita colcha y por lo menos una docena de cojines. Una alfombra de colores intensos cubría la mayor parte del suelo. Había jarrones llenos de flores y una mesita de café.

Afuera, junto a las rejas de la celda, habían colocado una televisión de pantalla plana. El sonido de una película de acción invadía aquel minúsculo espacio. Al lado de la televisión había una estantería en la que habían servido una especie de bufé. Sobre ella descansaba una media docena de fuentes cubiertas esperando a ser servidas. Y también pasteles, tartas y galletas.

–¡Usted!

Rafe se volvió y vio a la jefa de policía caminando hacia él.

—¿Señora?

—No me llame «señora» —gruñó.

Le agarró del brazo y le obligó a salir de nuevo al pasillo.

—¡Todo esto es culpa suya! —le espetó cuando estuvieron a solas—. No piense que esto no va a causarle problemas.

La jefa de policía Barnes podía llegarle solamente a la altura del hombro, pero había algo en su actitud que dejaba muy claro que no estaba dispuesta a permitir ninguna insolencia.

—¿De qué está hablando?

—De ese hombre —señaló hacia la puerta que conducía a las celdas.

—Si está causando problemas... —comenzó a decir Rafe, lo que le valió una mirada fulminante.

Una buena mirada. Mejor incluso que la de su asistente.

—Tenemos problemas, sí, pero no es él el que los está causando, sino todas esas mujeres. ¿Sabe cuántas han venido a verle?

—¿Seis? —preguntó.

Recordaba que la funcionaria les había dicho que eran siete y él había asumido que contaba a su madre entre ellas.

—Sí, seis —le confirmó la policía—. Han aparecido aquí con todo tipo de mantas y comida. Una de ellas hasta le ha traído una televisión. Y otra una funda de goma espuma para el colchón. Al fin y al cabo, no queremos que nuestros detenidos duerman incómodos, ¿verdad?

—No creo que todo eso sea culpa mía —replicó.

—Ha sido usted el que nos ha obligado a arrestarlo —le clavó el índice en el pecho—. Sáquele de aquí o le aseguro que convertiré su vida en un infierno.

–Mañana vamos al juzgado.
–Estupendo. Lo último que quiero es ver esta prisión llena de civiles que se comportan como si estuvieran en el club de la parroquia. Cuando el juez le pregunte que si está dispuesto a dejar que Glen salga en libertad bajo palabra, contestará que sí, ¿me ha oído?

Rafe pensó en la posibilidad de decirle que estaba violando varias leyes en aquella conversación. Que él tenía derecho a pedir que Glen continuara encarcelado hasta que se celebrara el juicio, ¿pero de qué serviría? Hasta que no se resolviera aquella situación estaba condenado a estar en aquella maldita ciudad. Tener a la jefa de policía como enemiga no iba a aportar nada a su causa.

–Tendré que hablar con mi abogado –le dijo.
–Es lo único que le pido –tomó aire y lo soltó lentamente–. Le juro que si vuelve a aparecer alguien más con una cazuela de comida, aquí va a haber sangre.

Capítulo 3

Heidi permanecía incómoda en la sala, al lado de la amiga de Glen. Era la primera vez que estaba en un tribunal. Jamás en su vida le habían puesto siquiera una multa. Le entraban ganas de salir corriendo. La jueza, una mujer alta vestida de negro, la intimidaba más de lo que estaba dispuesta a admitir. El alguacil le parecía igualmente autoritario con el uniforme. Había un ambiente de expectación, se oían rumores nerviosos entre aquellos que estaban observando lo que allí ocurría.

Desvió la mirada de Glen y de Trisha, que hablaban en voz queda, hacia al otra mesa. Rafe Stryker estaba sentado al lado de un hombre que parecía tan poderoso como él. Los dos iban vestidos con trajes de color azul marino, camisas blancas y corbatas rojas. Pero el parecido terminaba allí. Rafe era un hombre moreno, de pelo negro, ojos negros y ceño sombrío. Miraba a su alrededor con expresión hostil, como si le molestara tener que perder el tiempo con un asunto tan insignificante como aquel. Aunque, según el abogado de Glen, May Stryker había comprado el rancho con su hijo, lo que significaba que Rafe jugaba un papel idéntico al de su madre en la demanda.

El abogado tenía el pelo rubio y unos ojos azules increíbles. Era suficientemente guapo como para que Heidi, a pesar de la preocupación del momento, se fijara en él. Cuando volvió a mirar a Rafe, sintió que algo se le cerraba en la boca del estómago, algo que no le había ocurrido al mirar a su abogado.

Trisha se volvió y le hizo un gesto a Heidi para que se inclinara hacia ella.

–Es Dante Jefferson –susurró, señalando al abogado de Rafe–. Le conozco únicamente de oídas, aunque no me importaría llegar a conocerlo más íntimamente.

Heidi parpadeó sorprendida. Por supuesto, no era ella quién para juzgarla. Al fin y al cabo, Trisha estaba haciendo aquello de forma gratuita.

–¿Es bueno?

Trisha tensó entonces su expresión.

–Es el mejor. No es solo el abogado de Rafe, también es su socio. Ambos son dos hombres de negocios de éxito. Entre los dos han ganado tanto dinero como el Producto Interior Bruto de un país de tamaño medio.

Heidi se llevó la mano al estómago.

–¿Crees que Glen va a ir a la cárcel?

–No, si puedo evitarlo. Eso dependerá de lo que dictamine la jueza –se volvió hacia Harvey–. ¿Estás preparado?

El anciano asintió.

–He venido aquí por Glen, igual que él está aquí por mi culpa.

–Muy bien. La jueza querrá hablar contigo –le advirtió–. Sé sincero. Cuenta exactamente lo que pasó.

–Lo haré.

Heidi esperaba que eso bastara para liberar a su abuelo.

Miró a su alrededor mientras Trisha volvía a concentrarse en Glen. May Stryker cruzó con ella la mirada, la saludó con la mano y sonrió. Heidi no estaba segura de qué hacer tras aquel saludo. Al fin y al cabo, May era la razón por la que Glen se había buscado problemas.

No, se recordó a sí misma. Glen era el culpable de sus

propios problemas. Le había estafado a May una enorme cantidad de dinero. Aunque lo hubiera hecho para ayudar a Harvey, había provocado una situación extremadamente compleja.

Quería estar enfadada con su abuelo, pero no era capaz de superar el miedo que la invadía. En cuestión de minutos, podrían haberlo perdido todo. La casa que tan desesperadamente había deseado, sus queridas cabras y hasta el último céntimo que tenía. ¿Y después qué? ¿Adónde iría? Lo único que ella quería era disfrutar de un hogar y estaban a punto de arrebatarle aquella posibilidad.

La jueza Loomis se quitó las gafas.

—He revisado el material. Señora Wynn, ¿defiende al señor Simpson gratuitamente?

La abogada de Glen se levantó.

—Sí, Señoría. Me sentí tan conmovida por el caso que decidí ayudarle.

—Así lo haré constar.

El miedo a perderlo todo llevó a Heidi a levantarse.

—¿Señoría?

La jueza le dirigió una mirada de desaprobación. Trisha gimió.

—Soy Heidi Simpson —se presentó Heidi rápidamente—. ¿Puedo hablar?

La jueza miró los documentos que tenía delante y alzó de nuevo la mirada hacia Heidi.

—Estamos hablando de su rancho. ¿Qué tiene que decirnos, señora Simpson?

Heidi miró a Trisha, que elevó los ojos al cielo. Era consciente de que todo el mundo la estaba mirando.

Ella estaba acostumbrada a enfrentarse al público. Había crecido yendo con su abuelo de feria en feria, llevando diferentes atracciones. Sabía cómo convencer a la gente para que tirara un aro o se reuniera a su alrededor mientras ella hacía trucos de cartas. Pero aquella era una atención que esperaba y buscaba. Lo tenía todo planificado, sabía qué decir. Aquello era diferente, sobre todo porque había muchas cosas en juego.

Heidi ignoró el temblor que comenzó en sus piernas y se extendió rápidamente por todo su cuerpo. Quería ser fuerte, estar a la altura de las circunstancias y encontrar las palabras adecuadas para impresionar a la jueza.

—No me gusta estar aquí —admitió Heidi, con la mirada fija en la expresión neutral de la jueza—. Pero me alegro de que Harvey esté vivo —miró al amigo de su abuelo y sonrió—. Conozco a Harvey desde que era niña. Forma parte de mi familia. Cuando vino a ver a Glen, se estaba muriendo. Ahora es un hombre sano y ha sido mi abuelo el que ha hecho eso posible. Por mucho que quiera mi rancho, no puedo valorarlo más que la vida de una persona.

Rafe soltó un sonido burlón, pero su abogado le siseó algo.

Heidi se descubrió entonces mirando a aquel despiadado hombre de negocios.

—No todo puede reducirse al valor del dinero —le dijo—. Mi abuelo se equivocó al venderle a la señora Stryker el rancho y también al aceptar el dinero. Pero no lo hizo a la ligera, tenía una buena razón. Quería ayudar a un amigo que para él es como un hermano.

Heidi volvió a mirar a la jueza, pero era incapaz de averiguar lo que estaba pensando. Continuó hablando.

—Ese rancho es todo lo que he deseado a lo largo de mi vida. Me dedico a criar cabras, Señoría. Tengo un rebaño de ocho. Utilizo la leche para hacer queso y jabón. También vendo parte de la leche. No es un gran negocio. Me da para mantenernos a mí y a mi abuelo. Fue él el que se hizo cargo de mí cuando mis padres murieron. Él me cuidó y me quiso y ahora quiero estar a su lado. Asumo la responsabilidad de lo que hizo mi abuelo. Estamos dispuestos a aceptar algún plan de pago para la señora Stryker.

—Veo que está dispuesta a hacer cualquier cosa por su abuelo —reconoció lentamente la jueza—. Pero no tiene los doscientos mil dólares que cobró por el rancho.

—No.

—¿La propiedad está hipotecada?

Trisa se levantó.

—Pido permiso para acercarme, señoría. Tengo aquí toda la documentación de la hipoteca.

La jueza asintió.

Trisha le llevó una carpeta y volvió a sentarse con Glen. Heidi esperó ansiosa mientras la jueza hojeaba los documentos y los recorría rápidamente con la mirada. Cuando terminó, alzó la mirada por encima del borde de sus gafas.

—Teniendo en cuenta la situación económica actual, es poco probable que pueda conseguir una segunda hipoteca. Y, según mis cálculos, apenas cubriría un veinte por ciento de lo que su abuelo le cobró a la señora Stryker.

Heidi miró a la jueza sin saber qué decir. ¿Otra hipoteca? ¿Y de dónde se suponía que iba a sacar el dinero para pagarla?

—¿De qué cantidad de dinero dispone ahora en efectivo?

Heidi pensó en sus ahorros y tragó saliva.

—De dos mil quinientos dólares.

Se levantaron susurros en la sala. Heidi sintió como se sonrojaba.

El abogado de Rafe se levantó.

—Su Señoría, tenemos todos muy claro lo mucho que la señora Simpson quiere a su abuelo y comprendemos que quiere pagar ese dinero. Pero Glen Simpson le robó a mi cliente. Se aprovechó de la avanzada edad de la señora Stryker y de su falta de experiencia en el mundo de los negocios para estafarle una importante cantidad de dinero.

—¿Avanzada edad? —preguntó May, en voz suficientemente alta como para que muchos la oyeran—. ¡No estoy chocheando!

–Siéntese, señor Jefferson –le ordenó la jueza–, ya le llegará su turno.

–Sí, Su Señoría –el abogado volvió a sentarse.

Parecía más complacido que ofendido por aquel requerimiento.

Heidi deseó que tanto Rafe como su amigo estuvieran más preocupados.

La jueza revisó sus notas y volvió a mirar a Heidi.

–Le ruego que se siente, señora Simpson. ¿Estoy en lo cierto al pensar que el hombre que está sentado a su lado es el señor Harvey, el amigo de su abuelo?

Heidi asintió.

La jueza le pidió a Harvey que se levantara y escuchó atentamente mientras él explicaba detalladamente cómo se había enterado de que tenía cáncer y de que solo había un tratamiento que pudiera devolverle la vida. Pero no era suficientemente mayor como para que pudieran atenderle de forma gratuita y nunca había tenido dinero para pagarse un seguro, así que no tenía manera de financiar la cura. Glen había sido la persona que había conseguido ese dinero y, gracias a él, había superado la enfermedad.

Glen fue el siguiente en hablar. Contó su historia y sus intenciones. A oídos de Heidi, sonaba como un jugador nómada con un corazón de oro. Lo cual no estaba muy lejos de la verdad. Su abuelo siempre había tomado decisiones sin pensar en las consecuencias. Con esa misma facilidad había incorporado a Heidi a su vida y su amor había compensado con creces sus ocasionales irresponsabilidades.

El último en levantarse para hablar fue el abogado de Rafe.

–Me alegro de que esté mejor –dijo, mirando a Harvey–. La salud es siempre una bendición.

Harvey asintió.

Dante se volvió entonces hacia la jueza.

―Su Señoría, creo que este caso tiene mucho que ver con lo que un hogar significa para alguien. Para la señora Simpson y para su abuelo, el rancho es un sueño hecho realidad. Pero también lo era para la señora Stryker. Treinta años atrás, su marido y ella llegaron a Fool's Gold para trabajar en Castle Ranch. Su marido se ocupaba del rancho y May cuidaba de la casa al tiempo que criaba a sus hijos. Unos años después, el marido de May murió, dejándola sola con tres hijos pequeños.

Heidi sabía lo que iba a contar a continuación y comprendió que era casi tan conmovedor como la recuperación de Harvey. Aquello no era una buena noticia.

―May continuó trabajando como ama de llaves, pero al no contar con el salario de su marido, siempre tuvo problemas económicos. El señor Castle no era un hombre generoso y las condiciones de trabajo no eran fáciles, pero May continuó allí. Ya ve, el señor Castle le había prometido dejarle el rancho en herencia cuando muriera. Pero no era cierto, y cuando falleció, el rancho fue a parar a unos parientes lejanos. Destrozada, May se llevó a su familia a Los Ángeles. Allí encontró trabajo, pero nunca olvidó Castle Ranch. Cuando se enteró de que estaba en venta, decidió recuperar lo que le había sido negado. Pero una vez más, volvieron a arrebatárselo. Y en esta ocasión, el culpable fue un ladrón.

Dante se interrumpió para señalar a Glen. Pero Heidi estaba más preocupada por sus dramáticos gestos. Aunque no había participado de ninguna manera en la estafa de Glen, se sentía tan culpable como si hubiera hecho algo malo.

―¡Dante, ya está bien! ―May se levantó―. Su Señoría, ¿puedo decir algo?

La jueza alzó las manos.

―Bueno, parece que hoy todo el mundo tiene derecho a hablar. Adelante, señora Stryker.

Rafe se levantó.

–Mamá, este no es el momento.

–Es exactamente el momento. Sé que eres un hombre de negocios de éxito y que para ti el dinero lo es todo, pero a mí esto no me está gustando nada. Sí, por supuesto, quiero recuperar el dinero, pero no quiero que Heidi y su abuelo se tengan que ir. Sé lo que se siente al perder un hogar. Tenemos que encontrar una solución entre todos. Tenemos que llegar a algún tipo de compromiso.

May se volvió hacia Heidi.

–Podríamos compartir el rancho. No sé exactamente de qué manera, pero me pareces una persona razonable y quiero que lleguemos a un acuerdo.

–Yo también –musitó Heidi.

–Estupendo –May se volvió hacia la jueza–. Heidi tiene unas cabras adorables y necesita un lugar para llevar su negocio.

–¿Es usted consciente de que Glen Simpson le robó doscientos cincuenta mil dólares? –preguntó la jueza.

–Por supuesto, pero Heidi ha mencionado la posibilidad de un plan de pago. Estoy abierta a ella.

–Pero no tiene dinero –repuso Dante–. Su Señoría, acaba de admitir que tiene dos mil quinientos dólares. Mi cliente no tiene interés en un plan de pago que termine en el siguiente milenio. Y, como él también firmó esos documentos, debería tener el mismo derecho a opinar sobre lo que va a suceder.

La jueza asintió lentamente.

–Sí, lo comprendo, señor Jefferson. Pero me sorprende que un hombre de negocios de éxito, como lo es su cliente, no se diera cuenta de que el contrato era una estafa antes de firmarlo.

Dante musitó algo para sí.

–Mi cliente es un hombre ocupado.

La jueza arqueó las cejas.

—¿Me está diciendo que no leyó los documentos en cuestión?

—No, no nos leyó.

—*Caveat emptor*, señor Jefferson —dijo la jueza.

Trisha se volvió y susurró:

—Es latín. Quiere decir que el comprador tiene que ser consciente de lo que compra.

Heidi quería creer que la jueza estaba de su lado, pero tenía la sensación de que se estaba precipitando al interpretar aquella conversación. Habiendo tantas cosas en juego, la esperanza parecía algo dolorosamente ingenuo.

La jueza Loomis se reclinó en la butaca de cuero y se quitó las gafas de sol.

—Señor Stryker, a pesar de lo que dice su abogado, ¿me equivoco al asumir que la propiedad en realidad es de su madre?

—No, Su Señoría.

La jueza asintió lentamente. Miró entonces a May, que permanecía en pie con las manos unidas.

—Todo esto me está dando mucho que pensar —dijo la jueza por fin—. Aunque el señor Simpson arrebató una significativa cantidad de dinero, creo que lo hizo con buenas intenciones. Pero eso no es ninguna excusa, señor Simpson —le advirtió con firmeza.

Glen bajó la barbilla.

—Tiene razón.

—Señor Simpson, su voluntad de ayudar a un amigo es admirable, pero doscientos cincuenta mil dólares son mucho dinero.

Heidi tragó saliva.

—Sí, Su Señoría.

—Señor Stryker, usted es un hombre de negocios que firmó un contrato sin leerlo. Se merece lo que le ha pasado.

Heidi vio que Stryker apretaba la mandíbula, pero no contestaba.

—Señora Stryker, usted parece la parte más perjudicada en todo esto, pero aun así, es la única que aconseja perdonar y llegar a un acuerdo. Le ha dado a mi parte más cínica una buena dosis para la esperanza. La admiro y, por lo tanto, consideraré este caso ateniéndome a su punto de vista.

Heidi no estaba segura de qué podía significar aquello, pero comenzaba a preguntarse si sería posible que no fueran a perderlo todo.

—Lo más fácil sería dejar al señor Simpson en prisión y llevarle a juicio o aceptar cierto grado de culpabilidad a cambio de verse libre de la cárcel. Señora Stryker, por usted, estoy dispuesta a considerar otras opciones. Me gustaría investigar si hay algún precedente de algún caso de este tipo. Desgraciadamente, mi horario de trabajo me impide hacerlo de inmediato y mi secretaria se casa la semana que viene y estará de luna de miel, así que tampoco podré contar con ella.

La jueza permaneció durante varios segundos en silencio, como si estuviera pensando en cómo resolver la situación.

—Tenemos también la cuestión del banco. ¿Estarían dispuestos a transferir el pago a la señora Stryker y a su hijo? Aunque no creo que vaya a representar ningún problema, también deben ser consultados. Y, como todos ustedes saben, los bancos pueden ser notoriamente lentos a la hora de responder a este tipo de casos.

Se interrumpió y sonrió ligeramente.

—De acuerdo, señora Stryker. Tendrá su acuerdo. Usted y su hijo compartirán la propiedad con la señora Simpson y su abuelo. De alguna manera, serán copropietarios. Continuaremos trabajando, hablando con el banco e investigando el caso en profundidad. Mientras tanto, señor Simpson, le sugiero que haga todo lo posible para conseguir el dinero que le debe a la señora Stryker. Legalmente, por supuesto.

Heidi se sentía como si acabara de caer en la madriguera de un conejo. ¿Compartir el rancho? ¿Los cuatro? Era mejor que perderlo todo, ¿pero cómo se suponía que iba a funcionar?

Vio que May sonreía radiante a Glen, y que Rafe le susurraba algo a su abogado.

—¿Señoría? —May alzó la mano.

—¿Sí?

—Si Heidi y yo estamos de acuerdo, ¿podríamos hacer arreglos en la propiedad? El establo necesita alguna reparación y las cercas se encuentran en un estado terrible.

—Le recuerdo que todavía no hemos llegado a una decisión definitiva. Es posible que termine perdiendo el rancho, señora Stryker. Por favor, no lo pierda de vista. Pero si usted y la señora Simpson están de acuerdo en llevar a cabo alguna mejora y acepta que no habrá ninguna compensación en el caso de que pierda este juicio, adelante. Llamaré a las dos partes cuando esté preparada para dictar sentencia. Y tengan paciencia. Podría llevarme algún tiempo.

Heidi todavía estaba regocijándose en aquel inesperado, aunque temporal, aplazamiento. Se levantó y se meció ligeramente. Se sentía como si acabara de evitar que la arrollara un tren.

—Es una buena solución, ¿verdad? —le preguntó a Trisha.

—Es mejor que el que Glen tenga que ir a juicio —le sonrió al anciano—. No es que no te adore, pero deberías ir a prisión. Doscientos cincuenta de los grandes es un delito —se volvió hacia Heidi—. Intenta arreglarlo todo con May. Averigua de qué manera podéis llegar a alguna clase de compromiso, sé amable con ella y, por el amor de Dios, empieza a ahorrar dinero. Si no se te ocurre ninguna otra solución, demostrar que estás haciendo progresos a la hora de devolver el dinero te ayudará.

—De acuerdo —musitó Heidi, consciente de que Rafe estaba manteniendo una acalorada conversación con su abogado.

Dirigió varias miradas de enfado en su dirección.

May, decidió Heidi, no iba a suponer ningún problema. ¡Y ojalá pudiera decir lo mismo de su hijo!

Trisha se inclinó hacia ella.

—Recuerda lo que te dije ayer —le susurró—. El sexo puede arreglar muchas situaciones difíciles.

Heidi se fijó en el traje de Rafe y en sus zapatos caros. Y aunque los ignorara, estaba él mismo. Todo en él parecía reflejar obstinación y arrogancia. Por supuesto, era un hombre atractivo y no le resultaría difícil perderse en aquellos ojos oscuros, pero tenía la sensación de que caer rendida a su hechizo se parecería mucho a la fascinación que podía sentir un conejo por una cobra. Todo podía parecer muy divertido hasta que le clavara los colmillos.

—Rafe Stryker nos es un hombre fácil de seducir.

—Todos los hombres son fáciles de seducir.

—En ese caso, yo no soy una mujer seductora —admitió Heidi—. No sabría por dónde empezar.

Se suponía que el sexo no estaba relacionado con el poder, sino con el amor. O, por lo menos, con el cariño y la atracción.

—En cualquier caso, piensa en ello —le aconsejó Trisha—. Una mujer es capaz de derribar un imperio.

Sí, sonaba muy bien, pero Heidi no tenía ninguna intención de hacerlo. Lo único que ella pretendía era evitar que su abuelo fuera a prisión y, al mismo tiempo, conservar su casa y sus cabras. Eran sueños modestos que seguramente no impresionaban a nadie, pero para ella representaban todo un mundo.

Aun así, era un momento de decisiones desesperadas. Miró a Rafe, reparando en sus fuertes hombros y en sus labios sorprendentemente sensuales. ¿Sería capaz de hacerlo? ¿Podría seducir a un hombre como él? ¿Sería capaz de hacerle olvidar que se suponía que quería destruirla?

Se imaginó a sí misma con un vestido elegante, tacones, el pelo suelto y rizado y revuelto por el efecto de un ventilador invisible. «Como en las películas», pensó. Pero en vez de hacer una entrada sensual, probablemente se tropezaría con el dobladillo del vestido y terminaría cayéndose al suelo. Sí, sería realmente impresionante.

La imagen era tan nítida que sonrió, y entonces volvió a mirar al hombre en cuestión. Que, por su parte, no parecía tan divertido. Mostraba una expresión férrea que le advertía que él no estaba jugando y que si realmente pensaba que podía interponerse entre él y su objetivo, se arrepentiría. La temperatura de la sala pareció descender varios grados. Nerviosa, Heidi se cruzó de brazos.

–¿Heidi?

May se acercó a ella.

–Lo que he dicho lo he dicho en serio –le aseguró–. Sé que llegaremos a un acuerdo. Soy consciente de que Glen no pretendía hacerme ningún daño. Él solo quería ayudar a un amigo.

Heidi se preguntó si ella habría sido tan generosa en el caso de que la situación hubiera sido la inversa.

–Te lo agradezco. Mi abuelo no es un mal hombre. Aunque a veces sea un poco impulsivo.

May sonrió. Sus ojos oscuros brillaban con humor.

–A veces, esa es una cualidad excelente.

–Siempre y cuando al final no termines necesitando un abogado.

–Exacto.

May era una mujer muy guapa, con arrugas alrededor de los ojos. Era de la misma estatura de Heidi, aunque algo más gruesa y vestía una ropa que favorecía sus curvas. Heidi tiró de las mangas del único vestido bonito que tenía. Era un vestido de seda negra con una manga tres cuartos. Le llegaba a altura de las rodillas y podía ponérselo tanto para una reunión de negocios como para un funeral. Lo había encontrado en una tienda de segunda mano de Albuquerque unos cinco años atrás, junto con unos zapatos a juego.

–Tendremos que reunirnos –dijo May mientras sacaba su teléfono móvil–. Déjame tu número y estaremos en contacto.

–Ha sido muy agradable –comentó May mientras Rafe la acompañaba a su habitación en el hotel.

¿Agradable? Habían pasado la mañana delante de una jueza que había dejado su caso en suspensión durante un tiempo indefinido. Le había humillado regañándole en público por no haber leído el contrato. Estaba deseando salir de Fool's Gold y no regresar nunca más. En aquella ciudad nunca ocurría nada bueno.

Abrió la suite de su madre y la siguió al interior. Por muchas ganas que tuviera de regresar a San Francisco, sabía que no podía marcharse. Por lo menos hasta que no supiera qué planes tenía su madre.

–Sabes que no se ha resuelto nada –le recordó a May.

May dejó el bolso encima de la mesa que había frente a la puerta y se dirigió hacia el salón, un espacio luminoso y elegantemente decorado.

–Lo sé, y me parece bien. La jueza me ha parecido muy justa. Y ya tengo muchos planes para el rancho.

–El rancho todavía no es tuyo.

–Pero la jueza ha dicho que puedo hacer mejoras si Heidi está de acuerdo.

–¿Y no crees que sería preferible esperar hasta que esté todo resuelto? Podríamos volver a...

–No pienso marcharme –su madre se sentó en el sofá con la espalda erguida y expresión desafiante–. En ese racho fuimos muy felices. Ya has visto el estado en el que se encuentra. Quiero arreglarlo. Aunque no pueda conservarlo, quiero dejar en él una parte de mí misma. Quiero que mejore gracias a mí.

Rafe se dejó caer en una butaca, al otro lado de la mesita del café y contuvo un gemido.

–¿A qué te refieres exactamente?

La determinación de su madre pareció ceder mientras fijaba la mirada en algún punto indefinido.

–Quiero crear un hogar. ¡Oh, Rafe, pasamos unos años tan maravillosos en Fool's Gold! Sé que nos faltaba el dinero y que apenas teníamos cosas nuevas, pero éramos una verdadera familia.

Rafe decidió ignorar el hecho de que los recuerdos del pasado de su madre y los suyos tenían muy poco en común.

–Comprar el rancho no te va a devolver el pasado, mamá. Tus hijos ya no son unos niños.

–Lo sé, pero he soñado con Castle Ranche desde que tuve que marcharme –miró a su hijo con los ojos llenos de lágrimas–. Sé que para ti fue una época difícil. Permití que me cuidaras y que te hicieras cargo de tus hermanos. Solo eras un niño, pero nunca tuviste la oportunidad de comportarte como tal.

–Estaba bien. Fuiste una madre maravillosa.

–Eso espero, pero reconozco mis defectos. Vivías muy preocupado por mí. A lo mejor esa es la razón por la que ahora no eres capaz de ser feliz.

Rafe pensó con añoranza en una buena batalla legal contra otra empresa, o en la posibilidad de ganar un contrato teniéndolo todo en contra. Ambas eran cosas que le apasionaban. Pero la verdad era que cualquier cosa sería preferible a estar hablando de sus sentimientos con su madre.

–Soy completamente feliz.

–No, no lo eres. Lo único que haces es trabajar. No hay nadie en tu vida.

–Hay montones de personas.
–Pero nadie en especial. Necesitas enamorarte.
–He estado enamorado –y no le había parecido tan maravilloso como se suponía que debería ser.

Había tomado la que supuestamente era la decisión más inteligente: enamorarse de una joven que debería haber sido perfecta. Era guapa, inteligente y cariñosa. Le había interesado más que nadie que hubiera conocido y había sido capaz de imaginarse envejeciendo a su lado. Si eso no era amor, ¿qué podía serlo?

Pero aquel corto matrimonio de dos años había terminado cuando su mujer le había pedido el divorcio. Lo único que había sentido entonces había sido una vaga impresión de fracaso e insatisfacción.

–No estabas enamorado –replicó May–. El amor es mucho más poderoso. El amor te hace enloquecer. Y tú nunca has perdido la cabeza por nadie.

–De acuerdo, tienes razón. Pero ahora voy a encontrar a alguien, así que soy feliz.

May arrugó la nariz.

–Has contratado a una casamentera, Rafe. ¿A quién se le ocurre hacer una cosa así? Cuando llegue el momento, encontrarás a la persona adecuada. Igual que yo encontré a tu padre.

–Mamá... –comenzó a decir Rafe.

–No, ahora tendrás que escucharme. Sé que tengo razón. Tienes que encontrar a una mujer por la que estés dispuesto a arriesgarlo todo.

Como si eso pudiera suceder, pensó Rafe.

–Encontraré a la mujer adecuada –le prometió–, nos casaremos y tendremos hijos.

Si no hubiera tenido tantas ganas de tener hijos, jamás habría considerado la posibilidad de volver a casarse. Pero era lo suficientemente convencional como para desear una familia tradicional. Madre y padre. Había sido incapaz de conseguirla por sus propios medios, así que había contratado los servicios de una profesional. Para él, contratar a una persona especializada en formar parejas era lo mismo que contratar a un buen agente de viajes o a un comercial de éxito. Cuando él no era el mejor en algo, buscaba a alguien que lo fuera. Nina tenía un historial intachable.

–Me encantaría tener nietos –reconoció su madre, sonriendo de nuevo–. Imagínate, tu familia podrá venir a verme al rancho.

Aquella era su particular visión del infierno, pensó Rafe sombrío.

–Claro, mamá. Será maravilloso –decidió retomar el tema de conversación inicial–. ¿Estás segura de lo del rancho? ¿De verdad quieres quedarte a vivir aquí?

–Sí, quiero vivir en el rancho. Tener animales y un huerto en el que poder cultivar frutas y verduras.

–No creo que eso sea fácil con las cabras alrededor.

–Seguro que Heidi y yo conseguiremos ponernos de acuerdo.

Rafe no se molestó en decirle que Heidi y su abuelo no iban a representar ningún problema. Al igual que Nina, Dante era el mejor en lo que hacía. Al final, solo habría un ganador, y, por supuesto, no iba a ser Heidi con sus cabras.

–¿El rancho no tiene cerca de cuatrocientas hectáreas?

May se encogió de hombros.

–No estoy segura. Sé que la cantidad de tierra es más que suficiente.

A lo mejor se le ocurriría algo que hacer con ellas, se dijo Rafe. De modo que quizá aquello no fuera una pérdida de tiempo. Porque no estaba dispuesto a marcharse hasta que May no hubiera conseguido convertirse en la propietaria del rancho.

Se levantó, hizo incorporarse a su madre y la abrazó.

–De acuerdo, entonces –le dijo–. Si quieres ese rancho lo tendrás, cueste lo que cueste.

Capítulo 4

Heidi se alegró de que no le temblaran las manos mientras servía el café en las cuatro tazas que había en la mesa. May, fiel a su promesa, había concertado una reunión. Apenas veinte horas después de haberse encontrado en el juzgado, estaban en la cocina de Heidi a punto de tomar una decisión que podía cambiar su vida para siempre. Se decía a sí misma que no debía ser tan dramática, pero era incapaz de reprimir la sensación de pánico. Era cierto que la jueza le había dado una tregua, pero aun así, todavía podía perder el rancho. ¿Y entonces, qué? ¿Adónde irían Glen y ella?

Aquellas eran preocupaciones de otro tiempo, se recordó a sí misma mientras se sentaba a la desvencijada mesa. De momento, iba a colaborar con May y a averiguar cómo conseguir doscientos cincuenta mil dólares en aproximadamente tres semanas.

—Muchas gracias por invitarnos —le dijo May, sonriéndole.

—Eres más que bienvenida en esta casa.

Heidi intentó sonreír e ignorar la expresión desafiante de Rafe.

Aquella era la primera vez que estaba en una habitación relativamente pequeña con aquel hombre y le irritaba descubrir que ocupaba tanto espacio. Tenía los hombros tan anchos que desbordaban el respaldo de la silla. No era capaz de fijarse en nada que no fuera él y eso la frustraba y le hacía desear fingir que no estaba allí. Una tarea imposible. Se sentía completamente cautiva de aquella mirada oscura.

–He decidido quedarme en Fool's Gold –continuó explicando May, aparentemente ajena a aquellas malas vibraciones.

Quizá fuera porque Heidi era la única que las estaba sintiendo. A lo mejor Rafe era un hombre arisco por naturaleza y apenas fuera consciente de su existencia. A lo mejor...

«Tranquilízate», se ordenó a sí misma, obligándose a concentrarse en May.

–Tengo muchos recuerdos de este rancho –continuó diciendo May.

–Es un verdadero hogar para una familia –reconoció Glen–. Agradecemos que tengas la voluntad de que podamos solucionar este problema de manera amistosa.

–Por supuesto. Estoy segura de que tiene que haber una solución que no suponga una decepción para ninguno de nosotros.

Rafe musitó algo que Heidi no fue capaz de comprender, pero estaba convencida de que no era nada relativo a un posible acuerdo amistoso.

May le dirigió a su hijo una mirada de advertencia y se volvió después hacia Heidi.

–¿Crees que podríamos dar una vuelta por el rancho? Me encantaría ver los cambios y entender algo más sobre tu negocio.

–Eh..., sí, claro –Heidi habría preferido darle la dirección de vuelta a San Francisco, pero no era una opción–. ¿Cuándo te apetecería hacerlo?

–¿Ahora, por ejemplo?

Glen se levantó en aquel momento.

—No hay nada mejor que poder pasar un buen rato con una mujer atractiva.

Rafe elevó los ojos al cielo.

—Qué halagador —musitó May.

Heidi se descubrió del lado de Rafe en aquella ocasión. Los intentos de seducción de Glen no iban a ayudarlos nada. Hablaría con él más adelante, después de la gira por el rancho.

Ella también se levantó.

—La verdad es que no hay mucho que ver —comenzó a decir—. Las cabras y el corral en el que están y, por supuesto, los establos.

—Y no te olvides de las cuevas —le recordó Glen. Apartó la silla de May—. Hay cientos de cuevas. Probablemente los nativos las utilizaban como refugio. Podrían ser un auténtico tesoro.

Heidi suspiró.

—Me temo que no tienen mucho interés. Yo las utilizo para curar el queso. La temperatura es perfecta y no tengo que preocuparme por el espacio. Hay más que de sobra.

Rafe se levantó.

—Cabras y queso. Genial.

—No tienes por qué venir con nosotros —le dijo Heidi—. A lo mejor prefieres quedarte aquí y llamar a tu oficina.

Rafe arqueó una ceja, como si le sorprendiera que estuviera dispuesta a comprenderle. Heidi alzó ligeramente la barbilla. No estaba segura de que sirviera de mucho, pero hasta la más mínima ayuda psicológica sería bienvenida. Tenía la sensación de que Rafe no solo tenía muchos más recursos en el campo de batalla, sino que además estaba acostumbrado a ganar a cualquier precio. Y lo más parecido a un buen combate a lo que se había enfrentado Heidi había sido a capturar a Atenea cuando se escapaba.

—No me gustaría perderme el hallazgo de algún tesoro.

Y entonces, advirtió Heidi, sonrió por primera vez. Por

un instante, le pareció una persona accesible, atractiva e increíblemente sexy. Deseó devolverle la sonrisa y decir algo gracioso para verle sonreír otra vez. Curvó los dedos de los pies y le entraron unas ganas sobrecogedoras de sacudir aquella melena que, en realidad, llevaba recogida en sus habituales trenzas.

«¡Contrólate!». Rafe no era un hombre cualquiera con el que pudiera apetecerle coquetear. Era el enemigo. Era peligroso. Estaba intentando robarle su casa. El hecho de que pudiera desarmarla con una sonrisa solo era una prueba de lo patética que había sido su vida amorosa durante lo que le parecían décadas. Pero cuando todo aquello se solucionara, encontraría a un hombre bueno y atractivo y tendría una relación. Pero de momento, haría bien en recordar todo lo que estaba en juego y en actuar en consecuencia.

Salieron de la casa y caminaron hacia la zona en la que vivían las cabras. Heidi había elegido una bonita zona para el rebaño. La mayor parte de las cercas del corral estaban todavía en su lugar, lo que le había permitido invertir casi todo el dinero en el cobertizo que ella llamaba «la casa de las cabras». Era una estructura sólida en la que solía ordeñarlas. Había espacio suficiente como para que se refugiaran cuando hacía frío o cuando alguna de ellas iba a dar a luz. Unas enormes puertas corredizas permitían que las cabras salieran y entraran a su antojo.

May se reclinó contra la cerca y estudió a las cabras.

—No son todas iguales.

—No, tengo tres alpinas y tres nubias —Heidi miró a Rafe—. El otro día conociste a Atenea.

—Sí, una cabra encantadora.

Heidi estaba segura de que estaba siendo sarcástico, así que ignoró su respuesta.

—Atenea más o menos es la que dirige el rebaño. Perséfone y Hera son las que están embarazadas.

Pensó en la posibilidad de mencionar que pensaba utilizar el dinero que consiguiera con la venta de los cabritos para pagar la deuda, pero decidió que no era la mejor manera de impresionar a nadie. Lo que necesitaba era conseguir un mercado estable de queso. Un mercado que se extendiera más allá de los límites de Fool's Gold.

Se había puesto en contacto con algunas tiendas de Sacramento y San Francisco para llevarles queso. Pero aunque se habían mostrado interesados, llevar muestras hasta allí significaba tener que dejar el rancho y las cabras. Lo que ella necesitaba era un comercial, un representante que pudiera hacer ese tipo de trabajo por ella. Alguien con experiencia. Encontrar a una persona de esas características parecía casi imposible. Ella era capaz de controlar a una multitud expectante o de organizar una atracción de feria en quince segundos. Pero no tenía ninguna experiencia en el mundo de los negocios. De hecho, era algo que no le había preocupado hasta aquel momento.

—¿Todas tus cabras tienen nombres de diosas griegas? —preguntó Rafe.

—Me pareció que era divertido, tanto para ellas como para mí.

—¿También a ellas les gusta leer a los clásicos?

—¡Oh, Rafe! —May sacudió la cabeza—. Tendrás que perdonar a mi hijo. No tiene mucho sentido del humor.

—¡Claro que tengo sentido del humor!

Heidi inclinó la cabeza.

—Sí, claro, y todos los que prueban suerte en *American Idol* creen que saben cantar.

Rafe se volvió hacia ella, clavando su oscura mirada en el rostro femenino. Tenía una expresión insondable, pero Heidi podía hacerse una idea de lo que estaba pensando. Debía de ser algo así como «¿quién te crees que eres para intentar burlarte de mí? ¡Prepárate para ser pisoteada, insecto miserable!».

Heidi cuadró los hombros. Rafe podía ser más rico, más grande y mucho más amenazador que ella, pero eso no significaba que fuera a rendirse sin luchar.

–¿Qué les das de comer? –quiso saber May.

–Heno de alta calidad y alfalfa. Necesitan beber mucha agua. Les encanta comer hierba y cualquier clase de arbusto. Las pastoreo por diferentes partes del rancho. En verano, hay gente que me llama para que le preste las cabras para segar sus terrenos.

Dejaron la zona de las cabras y se dirigieron al establo principal, donde todavía se conservaban parte de los diferentes cubículos. En una de las zonas que todavía estaba en buenas condiciones, Heidi tenía dos caballos, uno de ellos el enorme capón de su amiga Charlie.

Cuanto más avanzaban por el rancho, más consciente era Heidi de las cercas rotas, las malas hierbas y el lamentable estado de la mayor parte de los edificios de la propiedad. Ella iba progresando poco a poco. Las cabras habían sido su preocupación principal. Una vez que ya contaban con el equivalente en el mundo de las cabras a un hotel de cinco estrellas, quería centrarse en la casa y en el establo. O, por lo menos, eso era lo que pensaba hacer antes de que Glen hubiera contraído su deuda.

Una vez de vuelta en la casa, Heidi les sirvió queso de sus cabras.

–Está muy bueno –reconoció May. Permaneció varios segundos en silencio y añadió–: Realmente delicioso. Ahora, háblame del jabón.

–Lo hago a partir de la leche de las cabras. Es un jabón muy hidratante. Al tener un pH tan bajo, es beneficioso para determinados tipos de piel. Se lo vendo a algunas madres que tienen niños con eccemas y dicen que les ayuda.

–Me encantaría probarlo.

–Por supuesto.

Heidi se acercó al armario en el que guardaba las pastillas. Sacó dos con olor a lavanda y le tendió una a Rafe y otra a su madre.

–Gracias –contestó él–. Me gusta oler a flores.

–A lo mejor deberías probarlo –le aconsejó su madre–. Es posible que a las mujeres les guste –se volvió hacia Heidi–. Rafe es terrible en lo que se refiere a las relaciones personales.

–Mamá...

–Es cierto. Y ahora has tenido que contratar a esa tal Nina. Tiene una agencia de relaciones, ¿no te parece increíble? ¡Así es como piensa encontrar a una mujer!

Heidi prácticamente podía oír rechinar los dientes de Rafe. Aquel hombre podía ser insoportable, pero Heidi tenía la sensación de que May le iba a gustar.

Intentando mantener una expresión neutral, se volvió hacia Rafe.

–En Fool's Gold hay muchas mujeres solteras. ¿Quieres que le pregunte a alguna de mis amigas si estaría interesada en salir contigo?

–Te lo agradezco, pero no.

Heidi tuvo que morderse el labio para evitar una sonrisa.

–¿Estás seguro?

–Completamente.

May tomó entonces otro pedazo de queso.

–Qué lugar tan bonito. Mis hijos crecieron en este rancho.

–Sí, eso tengo entendido –dijo Heidi.

Glen se acercó a la cafetera y la puso en funcionamiento.

–Yo también estoy deseando que Heidi me dé un bisnieto un día de estos.

En aquella ocasión, fue Heidi la que deseó que se la tragara la tierra.

–¿Tienes tres hijos? –preguntó Glen.

–Cuatro –contestó May. Cruzó la cocina y se acercó a él–. Tres chicos y una chica. Shane se dedica a la cría de caballos, Evangeline es bailarina y Clay...

–Hábleme del estiércol –dijo Rafe, interrumpiendo a su madre.

Heidi parpadeó sin comprender.

–¿Perdón?

–¿Lo vendes?

–Sí, es muy buen fertilizante. ¿Necesitas comprar?

–No.

Heidi tardó varios segundos en comprender que no estaba tan interesado en hablar del estiércol como en cambiar de tema. Realmente, no había sido nada sutil. Intentó recordar lo que May estaba diciendo en aquel momento y se dio cuenta de que la intención de Rafe era evitar que su madre hablara de Clay.

–Si cambia de opinión... –musitó, preguntándose si Clay sería la oveja negra de la familia.

Glen sacó unas tazas limpias del armario.

May le sonrió.

–Parece que sabes moverte en la cocina.

–Llevo mucho tiempo solo. Un hombre tiene que saber hacer de todo. Esta... –señaló a Heidi–, apareció en mi vida con solo tres años. Era la cosa más bonita que he visto en mi vida, pero hacía mucho tiempo que había nacido su padre y yo ya no me acordaba de lo que era criar a un niño. Y la verdad es que tampoco había colaborado mucho en la educación del mío. Era el típico hombre que intenta zafarse en cuanto tiene una oportunidad. Por supuesto, no me siento orgulloso de ello. Aun así, conseguí apañármelas con Heidi y llegamos a convertirnos en una verdadera familia.

May suspiró.

–Es una historia maravillosa. Otros muchos hombres no se habrían tomado tantas molestias.

Heidi ahogó un gemido. Aunque era cierto que Glen se

había hecho cargo de ella, sabía que lo había recordado para impresionar a May, no para evocar el pasado. Su abuelo siempre había tenido una mano especial para las mujeres. Desgraciadamente no podía decirse que tuviera un gran historial en lo que se refería a las relaciones sentimentales estables. Heidi iba a tener que recordarle que a aquella pobre mujer ya le había robado doscientos cincuenta mil dólares. Lo último que necesitaba era que le rompiera también el corazón.

Glen sirvió el café. Heidi sacó la leche de la nevera y preguntó si alguien quería azúcar. Por supuesto, Rafe tomaba el café solo y sin azúcar.

–¿Es leche de cabra? –preguntó May mientras levantaba la jarrita.

–Sí.

–Pues voy a probarla –bebió un poco y sonrió–. Perfecta. De hecho, todo me parece perfecto. Por lo que veo, no hay ninguna razón para que no podamos llegar a alguna clase de acuerdo.

–Mamá... –comenzó a decir Rafe.

Su madre le hizo un gesto para que se callara.

–Quiero estar aquí, Rafe. Quiero formar parte del rancho y no veo ningún motivo por el que Heidi y Glen no puedan formar también parte de él. Hay espacio de sobra para todos.

A Heidi le gustaba como sonaba aquello, pero se reservaba su opinión hasta que conociera todos los términos de aquel acuerdo. O hasta que pudiera devolverle a May el dinero. Aunque tenía la sensación de que eso podía llevarle mucho tiempo.

–¿Qué tienes en mente? –preguntó Heidi.

–Me gustaría hacer algunos arreglos –contestó May–. Hay que arreglar el establo y las cercas. Y la casa... –miró los electrodomésticos–. Todo esto estaba ya cuando yo vivía aquí. Odio ese horno.

—Yo también —admitió Heidi—. Uno de los lados apenas calienta.

—Sí, y tienes que estar girando continuamente la bandeja del horno. Habrá que pintar y posiblemente cambiar los suelos.

—Paso a paso —le recordó Rafe—, cada cosa a su debido tiempo.

May apretó los labios.

—Lo siento, Rafe, pero llevo veinte años deseando volver a este rancho y por fin lo he conseguido. A mi edad, uno no puede permitirse el lujo de hacer las cosas despacio.

—¡A tu edad! —Glen sacudió la cabeza—. Pero si apenas has dejado de ser una adolescente. ¡Es una pena que seas tan joven para mí!

May agachó la cabeza.

—Tengo cuatro hijos.

—Sí, pero incluso viendo a Rafe aquí, me resulta difícil creerlo.

Rafe apretó la mandíbula.

—A lo mejor deberías hacer una lista —dijo Rafe.

Todos se volvieron hacia él.

—De lo que te gustaría hacer en el rancho —aclaró.

—Sí, es una buena idea —se mostró de acuerdo su madre.

—Hasta una ardilla ciega es capaz de encontrar una bellota de vez en cuando —musitó Rafe.

Heidi disimuló la sonrisa tras la taza y pensó que a lo mejor se había precipitado al juzgar la falta de sentido del humor de Rafe. Por mucho que le gustara May, era consciente de que no era fácil tratar con ella. Aquella mezcla de dulzura y determinación podía llegar a ser explosiva. Y Glen no era más sencillo.

May dejó la taza.

—Rafe y yo deberíamos marcharnos. Quiero ponerme a hacer inmediatamente esa lista. ¿Sabéis que estamos alojados en el Ronan's Lodge, verdad?

—Así que os vais a quedar en Fool's Gold —comentó Glen.

Fue Rafe el que contestó.

—Sí, hasta que no se arregle todo esto, no pensamos movernos de aquí.

Era más una amenaza que una promesa.

—¡Qué alegría! —Glen tomó la mano de May—. Estoy deseando volver a verte.

—Yo también —susurró May en respuesta, mirándole a los ojos.

Heidi no sabía si sería mejor dejar sola a aquella pareja o insistir en hacer de carabina. En cualquier caso, iba a tener una larga conversación con su abuelo.

Estaba preguntándose si sería capaz de hacerle entrar en razón cuando descubrió a Rafe observando atentamente a Glen.

Como si no tuvieran ya suficientes problemas, pensó sombría, segura de que Rafe continuaría intentando proteger lo que consideraba suyo. Lo único que esperaba era que esa casamentera le encontrara pareja pronto. Estando Rafe distraído, ella tendría más posibilidades de sobrevivir al desastre en el que se había convertido su vida.

Heidi esperó a que se alejaran Rafe y su madre para regresar al cuarto de estar y sentarse enfrente de su abuelo. Glen se había sentado ya en su butaca favorita, dispuesto a ver la televisión.

—No tan rápido —le advirtió Heidi, quitándole al mando a distancia—. Tenemos que hablar.

—¿Sobre qué?

Era todo inocencia, pensó Heidi con enfado.

—De May Stryker. Tienes que dejarlo inmediatamente. Ya he visto lo que te propones.

—Es una mujer atractiva.

—Sí, y una mujer con la que no tienes que involucrarte bajo ningún concepto —se sentó en la alfombra, delante de él—. Glen, lo estoy diciendo en serio. No sigas. No compliques todavía más las cosas. Ya sabes lo que pasará. Te acostarás con ella unas cuantas veces, se enamorará de ti y tú perderás todo el interés.

—Heidi, estás siendo muy dura conmigo.

—A lo mejor, pero sé que es verdad. Y todo esto es muy importante.

—Lo sé —se inclinó hacia ella—. Y no estoy tonteando con nadie.

—Estás coqueteando con ella.

—Porque me gusta de verdad.

—Te gustan todas las mujeres.

La expresión de Glen se tornó seria.

—No, me gusta ella. Esta vez es diferente.

Heidi fijó la mirada en aquel rostro tan familiar y se preguntó si sería capaz de hacerle entrar en razón.

—No vas a conseguir convencerme de que esto puede llegar a ser algo más que una aventura. Durante toda mi vida te he oído decir que el amor es algo para tontos y débiles mentales. Que si siento que me estoy enamorando, lo que tengo que hacer es salir corriendo en dirección contraria.

—¡Lo sé, lo sé! —alzó las dos manos—. Y tienes toda la razón al recordármelo. Pero estoy envejeciendo, Heidi. Hasta yo estoy dispuesto a admitirlo. Y envejecer solo está comenzando a convertirse en un error innecesario. Así que creo que estoy empezando a entender el valor de esa frase «hasta que la muerte nos separe», siempre que encuentre a la mujer adecuada.

Heidi sacudió la cabeza.

—No. No me creo que de pronto te hayas dado cuenta de que estabas completamente equivocado.

—¿Por qué no? En otra época la gente pensaba que el

mundo era plano y, sin embargo, no es cierto. Como te he dicho, es posible que estuviera equivocado. Y May no es como ninguna de las mujeres que he conocido. Eso es algo que no puedo ignorar.

Heidi se tapó la cara con las manos.

—¡No me hagas esto, te lo suplico!

Glen se inclinó para darle un beso en la frente.

—Eres una buena chica, Heidi, y te quiero. Lo sabes, ¿verdad?

—Sí, Glen, yo también te quiero.

—Entonces, confía un poco en mí.

—Margarita con extra de tequila —pidió Heidi.

Jo, la propietaria y camarera del bar de Jo, arqueó una ceja.

—Tú no sueles beber tanto.

—Esta noche, sí.

—¿Tienes que conducir?

Otras personas encontrarían aquella pregunta irritante u ofensiva. A Heidi le encantaba. El hecho de que los unos se preocuparan por los otros, que se entrometieran en las vidas de los demás, era una de las muchas razones por las que su abuelo y ella querían vivir en aquella ciudad.

—Me ha traído Glen y vendrá a buscarme cuando le llame —le aclaró Heidi.

—En ese caso, de acuerdo. Dosis extra de alcohol.

Jo se alejó de ella. A los pocos minutos entraban Annabelle y Charlie en el bar. Lo recorrieron con la mirada y, al ver a Heidi en una de las mesas, corrieron hacia ella.

—No te vas a creer los rumores que están empezando a correr por el pueblo —dijo Annabelle mientras se sentaba—. ¿Es verdad que la jueza te ha ordenado acostarte con Rafe Stryker?

Heidi estuvo a punto de atragantarse.

—¡No, claro que no!

—Pues es una pena —respondió con un suspiro la bibliotecaria, una mujer pequeña y pelirroja—. Le vi ayer. Es guapísimo.

—¿De verdad está corriendo ese rumor? Me refiero a lo de que tengo que acostarme con él —añadió Heidi—, no a lo de que sea guapísimo.

Charlie elevó los ojos al cielo.

—No. Annabelle, de verdad, necesitas un hombre. Estás empezando a parecer desesperada.

—Dímelo a mí. Me prometí a mí misma que no quería saber nada de relaciones. Los hombres que me gustan nunca se enamoran de mí. ¿Crees que la jueza podría ordenar a Rafe que se acostara conmigo? —se apartó un mechón de pelo de la cara y se volvió hacia Charlie—. Tú que conoces a todo el mundo podrías preguntárselo.

Charlie gimió.

—Probablemente esta noche no deberías beber alcohol. Solo Dios sabe lo que podrías llegar a hacer.

—Soy bibliotecaria —respondió Annabelle muy digna—. ¿No has oído decir nunca que las bibliotecarias somos personas muy puritanas?

—Creo que ese es un rumor provocado por las propias bibliotecarias para distraer la atención —musitó Charlie—. Eres mucho más salvaje de lo que pretendes hacernos creer.

Heidi se echó a reír. Eso era justo lo que necesitaba: estar con sus amigas, personas que la querían y la hacían reír. La combinación perfecta.

Nevada Janack se reunió con ellas.

—¿Llego tarde? Tucker está en China, hemos estado hablando y he perdido completamente la noción del tiempo.

—No hace falta que nos recuerdes que estás enamorada.

Heidi se apartó para hacer sitio a Nevada, que se sentó a su lado.

—No pienso pedir perdón por tener el marido perfecto

—respondió Nevada con los ojos brillantes de alegría—. Pero estoy dispuesta a compadecerme de ti por no tener un hombre como Tucker.

—Es una pena que solo haya uno como él —se lamentó Annabelle con un suspiro—. O como Rafe.

Nevada se volvió hacia Heidi.

—Están corriendo rumores sobre vosotros.

Jo regresó a la mesa.

—¿Margaritas para todas? Os advierto que Heidi ha pedido doble dosis de alcohol.

Heidi elevó las manos al cielo.

—En cuanto os cuente todo lo que me está pasando me comprenderéis.

—De acuerdo —dijo Charlie—, estoy deseando oír todos los detalles. Yo también quiero una margarita, pero sin dosis extra de tequila.

Las otras pidieron lo mismo que ella. Acompañaron las margaritas con lo que solían pedir siempre: patatas fritas, guacamole y un par de platos de nachos. No era particularmente nutritivo, pensó Heidi, sintiendo cómo le sonaba el estómago, pero era la comida perfecta para la ocasión.

A los pocos meses de llegar al pueblo, Heidi había hecho amistad con todas las mujeres que estaban reunidas en aquella mesa. Nevada, una de las trillizas Hendrix, se había casado el día de Año Nuevo en una ceremonia que había compartido con sus dos hermanas. Aunque continuaba siendo tan encantadora como siempre, su relación era diferente. Tucker y ella estaban locamente enamorados. Heidi nunca había envidiado la felicidad de nadie, pero a veces le resultaba difícil estar junto a aquellos felices recién casados. Cada caricia, cada mirada furtiva, le hacía recordar su propia soltería. Por supuesto, eso no significaba que estuviera buscando que desde un juzgado le ordenaran acostarse con Rafe Stryker como remedio.

Agradeció a Dios la presencia de Charlie y Annabelle.

Ellas estaban en su misma situación y aquello había fortalecido su amistad.

La conversación giró alrededor de Heidi. Por un momento, Heidi se permitió recordar otra amistad, una amistad tan intensa como la que compartía con aquellas mujeres. Melinda, la que había sido su mejor amiga durante mucho tiempo, habría cumplido ya veintiocho años. Pero había muerto seis años atrás. Aquella había sido una trágica pérdida.

—¿Estás bien? —le preguntó Annabelle.

Heidi asintió e intentó dejar de lado los recuerdos. Ya los lloraría más tarde, cuando estuviera sola. De momento, lo que tenía que hacer era apreciar lo que estaba compartiendo con sus amigas.

Jo regresó con la bebida y prometió que la comida no tardaría. Cuando se dirigió de nuevo hacia la barra, Annabelle se inclinó hacia Heidi.

—Cuéntanoslo todo. ¿Qué dijo la jueza en realidad?

Heidi bebió un sorbo de su margarita.

—Básicamente, que tenemos que compartir el rancho hasta que ella decida cómo puede resolverse este problema —se inclinó hacia delante para explicar los detalles del plan, incluyendo las mejoras que May había propuesto.

—No lo comprendo —dijo Charlie—. ¿Por qué va a querer May Stryker pagar las mejoras de un rancho que podría perder?

—Creo que está convencida de que se quedará con él —admitió Heidi, intentando no hundirse al pensar en que podía perder su casa—. Intento decirme a mí misma que por lo menos May es una buena mujer y que Glen no está en la cárcel.

—¿Pero por qué tiene tanto interés en el rancho? —quiso saber Annabelle—. ¿Por qué no compra otro en otra parte?

—Por lo visto, estuvieron viviendo allí —les explicó Nevada—. Eso fue hace mucho tiempo. Yo todavía era muy pequeña y creo que nunca coincidí en clase con sus hijos. Creo que el más pequeño, Clay, tenía un año más que yo –arrugó la frente mientras pensaba en ello–. También tenían una hermana. No me acuerdo mucho de ella. Lo que sí recuerdo es que era una familia muy pobre. Realmente pobre. Mi madre siempre pretendía llevarles ropa de mis hermanos, pero después de que la hubieran usado los tres, no estaba en muy buenas condiciones. Pero les llevaba comida y regalos. Era como si todo Fool's Gold hubiera adoptado a la familia.

Heidi no podía imaginar a un hombre tan orgulloso como Rafe aceptando la caridad de nadie.

–Debía de ser muy difícil para todos ellos. En el juzgado dijeron que el hombre para el que trabajaba May le prometió que se quedaría con el rancho cuando muriera. Pero al final se lo dejó a unos parientes lejanos. Y ahora han vuelto a quitarle el rancho por segunda vez.

Nevada le dio un abrazo.

–Tú no has hecho nada malo. Todo esto es culpa de Glen. Ya sé que estaba intentando ayudar a un amigo, pero ahora, por su culpa, tú estás en una situación muy complicada. Pero lo superarás, y nosotras estaremos a tu lado para ayudarte. Dinos qué podemos hacer por ti.

Heidi apreciaba que pensaran que bastaría con que se mantuvieran unidas para solucionar aquel problema. Esa era otra de las muchas razones por las que adoraba aquel lugar y por las que iba a luchar por el que consideraba su hogar. El hecho de que Rafe y su madre dispusieran de más recursos que ella no tenía por qué importarle. Ella tenía a sus amigas de su parte.

–Es mi abogada la que quiere que me acueste con él –admitió mientras vaciaba su copa.

Sintió el agradable calor del tequila en el estómago. Cuando terminó, vio que las tres mujeres la estaban mirando.

—¿Y te dijo por qué? –preguntó Charlie.

—Cree que de esa forma podría ablandarle.

Charlie arqueó las cejas.

—Si le ablandas, es que estás haciéndolo mal.

Las cuatro mujeres se miraron la una a la otra y estallaron en carcajadas.

Cuando recuperó la respiración, Annabel se reclinó en el asiento.

—Tendrás que ser muy buena. Porque no me imagino a nadie pagando doscientos cincuenta mil dólares por acostarse conmigo.

—¿Qué cantidad considerarías apropiada? –le preguntó Charlie a Annabelle.

—No sé... a lo mejor unos dos mil dólares. Por supuesto, si comienzas una aventura y sumas el número de veces que lo has hecho... –se interrumpió de pronto–. ¿Qué os pasa?

Nevada se aclaró la garganta.

—Creo que la abogada de Heidi hablaba en términos metafóricos. Lo que quería decir era que si Heidi llegaba a acostarse con Rafe, a lo mejor le perdonaría la deuda. No creo que estuviera sugiriendo un plan de pago a través de servicios sexuales.

—¡Oh! –Annabelle se sonrojó–. Lo siento.

—No pasa nada –respondió Heidi sonriendo–. Pero Charlie tiene razón. Estás fatal. Necesitas cuanto antes un hombre.

—Muéstrame uno que tenga algún interés en mí y allí estaré. O no. Probablemente no saldría bien. Pero volvamos al tema del que estábamos hablando. A lo mejor deberíamos encontrarle una mujer a Rafe. Algo que le distraiga. Si se enamora, podría llegar a olvidarse de hacer daño a Heidi.

—No es mala idea –musitó Charlie.

Jo regresó con los platos y la comida. Heidi sentía ya

un agradable mareo. Pero era consciente de los peligros de beber con el estómago vacío, así que tomó una patata frita y un poco de guacamole.

—¿A quién estás pensando en sacrificar? —preguntó Nevada mientras alargaba la mano hacia los nachos.

—Lo más lógico sería que fueras tú —contestó Charlie.

Heidi se detuvo cuando estaba a punto de hundir una segunda patata frita en el aguacate. Entonces se dio cuenta de que Charlie la estaba mirando. De hecho, estaban mirándola las tres.

—¿Qué? No, yo no.

—Eres tú la que vas a estar más cerca de él —señaló Nevada—. Pasaréis mucho tiempo juntos en el rancho.

—Ese hombre me odia. Me mira con desprecio. Es un tipo rico de la gran ciudad. Y yo desprecio a los hombres como él. Se cree que es mejor que nadie.

—A lo mejor esa es la imagen que da, pero si creció siendo pobre, seguramente solo sea una fachada. Es posible que descubras al hombre que se esconde bajo ella.

—Lo dices como si fuera un monstruo marino.

Annabelle sonrió.

—Lo único que estoy diciendo es que a lo mejor merece la pena intentarlo. No tienes nada que perder. Al fin y al cabo, estamos hablando de un hombre muy atractivo.

—Sí, un hombre atractivo y de anchos hombros —dijo Heidi.

—Y no te olvides del trasero —le recordó Charlie—. Le he visto andando por el pueblo. Lo tiene precioso.

—Sería por una buena causa —añadió Nevada.

—¿Acostarme con mi enemigo? Creo que había una película que se titulaba así y terminaba bastante mal.

Annabelle sonrió.

—Pero en este caso, estoy segura de que conseguirías abrumar a tu enemigo con tus encantos.

Yo no tengo encantos. Rafe no va a enamorarse de mí.

No es mi tipo y yo no soy el suyo. Lo único que tenemos que hacer es intentar conseguir que pase toda esta época sin empeorar más las cosas. Y creo que acostándome con él, las empeoraría definitivamente.

También necesitaba averiguar cómo iba a conseguir los doscientos mil dólares que necesitaba para devolverle el dinero a May, pero ese era un tema del que no le apetecía hablar en aquel momento con sus amigas. El consuelo era una cosa, la compasión otra muy diferente.

–Estoy convencida de que podrías seducirle si quisieras –dijo Annabelle.

Nevada y Charlie se mostraron de acuerdo.

Heidi tomó su margarita con las dos manos y se echó a reír.

–Os agradezco el voto de confianza, aunque no me lo perezca –alzó su vaso–. Por las mejores amigas del mundo.

Gracias a varios vasos de agua, una aspirina y el remedio secreto de su abuelo, Heidi se despertó perfectamente a la mañana siguiente. No tenía ni dolor de cabeza ni el estómago revuelto. A lo mejor debería olvidarse de las cabras y vender aquella fórmula.

Después de realizar las tareas habituales del día, se dirigió al establo. La noche anterior, Charlie había comentado que no podría pasarse por el rancho durante un par de días. Eso significaba que Mason, el capón de Charlie, necesitaría hacer ejercicio. No podía decir que fuera una tarea desagradable, pensó Heidi, imaginándose montando bajo el sol de abril. Podía sacar a Mason durante un par de horas y regresar a casa para la hora del almuerzo. Después, saldría a montar a Kermit, el otro caballo que tenía en el establo.

–Un trabajo duro, pero alguien tiene que hacerlo –musitó feliz mientras se ponía las botas de montar.

Se puso una buena capa de protector solar, agarró un

sombrero vaquero y se dirigió hacia la puerta. Y estaba ya en el porche cuando vio un Mercedes aparcando al lado de la casa. El buen humor se esfumó al instante.

May Stryker salió por la puerta del asiento de pasajeros, saludando y sonriendo.

—¡Hola! Espero no molestar. Estaba deseando venir.

—No eres ninguna molestia —le aseguró Heidi.

Y en el caso de May, era completamente cierto. Aquella mujer era adorable y si fuera ella la única Stryker implicada en el caso, Heidi estaba convencida de que no les costaría nada llegar a un acuerdo.

El problema principal, de casi dos metros, salió del coche más lentamente y la miró por encima del techo.

—Buenos días.

Bastaron dos palabras y pronunciadas en voz baja para provocarle a Heidi un extraño temblor en la boca del estómago.

La culpa era de sus amigas, comprendió Heidi. Todo lo que habían hablado sobre sus posibilidades de acostarse con Rafe se había filtrado en su cerebro. Veinticuatro horas atrás, le veía solamente como un hombre malvado dispuesto a destruirla. En aquel momento era alguien con un bonito trasero al que debería intentar seducir en un penoso esfuerzo por salvar su hogar.

—Lárgate.

Lo dijo en una voz tan baja que parecía haber pensado más que pronunciado aquella palabra.

Pero eso no mermaba la intensidad de su deseo. ¿Por qué él? ¿Por qué no podía tener May un hijo más amable que comprendiera que la gente podía cometer errores?

—Eh... ahora mismo iba a montar —les explicó—. Los caballos que alojamos en el rancho tienen que hacer ejercicio.

May caminó hacia ella.

—Eso suena divertido. ¿Cuántos caballos tienes?

–Los dos que viste ayer.

–¡Ah, perfecto! Rafe, ¿por qué no ayudas a Heidi? Si tú montas al otro caballo, terminará su trabajo en la mitad de tiempo.

Sí, y también podrían ir a hacerse una endodoncia. Eso también podría ser divertido.

Heidi hizo un esfuerzo sobrehumano para mantener una expresión neutral.

–No hace falta, de verdad. Además, no creo que a Rafe le guste montar.

Ni siquiera estaba segura de que supiera hacerlo. Aunque tenía que admitir que imaginarle sobre una silla de montar tenía su atractivo. A lo mejor se caía, se daba un golpe en la cabeza y olvidaba todo lo ocurrido. En ese caso, ella fingiría que nunca había estado enfadado con él y sus problemas se resolverían...

Rafe arqueó una ceja.

–¿Crees que no estoy a la altura del desafío?

–Yo no he dicho eso.

–No hace falta que lo digas –alargó la mano hacia el interior del coche y sacó unas gafas de sol. Después, señaló el establo–. Adelante, yo te sigo.

Capítulo 5

−De verdad, no tienes por qué hacer esto −protestó Heidi mientras caminaban hacia el corral.
−Sé cómo manejar un caballo.
−Sí, y también llevas un traje que probablemente cuesta cinco mil dólares.
−Olvidas que crecí en este lugar. Además, quiero ver en qué estado se encuentran las tierras de mi madre.

Entró en el corral en el que Mason y Kermit estaban disfrutando del sol. Soltó un silbido penetrante y los dos caballos se volvieron hacia él.

Heidi se dijo que no debía dejarse impresionar. Pero el problema fue que los caballos comenzaron a caminar hacia él como impulsados por una fuerza invisible. Rafe entró en el corral.

−¿Adónde quieres que los lleve?
−Al establo.

Los guio con una facilidad envidiable. Heidi permitió que la precediera, y así pudo contemplar el trasero que Charlie había mencionado. Tuvo que admitir que era bonito. Atlético, más que plano. Sí, era cierto, Rafe era un hombre atractivo, pero también lo era la serpiente coral y su mordedura era mortal.

Una vez en el interior del establo, se pusieron los dos a

trabajar. Rafe podía estar trabajando en un rascacielos de San Francisco, pero no había olvidado cómo ensillar un caballo. Después de utilizar un cepillo para limpiarle el lomo a Mason, colocó las almohadillas en su lugar con una facilidad que solo se conseguía con la práctica. Heidi se ocupó de Kermit, el caballo más pequeño, que apenas resopló cuando Heidi le colocó la silla.

A continuación se ocuparon de las bridas. Tanto Mason como Kermit eran caballos tranquilos y las mordieron sin queja alguna.

Por el rabillo del ojo, Heidi vio a Rafe asegurándose de que todo estaba bien atado, pero no demasiado tenso, y de que no quedaba ninguna arruga que pudiera molestar a los animales.

Salieron después al exterior.

En la parte más alejada del rancho, había una plataforma para ayudar a montar. Como Mason y Kermit eran caballos de gran tamaño, Heidi giró en esa dirección, pero Rafe la detuvo.

–Yo te ayudaré.

–No tienes por qué hacerlo.

–Ya lo sé.

Ató las riendas de Mason a un poste y se acercó a ella. Esperó a que Heidi agarrara las riendas con la mano izquierda y se aferrara a la silla. Después entrelazó las manos y se las ofreció para que apoyara el pie.

Heidi posó el pie en ellas. A pesar de que no se estaban tocando de ninguna otra manera, le pareció un gesto extrañamente íntimo. Se dijo a sí misma que, en realidad, Rafe solo estaba siendo educado. Que su madre le había educado muy bien. Pero aun así, estaba nerviosa mientras contaba hasta tres y se alzaba hacia la silla.

Pasó la otra pierna por encima del lomo de Kermit y se sentó.

–Gracias.

–De nada –continuó mirándola–. Pareces un poco susceptible.

–Nos has amenazado a mí y a mi rancho en más de una ocasión. Creo que es prudente mostrarse recelosa.

–Lo único que estoy haciendo es proteger lo que es mío.

–Yo también –¿qué significaba aquello? ¿Tenían algo en común?–. Pero creo que todo esto sería más fácil si consiguiéramos llevarnos bien.

Rafe curvó los labios en una sensual sonrisa.

–No me gustan las cosas fáciles.

–No me sorprende.

Rafe se echó a reír y caminó hasta Mason. Lo montó y se alejaron juntos del establo.

–¿Qué ruta sigues habitualmente? –le preguntó.

Heidi se colocó el sombrero intentando no pensar que, para ser un hombre que conducía un Mercedes, Rafe parecía sentirse muy cómodo a lomos de un caballo.

–Bueno, en realidad hago una ruta circular que cubre casi toda la propiedad.

–Estupendo.

Sí, suponía que porque sería como reclamar lo que consideraba suyo.

–Espero que no empieces a orinar en los árboles para marcar tu territorio.

Rafe soltó una carcajada.

–A lo mejor lo hago cuando empecemos a conocernos un poco mejor.

Estaba bromeando. Desgraciadamente, sus palabras le hicieron volver a recordar lo que habían sugerido sus amigas la noche anterior. Que seducir a Rafe podía ser la respuesta a sus problemas.

Le miró, fijándose en su espalda erguida y en la anchura de sus hombros. ¿Sería la clase de amante generoso que se tomaba su tiempo para que la mujer también disfrutara o sería un hombre egoísta en la cama? Ella había conocido hombres de las dos clases, más de la última que de la primera.

Pero era absurdo hacerse esa clase de preguntas, se recordó. Acostarse con Rafe sería una estupidez.

—¿La cerca está así por todas partes? —preguntó Rafe señalando los postes rotos y desaparecidos.

—Algunas zonas están mejor, pero solo algunas secciones. ¿Cómo estaba cuando vivíais aquí? —preguntó sin poder contenerse.

—Estaba todo en mucho mejor estado. El viejo Castle podía pagar una miseria a sus empleados, pero se preocupaba por el rancho.

Heidi advirtió un poso de amargura en su voz y supo que la causa eran las condiciones que había tenido que soportar su familia. Pero aun así, le costaba conciliar la imagen de aquel niño enfadado y resentido con la del hombre de negocios que tenía sentado a su lado.

—Tenía mucho ganado —comentó Heidi, observando las siluetas oscuras de las vacas que se recortaban en la distancia—. Ahora están por donde quieren y son muy salvajes.

Rafe la miró.

—¿Salvajes?

—Sí, muy fieras.

Rafe se echó a reír otra vez.

—¿Te han atacado alguna vez esas vacas salvajes?

—No, pero procuro no acercarme a ellas. Han causado muchos problemas con las cabras. Estoy convencida de que fueron ellas las que se acercaron una noche y le enseñaron a Atenea a saltarse las cercas.

—Creo que les estás atribuyendo más méritos de los que se merecen.

—No creo —como Rafe parecía estar de buen humor, aunque fuera a su costa, Heidi decidió arriesgarse a hacer una pregunta potencialmente peligrosa—. ¿Qué pretende hacer tu madre con el rancho?

—No tengo ni idea. Podría decir que recuperar su antigua gloria, pero nunca tuvo ninguna. Mi madre tiene una relación sentimental con este lugar. Quiere... Mejorarlo. Está hablando de arreglar las cercas y el establo.

—¿Quiere dedicarse a la cría de caballos?

—No creo.

—Podrías preguntárselo.

—En ese caso, tendría una respuesta y tratándose de mi madre, eso no siempre es una buena idea.

—Si estás aquí es por no haber conocido antes sus intenciones. ¿Por qué firmaste el contrato?

Rafe sacudió la cabeza.

—Hace varios años una de las amigas de mi madre murió de forma inesperada. No tenía todos sus asuntos en orden y eso supuso un desastre para sus hijos. Mi madre decidió entonces que a ella no le iba a pasar lo mismo y quiso asegurarse de que estuviera todo organizado por si ocurría cualquier cosa.

—Me resulta un poco tenebroso. No es una persona tan mayor.

—Lo sé, pero cuando se le mete algo en la cabeza, nada la detiene.

—Eso lo has heredado de ella —Heidi esbozó una mueca, deseando acordarse de pensar antes de hablar.

—¿Estás diciendo que soy cabezota?

—Mucho.

El sol brillaba en lo alto del cielo. La temperatura rondaba los veinte grados y no había nubes en el cielo. A algunos árboles comenzaban a brotarles las hojas, otros tenían las ramas cubiertas de flores rosas y blancas. Heidi oía el canto de los pájaros y, si se olvidaba del ganado salvaje que veía en la distancia, el momento era perfecto.

—Parte de su estrategia para conseguir lo que quiere consiste en involucrarme a mí —le explicó Rafe al cabo de unos minutos—. Tengo que revisar todas las transacciones financieras que hace. Tiene todos los recibos domiciliados, así que de eso no tengo que encargarme, pero cualquier otro cheque o documento tiene que pasar por mis manos.

–Por eso no leíste el documento de compra del rancho.

–Sí, y la culpa es solo mía.

–Glen no es un mal hombre.

–Nadie ha dicho que lo sea.

– Lo has insinuado.

–Le ha robado doscientos cincuenta mil dólares a mi madre.

–Pero por una buena causa, para ayudar a un amigo.

Rafe la miró fijamente. Heidi le devolvió la mirada y suspiró.

–Ya sé que para ti un robo es un robo y que el que esté justificado no impide que sea un delito. Mi abuelo hizo algo que no debía.

–Algo así –admitió Rafe–. Es posible que Glen no sea un hombre malo, pero no piensa mucho en las consecuencias.

Heidi jamás lo admitiría en voz alta, pero Rafe tenía razón en lo que acababa de decir de su abuelo. Glen pasaba por la vida utilizando su encanto para librarse de cualquier problema o situación desagradable.

–Supongo que no servirá de nada que diga que lo siento.

–No.

Continuaron cabalgando en silencio durante varios minutos. Heidi intentaba aferrarse a la indignación o al enfado, pero no podía. Era cierto que Rafe suponía una amenaza para ella y para su casa y que haría cualquier cosa para evitar que se la quitara, pero había una parte de ella que lo comprendía.

Glen había engañado a una mujer inocente y bajo ningún concepto podía mostrarse de acuerdo con ello.

–Se ha ocupado de mí desde que era una niña –le explicó mientras contemplaba aquella hermosa tierra que los rodeaba.

Estaban cabalgando hacia el este, con las montañas frente a ellos. La nieve todavía era visible. A lo largo del verano iría subiendo la cota de nieve, pero nunca desaparecería por completo. Las montañas eran demasiado altas.

–Sí, ya nos lo dijo él, pero eso no va a cambiar mi opinión.

Heidi suspiró.

–Lo que pretendo decir es que no es un mal hombre. Y por eso no estoy enfadada con él. Estoy frustrada, pero básicamente es una buena persona. Mis padres murieron cuando yo tenía tres años. Apenas me acuerdo de ellos. A Glen solo le había visto, así que era prácticamente un desconocido para mí. Pero no se lo pensó dos veces cuando tuvo que hacerse cargo de mí.

–¿A qué se dedicaba?

–Era feriante. Iba trabajando de feria en feria. Venía todos los años aquí, y fue así como yo conocí Fool's Gold.

–No sé gran cosa sobre cómo es la vida en una feria.

–Es un mundo único, nómada y muy encerrado en sí mismo al mismo tiempo. Siempre estás cambiando de entorno, así que la sensación de hogar la construyes con la gente con la que trabajas.

–¿Cómo estudiabas?

–Siempre había niños en la feria y adultos que se encargaban de enseñarnos diferentes materias. Glen nos enseñaba Matemáticas.

–Eso sí que tenía que ser curioso.

–Era muy buen profesor. Mi amiga Melinda aprobó el examen de admisión y pudo ir a la universidad.

Heidi no había querido estudiar, pero Melinda y ella habían seguido muy unidas incluso entonces. Heidi siempre había pensado que si hubiera ido a la universidad con ella, a lo mejor todo habría sido diferente.

Se dijo a sí misma que no tenía que pensar en ello en aquel momento. Que no podía permitir que nada la distrajera de la conversación que estaba manteniendo con Rafe.

Se volvió hacia él. Rafe cabalgaba como si se pasara la vida sobre una silla de montar.

–No mentías cuando has dicho que habías crecido en un rancho –admitió.

Rafe palmeó el cuello del caballo.

–Sí, y lo estoy recordando todo. A lo mejor no ha sido tan mala idea lo de pasar algún tiempo aquí.

–Siempre puedes marcharte.

Rafe clavó en ella su mirada.

–No pienso hacerlo.

–Pero no puedes culparme por intentarlo.

–Puedo, pero no lo haré –se enderezó en la silla–. Es una pena que los dos estemos buscando lo mismo.

Heidi asintió.

–Un hogar y un lugar al que pertenecer.

–En realidad, yo estaba pensando en esta tierra.

–Es lo mismo, por lo menos para mí. Esto es todo lo que siempre he querido. Un lugar en el que establecerme, una casa para Glen y para mí. Y para las cabras.

–No vas a hacerte rica criando cabras.

–Nunca he necesitado ser rica, por lo menos hasta ahora.

Después del almuerzo, Rafe se dirigió a la ciudad. Mientras él estaba montando con Heidi, su madre había redactado una lista de proyectos de los que le gustaría que su hijo se ocupara durante las siguientes semanas. Cuando Rafe le había hecho notar que tenía un negocio que atender, le había palmeado la cabeza y le había dicho que intentara ocuparse de ambas cosas.

Rafe adoraba a su madre. De verdad. Pero había días, y

aquel era uno de ellos, en los que habría preferido alejarse de su familia y no volver a saber nada de ellos nunca más.

Dejó el coche en el aparcamiento de la serrería, pero en vez de entrar directamente en la oficina, fue al centro de la ciudad. Sus músculos protestaban mientras caminaba. Y eso que solo había montado durante una hora. Cuando regresara a San Francisco, tendría que actualizar su programa de ejercicios. Pasar una hora al día en la cinta no le preparaba para la vida del rancho y, por lo que decía su madre, iba a tener que pasar allí una buena temporada.

A pesar de las pocas ganas que tenía de estar en Fool's Gold, se había descubierto disfrutando al montar de nuevo a caballo. Montar a la luz del sol, supervisando aquellas tierras relativamente indómitas le había resultado agradable. Quizá fuera porque era un placer casi primario, o a lo mejor porque había visto demasiadas películas de vaqueros.

Se metió en un Starbucks y pidió un café y un bizcocho. Al salir, pensó que debería haberle pedido a Heidi que le acompañara. Ella habría...

Se interrumpió en medio de un trago de café y estuvo a punto de atragantarse. ¿Pedirle que le acompañara? ¿Para qué? ¿Acaso pretendía hacerse su amigo? Heidi no era una amiga, era un problema. Por dulce y guapa que fuera con aquellos enormes ojos verdes. El día anterior había estado a punto de tragarse su actuación. Sí, seguramente no sabía lo que pretendía hacer su abuelo, pero aun así, no podía confiar en ella. Ni en sus cabras.

Se comió el bizcocho y tiró el vaso de cartón a la papelera más cercana. No iba a pensar en Heidi. Ni en lo guapa que estaba cuando montaba a caballo, ni en su olor a vainilla y a flores cuando la había ayudado a montar en la silla. Tampoco en las arrugas que surcaban sus ojos cuando sonreía, ni en hasta qué punto había sido consciente de cómo se movía su cuerpo a cada paso del caballo. No, no iba a pensar en ella. Heidi solo era una persona que se había interpuesto en su camino, nada más.

Estaba regresando a la serrería cuando una mujer mayor se dirigió hacia él. Iba elegantemente vestida, con un traje azul marino y un collar de perlas. El pelo, de color blanco, lo llevaba recogido en un moño abultado.

Como le sonrió, Rafe se sintió obligado a pararse.

–Rafe Stryker.

–Buenos días, señora.

–Soy Marsha Tilson.

La combinación de su nombre con la firmeza de su mirada activó su memoria. Rafe frunció el ceño.

–Usted es la mujer que me regaló la bicicleta.

Y también formaba parte del grupo que enviaba regularmente ropa y comida a su madre. Pero cuando era niño, la bicicleta le había parecido mucho más importante.

La anciana ensanchó su sonrisa.

–Sí, me alegro de que lo recuerdes.

–Fue muy amable con nosotros. Gracias.

Le resultó difícil pronunciar aquellas palabras. Incluso después de todo el tiempo pasado, le resultaba difícil evocar un pasado en el que se recordaba pasando hambre y a su madre llorando.

–Eras un niño impresionante –le dijo la alcaldesa–. Estabas completamente decidido a cuidar a tu familia. Y eras muy orgulloso también. Hacías todo lo posible para que tus hermanos no tuvieran que preocuparse de nada.

Rafe se aclaró la garganta. No estaba muy seguro de cómo responder.

–No podía hacer otra cosa.

–Debías de tener nueve o diez años. Eras demasiado joven para cargar con esas responsabilidades. Tengo entendido que ahora eres un exitoso hombre de negocios.

Rafe asintió.

–En Fool's Gold se necesitan hombres como tú.

—No tengo intención de quedarme. Solo estoy ayudando a mi madre.

Los ojos de la alcaldesa chispearon.

—A lo mejor podemos hacerte cambiar de opinión. Ahora mismo aquí hay un ambiente muy propicio para los negocios. De hecho, estamos a punto de abrir un casino y un hotel justo a las afueras. El Lucky Lady.

Aquello despertó su interés.

—No lo sabía.

—Deberías echar un vistazo a lo que están haciendo. La empresa constructora es Janack Construction.

—Sí, he oído hablar de ella —admitió Rafe.

Janack era una multinacional. Tenían proyectos impresionantes, como puentes flotantes en países en desarrollo y rascacielos en China. Era realmente significativo que estuvieran construyendo algo allí.

—Agradezco la información —le dijo.

—Podrías establecerte aquí, Rafe.

Era poco probable que lo hiciera, pero en vez de contestarle eso directamente, le deseó que disfrutara de un buen día y continuó avanzando hacia la serrería.

Rodeó el edificio, sacó el teléfono móvil y marcó un número de teléfono.

—Jefferson —ladró su amigo Dante.

—¿Tienes un mal día?

—¡Rafe! —Dante se echó a reír—. No, estaba esperando la llamada de otro abogado. Ya sabes que hay que transmitir una imagen de dureza. ¿Cómo va todo? ¿Has conseguido convencer a tu madre de que vuelva a disfrutar de la vida en la gran ciudad?

—Eso es imposible.

—Es una mujer muy decidida.

—Dímelo a mí. Y ya que estamos hablando de esto, cuéntame todo lo que sepas sobre el proyecto del casino y el hotel Lucky Lady.

Esperó mientras Dante buscaba información en el ordenador. Se produjo un segundo de silencio seguido por un largo silbido.

–Impresionante.

Le leyó las cifras, las habitaciones, el número de hectáreas y el coste aproximado del proyecto.

–Janack Construction lo tiene todo bajo control. No podemos intervenir de ninguna manera en el proyecto.

–Tampoco tenemos por qué hacerlo –pensó en la cantidad de tierra sin utilizar de la que disponía el rancho–. A lo mejor mi estancia aquí no es una completa pérdida de tiempo. El hotel y el casino necesitarán empleados. Es imposible que en Fool's Gold haya alojamiento para todos ellos y allí es donde veo que podemos tener una oportunidad.

–Pondré a alguien con los preliminares –le dijo Dante–. Averiguaré la normativa de la zona, si alguien está pidiendo permisos para construir y ese tipo de cosas... –Dante se interrumpió–. Y esto también podría ayudarte en el juicio.

–¿De qué manera?

–Tu madre quiere que arregles el rancho. Invertir dinero en la casa y en las tierras podría colocarte en una posición de fuerza en el caso. Incluso si al final el juicio te es adverso, podrías apelar. Con un hotel y un casino de por medio, tienes muchas más razones para querer ganar.

Sí, porque aquel proyecto podía significar varios millones de beneficios, pensó Rafe. Y, en cuestiones de dinero, las cosas siempre le habían salido bien.

–Si consigues involucrarte en la comunicad, la jueza te mirará con buenos ojos –añadió Dante.

–No pienso involucrarme en nada.

–Tampoco te vas a morir por ello.

–Es posible –respondió Rafe–. Tenemos que ganar este caso, Dante. No voy a permitir que me gane una mujer que se dedica a criar cabras.

–Una mujer bastante atractiva, por cierto.
–Eso no me afecta.
–A lo mejor a mí me está afectando por los dos.
Rafe se echó a reír.
–No es tu tipo.
A Dante le gustaban las mujeres sofisticadas, arregladas y fáciles. Heidi podía tener muchas cualidades, pero ninguna de ellas encajaba con los intereses de Dante.
–¿La quieres reservar para ti? –preguntó Dante–. ¿Debería estar preocupado?
–¿Crees que me voy a enamorar de la cabrera y eso va a ablandarme?
–Bueno, dicho así... Tendrás un informe sobre el potencial de las tierras de tu madre para el final del día.
–Gracias.
Rafe colgó el teléfono y entró en la serrería. A los pocos segundos se acercó a él un hombre con un delantal y una chapa en la que ponía su nombre, Frank.
–¿Puedo ayudarle en algo? –le preguntó.
–Necesito unos quince kilómetros de cerca para reparar un establo.
Sacó del bolsillo de la camisa la lista con todo lo que iba a necesitar y se la tendió. Desde que se había enterado de la próxima apertura de un casino y un hotel, estaba más interesado en el proyecto de su madre.
–¿Conoce a alguien que pueda estar interesado en trabajar unos cuantos días?
Frank revisó la lista y soltó un largo silbido.
–Esto parece que va en serio. Muy bien, haremos el pedido. En cuanto a lo del trabajo, la mejor manera de conseguir trabajadores es a través de Ethan Hendrix. Es el propietario de la constructora más grande de la ciudad. Y también el de más confianza y experiencia. Construcciones Hendrix. Ahora mismo le daré una tarjeta.
Rafe siguió al hombre, sorteando en su camino a un

adolescente con dos tablones al hombro. Le resultó curioso que le hubiera recomendado a Ethan Hendrix. Rafe recordaba tanto el nombre como el niño que era años atrás. Rafe y Ethan habían sido amigos, al igual que Josh Golden. Sabía que este último, antiguo ciclista profesional y ganador del Tour de Francia, se había establecido en Fool's Gold, pero no sabía que Ethan continuaba allí.

Frank le condujo al patio de la serrería y le mostró las diferentes opciones que había para la cerca. Rafe tomó una decisión y eligió después la madera para el establo. Frank le enseñó después el material que tenían para el tejado y le aseguró que disponía de la cantidad que Rafe necesitaba. Justo cuando estaban dando por terminada la conversación, entraron dos enormes camiones, obligándolos a separarse.

–Esos tipos están trabajando para algo grande –comentó Rafe cuando estuvieron de nuevo en el interior del aserradero. Unos camiones tan grandes solo podían significar eso–. ¿Son trabajadores del casino y del hotel?

–¿Ya le ha llegado la noticia?

–Sí.

Frank sonrió.

–Hemos tenido mucha suerte. El constructor es de los que cree que hay que potenciar el negocio local. También han contratado a mucha gente del pueblo. ¿Está buscando trabajo?

Rafe negó con la cabeza.

–No, es simple curiosidad.

Pagó la madera y algunas cosas más y acordaron que se la llevarían al cabo de un par de días. Cuando regresó al coche, sacó el teléfono móvil y revisó rápidamente el correo electrónico. Tenía un mensaje de Nina Blanchard. Lo leyó y marcó su número.

Contestaron al instante.

–Rafe –ronroneó Nina.

En realidad, «ronronear» no era la palabra que mejor se

ajustaba a sus circunstancias, pero no tenía otra manera de describir aquel tono de voz.

—Nina.

—Me está costando mucho hablar contigo. Supongo que eres consciente de que no es la característica que más aprecio en mis clientes. Lo único que me dice constantemente tu secretaria es que estás fuera de San Francisco.

—Y es verdad. Estoy en Fool's Gold, ¿has estado alguna vez por aquí?

—Sí, he estado varias veces. Tienen unas fiestas muy divertidas.

—Sí, eso me han dicho. Estoy aquí por un asunto familiar y no estoy seguro de cuándo regresaré a San Francisco. Creo que tendremos que retrasar nuestros planes hasta entonces.

—No seas tonto, si tú no puedes venir a verlas, irán ellas a verte a ti.

Rafe miró alrededor del aserradero.

—No creo que sea una buena idea.

—¿Por qué no? Estarás en territorio neutral. Si no quieren hacer el viaje hasta allí, es que no merecen la pena, ¿verdad? Me has contratado para que te encuentre a la esposa perfecta y voy a tomarme esa tarea muy seriamente.

—Estupendo. Si alguna de las candidatas está dispuesta a venir hasta aquí, yo estaré dispuesto a conocerla.

—Gracias. Ahora, déjame localizarte a algunas.

—De acuerdo.

Rafe colgó el teléfono siendo consciente de que debería sentir más entusiasmo ante la idea de casarse. Pero la verdad era que si no fuera porque quería tener hijos, no se molestaría en mantener una relación permanente con nadie. Pero no era capaz de romper con la imagen de la familia tradicional, con un padre y una madre, cuando había hijos de por medio. Él había sido testigo directo de lo mucho que había tenido que luchar su madre tras la muerte de su padre.

Pero tenía la sensación de que su idea de perfección y la de Nina no eran muy parecidas. Él había hecho todo lo posible para explicarle que no estaba buscando el amor. Lo había intentado en una ocasión y le había estallado en pleno rostro. Quería encontrar a alguien de quien pudiera ser amigo, una mujer con la que disfrutara en la cama y con la que pudiera imaginarse criando a sus hijos. Nada más. El amor era un mito, él ya tenía demasiados años como para seguir creyendo en los cuentos de hadas.

Heidi soltó a Atenea en el corral y se quitó los guantes. Tres gatos gordos y descarados la miraban expectantes.

–¿Y vosotros de dónde salís? –les preguntó mientras vertía leche en una cazuela vieja y la dejaba en el suelo.

El primer gato había aparecido un mes después de que llegaran las cabras. Heidi estaba ordeñando y pensando en sus asuntos cuando la había sobresaltado un exigente maullido. Había cometido la imprudencia de darle a probar al gato la leche de cabra. Desde entonces, el gato aparecía todos los días a la hora de ordeñar. Al cabo de un tiempo, se le había unido un gato atigrado y otro de color gris con el rostro achatado.

Los gatos esperaron a que dejara el plato en el suelo para empezar a lamer la leche.

Tenían la piel perfecta y era obvio que estaban bien alimentados. Debían de vivir cerca de allí, ¿pero dónde? ¿Y cómo sabían exactamente la hora a la que ordeñaba? Heidi ordeñaba solamente una vez al día. Los gatos llegaban minutos antes y esperaban pacientemente hasta que terminaba.

Suponía que podría dejar de darles leche. Al fin y al cabo, ella no era una persona muy aficionada a los gatos. Pero había algo en su forma de mirarla que la empujaba a ello. La miraban fijamente, como si con aquellas miradas felinas fueran capaces de controlar sus acciones.

Todavía estaba riéndose del control mental que parecían tener aquellos gatos sobre ella mientras llevaba la leche recién ordeñada hacia la casa. Estaba cruzando el patio cuando vio que había un monovolumen y un Mercedes en el jardín. Reconoció los dos coches. Rafe y May acababan de bajarse de ellos.

Habían pasado dos días desde que había ido a montar con Rafe y se había descubierto sintiéndose extrañamente atraída por la única persona que estaba completamente fuera de su alcance. La química, pensó mientras entraba en la casa, podía jugarle a una malas pasadas.

—Buenos días —los saludó mientras colocaba los cubos metálicos en el mostrador.

May se sentó a la mesa con Glen y dejó una caja de pastas entre ellos. Rafe se apoyó contra el mostrador. Mientras que su madre era todo sonrisas, Rafe conservaba su expresión inescrutable.

—¡Has estado ordeñando! Me encantaría verte ordeñando algún día —dijo May—. ¿Crees que podría aprender a hacerlo?

—¡Claro! No es tan difícil. Lo más importante es tenerlo todo limpio y en condiciones higiénicas. Y habiendo cabras de por medio, eso es todo un desafío.

—¿Vendes la leche cruda? —preguntó Rafe, como si le repugnara la idea.

—Todos los días.

—Así mucha otra gente puede disfrutar de leche ecológica —dijo May con una sonrisa cargada de entusiasmo—. ¡Oh, Rafe, todo esto va a ser muy divertido?

¿Divertido aquello? Aquello era un infierno.

Rafe se volvió hacia Heidi.

—Mi madre ha decidido que preferiría quedarse aquí a estar en un hotel. Si todo el mundo está de acuerdo, por supuesto.

Lo último lo añadió únicamente por educación. A Heidi

no le pasó desapercibido. La voluntad de May por solucionar las cosas era la única razón por la que Glen no estaba en la cárcel. Hasta que la jueza no tomara una decisión, era preferible intentar ser amable. Pero si May iba a vivir allí...

Heidi se quedó boquiabierta. Rafe arqueó una ceja y asintió de forma casi imperceptible.

–Sí, yo vendré con ella.

No pensaba marcharse de allí hasta que no se hubiera solucionado aquel caso y un hombre cabal jamás dejaría que su madre viviera sola en aquel rancho.

Aquello no podía estar sucediendo. ¿Los dos en la casa? May no iba a representar ningún problema, pero Rafe...

A Heidi le hubiera gustado decir que la casa no era suficientemente grande, pero tenía seis dormitorios y un baño en cada piso. Y si May y Rafe habían vivido allí, seguramente lo sabrían.

–No hemos tenido posibilidad de arreglar nada –comenzó a decir con voz débil–. Los cuartos de baño están muy viejos y las camas no son muy cómodas.

–Todo nos parecerá perfecto –le aseguró May.

Heidi miró a su abuelo, pero Glen estaba ocupado removiendo el café. Heidi tenía la sensación de que habían planteado aquella propuesta mientras ella estaba fuera con las cabras y que Glen había aceptado sin protestar.

–Espero que no te importe, pero Rafe y yo nos hemos tomado la libertad de echar un vistazo a las habitaciones –continuó diciendo May–. Yo me quedaré en el piso de abajo.

Heidi fulminó a su abuelo con la mirada. Glen también dormía en el piso de abajo. Era evidente que estaría encantado con aquel arreglo, pero si pensaba que acostarse con May era una buena idea, estaba completamente equivocado. Heidi iba a tener que encontrar la manera de hacerle entrar en razón.

—Así que ahora seremos compañeros de casa —musitó Rafe—. Perfecto.

Heidi se volvió hacia él y le entraron ganas de dar una patada en el suelo al ver la diversión que reflejaban sus ojos castaños. Sí, claro, para él todo era muy divertido.

—En el piso de arriba solo hay un cuarto de baño —le recordó.

—Podemos compartirlo.

—Muy bien. Por supuesto, podéis quedaros aquí.

Tendría que arreglar cuanto antes aquella situación. Tenía que encontrar la manera de devolverle el dinero que le debía y continuar con su vida. De esa forma, en cuestión de un par de años, todo aquello que estaba viviendo se habría convertido en una anécdota divertida para compartir con las amigas.

—Podéis sacar el equipaje del coche —propuso Glen, y se levantó.

Heidi le dejó salir sin decir una sola palabra. Ya tendría tiempo de acorralarle más adelante y recordarle los motivos por los que tenía que comportarse con May como un auténtico caballero. La seducción no estaba permitida.

Se acercó a la despensa y sacó varias botellas de leche esterilizada. Rafe se acercó a ella, agarró cuatro y la siguió a la cocina.

—Quiero dormir en el piso de arriba —le dijo.

—No me sorprende lo más mínimo. ¿Y no querrás también echarle un vistazo al cajón en el que guardo la ropa interior mientras estás allí?

—No, pero si quieres, estoy dispuesto a hacerlo.

Heidi optó por ignorarle. Después de abrir la primera botella, levantó el cubo y comenzó a echar la leche.

—Ahora mismo estás durmiendo en el que era mi dormitorio.

El hecho de que la única consecuencia de una declaración como aquella fuera una ligera oscilación de la leche que estaba vertiendo, fue una demostración de la considerable fuerza de Heidi.

–¿Quieres recuperarlo?

–No hace falta. Yo dormiré en la habitación de al lado –se dirigió hacia la puerta de atrás y se detuvo–. Espero que no ronques.

Glen se las arregló para evitar a su nieta, pero Heidi consiguió verse a solas con él poco antes de la cena. Para ello tuvo que esperarle fuera del cuarto de baño mientras él se duchaba y afeitaba. Le oía tararear viejas canciones desde la puerta. Aquellas canciones le hicieron recordar su infancia. Cuando tenía miedo a las tormentas, Glen la abrazaba y le cantaba canciones que habían sido famosas antes de que Heidi naciera.

Eran recuerdos muy agradables, pero no iba a permitir que la ablandaran. Tenía un serio problema y quería evitar que Glen empeorara las cosas.

Glen abrió la puerta del cuarto de baño y se detuvo al verla.

–¡Heidi! –exclamó con falsa alegría–. ¿Qué quieres?

Heidi le agarró del brazo y le hizo subir al dormitorio. Cuando estuvieron a salvo en el interior, cerró la puerta tras él y puso los brazos en jarras.

–¡Mantente alejado de May!

Glen abrió los ojos como platos con expresión de exagerada inocencia.

–No sé de qué estás hablando.

–Sí, claro que lo sabes, Glen. He visto cómo la mirabas. Te he visto coqueteando con ella. Te gusta, y me parece genial, pero esta vez, la respuesta es no.

Glen irguió la espalda.

–Eres mi nieta. No tienes ningún derecho a decirme lo que me estás diciendo.

—Tengo todo el derecho del mundo —le advirtió—. Si le haces daño a May, lo perderemos todo.

—¡Jamás le haría daño a May!

Heidi suspiró.

—Sí, claro que puedes hacerle daño. Sabes cómo eres, Glen. Para ti, conseguir a una mujer nunca ha representado ningún problema. El problema lo tienes a la hora de conservarla. Te alejas de ellas en cuanto sabes que están enamoradas. Si le haces eso a May, te quitará el rancho.

Su abuelo asintió lentamente.

—Tienes razón. Tendré mucho cuidado.

Heidi le estudió con atención. No sabía si le estaba diciendo lo que quería oír o si hablaba en serio.

—¿Me lo prometes?

Glen le dio un beso en la mejilla.

—Siento haberte metido en todo este lío, Heidi. No quiero hacer nada que pueda empeorar la situación.

Capítulo 6

–¿Te importa? –preguntó May, con los brazos llenos de cuadros enmarcados.

Se interrumpió en medio del cuarto de estar y se volvió hacia Heidi.

–A lo mejor me estoy excediendo. Mis hijos me dicen que me involucro demasiado en las cosas. Que soy excesivamente entusiasta. Pero, en realidad, eso es bueno, ¿verdad?

A pesar de que estaba viviendo en el dormitorio que estaba al lado del de Rafe, de que su abuelo continuaba evitándola, lo que significaba que o bien estaba enfadado o todavía seguía pensando en seducir a May, y de que continuaba faltándole dinero en su cuenta corriente, Heidi se descubrió sonriendo.

–Creo que debería haber más gente entusiasta –admitió–. No me importa que intentes personalizar la casa. Y si llevaras un sofá o dos en la maleta, no me importaría verlos.

May soltó una carcajada.

–¿No te gusta esa tela de cuadros rojos y verdes?

Heidi se apoyó en el horrible sofá que habían comprado junto a la casa.

–No, ¿qué raro, verdad?

—Ya era feo cuando nosotros vivíamos aquí. Ahora es feo y viejo. Pobrecillo.

Dejó tres fotografías sobre la mesa del sofá. Heidi se acercó a verlas. Reconoció a Rafe inmediatamente, a pesar de que la fotografía era de hacía más de una década. Llevaba una toga negra y un birrete y sostenía un diploma en el que se leía claramente «Harvard». A Heidi no la sorprendió.

May siguió el curso de su mirada.

—Rafe pudo estudiar gracias a una beca. A mí me habría resultado imposible pagarle hasta los libros. Pero trabajó mucho y consiguió ser el primero de su clase.

Señaló otra de las fotografías. En ella había un hombre atractivo, de una belleza un tanto tosca, con una sonrisa. Estaba apoyado en un caballo y le pasaba el brazo por el cuello.

—Este es mi hijo mediano, Shane. Se dedica a la cría de caballos. La mayor parte son caballos árabes para rodeo. Ahora está en Tennessee. Y este es el pequeño, Clay.

Clay tenía los mismos ojos oscuros que sus hermanos y se parecía lo suficiente como para formar parte de la familia, pero el parecido terminaba allí. El atractivo de Clay alcanzaba un nuevo nivel. Llevaba una camiseta azul marino que realzaba sus músculos perfectamente cincelados y la anchura de su pecho. No sonreía, pero Heidi se descubrió deseando que lo hiciera, aunque fuera solo un poco.

—Vaya —comentó, con la mirada fija en la fotografía—. Me resulta casi familiar.

May pareció incómoda y apartó rápidamente la fotografía.

—A Rafe no le gusta que hable de Clay.

¿Por qué? ¿Estaría en prisión? O a lo mejor era algo peor, aunque a Heidi le costaba imaginar algo peor que la cárcel.

—Entonces, no hablaremos de él —posó la mano en el brazo de May—. No te preocupes.

La mujer asintió y apretó los labios con un gesto de preocupación.

—¿No tienes también una hija?

May rebuscó entre las fotos que sostenía en la mano y le tendió a Heidi una en la que aparecían todos los hermanos.

La hermana pequeña de Rafe era más joven de lo que Heidi esperaba. Los hermanos no debían de llevarse muchos años, pero Evangeline debía de haber nacido siete u ocho años después del último. No se parecía nada al resto de la familia. Tenía el pelo rubio y los ojos verde oscuros.

—Es guapísima —le dijo Heidi a May—. Pero he visto que no tienes más fotografías de ella. ¿Está... muerta? —Heidi inmediatamente deseó haberse mordido la lengua.

—¡No, claro que no! Es bailarina de ballet clásico. No la he visto actuar muchas veces, pero es maravillosa. Elegante, ágil... Me gustaría —May tomó aire—. No estamos muy unidas. Últimamente no hablamos mucho. Los eternos problemas entre madres e hijas. Ya sabes cómo son esas cosas.

Como Heidi apenas se acordaba de su madre, tenía poca experiencia sobre las relaciones entre madres e hijas, pero asintió. Al parecer, los Stryker no estaban tan unidos como en un primer momento le había parecido. No todo era tan perfecto en su vida.

May dejó sobre la mesa el resto de las fotografías. Heidi vio entonces que el resto eran de los hermanos. Problemas, preguntas, pero no muchas respuestas.

—Creo que deberíamos establecer algunas normas sobre el uso de la cocina —sugirió May.

—¿En qué estás pensando exactamente? —preguntó Heidi, sin estar muy segura de lo que May pretendía.

—He pensado que sería todo más fácil sin compartiéramos las comidas. Los cuatro. Me encanta cocinar, así que no me importaría hacerme cargo de la cocina.

Cocinar no era una de las tareas favoritas de Heidi y le atraía la idea de que se encargara otra persona de hacerlo. Pero sentarse todas las noches delante de Rafe le resultaría difícil. Y tentador, lo cual, haría que la situación se tornara más problemática.

—Ya he hablado con Glen y él está de acuerdo.

Heidi ahogó un gemido.

—Puedes cocinar siempre que te apetezca. Y espero que me dejes ayudarte. Pero, en cuanto a Glen... Tienes que tener cuidado. Le gusta mucho coquetear.

May se sonrojó, desvió la mirada y se concentró en ordenar las fotografías que había dejado en la mesita.

—Sí, ya he oído los rumores que corren sobre él. Pero no te preocupes. No voy a caer rendida a sus encantos. Pero es agradable tener un hombre con el que hablar. Mi marido murió hace tanto tiempo que casi había olvidado lo que es tener a un hombre cerca.

Heidi no sabía cómo seguir presionando sin parecer demasiado insistente, así que esperaba que con aquella advertencia fuera más que suficiente.

—¿Hay alguna comida que no te guste? —quiso saber May.

—No.

—Estupendo. Esta noche, Rafe y yo cenaremos fuera, pero mañana cocinaré yo. A lo mejor hago una lasaña.

—Mm. Eso suena muy bien.

Heidi sospechaba que la lasaña de May no saldría de una caja roja de los congelados.

El sonido del motor de un camión quebró el silencio. May se volvió y unió emocionada las manos.

—¡Ya están trayendo todos los materiales! ¡Estoy deseando verlos!

Heidi la siguió al porche. Acababan de llegar dos camiones del aserradero local y estaban aparcando junto al establo. Desde donde estaba podía ver los postes para las cercas, los tablones para el tejado y lo que parecía una puerta para el establo. Y aunque la idea de arreglar el rancho la entusiasmaba, todo lo que había en aquellos camiones aumentaba la cifra que tendría que pagar si quería que May se terminara yendo.

Quería quejarse, dejar claro que hasta que la jueza no tomara una decisión, tanto la casa como las tierras del rancho seguían siendo suyas. Pero no se atrevía a enfadar a May. El único motivo por el que Glen no estaba encarcelado era la generosidad de aquella mujer. En ese momento, Heidi no podía permitirse el lujo de decir lo que pensaba. Aquella era una más de la larga lista de prohibiciones a las que estaba sometida.

Rafe aparcó detrás de los camiones. Salió del coche vestido con unos vaqueros, una camisa a cuadros y unas botas. No se parecía en nada al importante ejecutivo que había visto Heidi por primera vez en la carretera. Los vaqueros le quedaban muy bien y, sí, tenía un bonito trasero. Pero el interés de Heidi era puramente platónico. Era capaz de admirar a un hombre sin querer acostarse con él. Aquellas piernas largas y las caderas estrechas solo eran la forma que tenía la madre naturaleza de poner a prueba su sensatez. Y a lo mejor también a sus hormonas.

Había pasado mucho tiempo desde la última vez que la había abrazado un hombre.

Heidi había tenido algunos novios durante sus años de adolescencia y una relación seria a los veinte. Mike era un lugareño que vivía en una pequeña ciudad de Arizona en la que se instalaba la feria durante el invierno.

Ella siempre había oído hablar del peligro de enamorarse de un lugareño, pero con Mike había perdido la razón y había sucumbido completamente a sus encantos. Le había entregado su corazón y su virginidad. Pero al llegar la primavera, Mike no había estado dispuesto a irse con los feriantes y ella no podía dejar a la única familia que tenía.

Aunque Mike le había prometido que seguirían en contacto, con el tiempo, había dejado de llamar. A través de un amigo común, Heidi se había enterado de que Mike había conocido a otra mujer y se había comprometido con ella. El invierno siguiente la feria se había instalado en otra ciudad.

Heidi había conseguido superar aquel abandono y había seguido disfrutando de la vida. Los hombres con los que viajaba en la feria, o bien eran demasiado mayores, o mantenían con ella una relación demasiado fraternal como para considerar la posibilidad de llegar a formar una pareja. Y justo cuando había empezado a pensar que había llegado la hora de cambiar de vida, Melinda, su mejor amiga, se había enamorado.

Había tenido una relación muy intensa que había acabado mal. Melinda, una joven de buen corazón que siempre había creído lo mejor de todo el mundo, había terminado destrozada. Al final de aquella relación le habían seguido una depresión y dos intentos de suicidio que habían sacudido a la pequeña comunidad de feriantes. Heidi estaba decidida a lograr que su amiga continuara viviendo, costara lo que costara. Pero Melinda quería morir.

Heidi caminó hasta la parte de atrás de la casa y buscó refugio junto a sus cabras.

El sufrimiento de Melinda la había hecho recelar del amor. Del precio que implicaba. Había pocos feriantes que estuvieran casados y Heidi solo era capaz de recordar a un puñado de parejas felices. Eso le hacía dudar de los beneficios que podía reportar enamorarse. ¿Podía durar realmente el amor? ¿Y realmente merecía la pena tomarse tantas molestias?

En cuanto a la cuestión de cuánto tiempo había pasado desde la última vez que había encontrado a un hombre en su cama, era algo diferente. Una de las desventajas de vivir en una comunidad tan pequeña como Fool's Gold era que allí no había secretos. Le habría apetecido mantener una relación con alguien de allí, pero la verdad era que no sabía por dónde empezar. Ella no era muy aficionada a los bares y las cabras no eran precisamente un imán para los hombres.

Glen siempre le había dicho que lo que tenía que hacer era estar abierta a cualquier oportunidad, y cuando se presentara, bastaría con que dijera que sí.

Heidi terminó de imprimir las nuevas etiquetas para los quesos y observó el resultado. El dibujo era nítido, los colores vivos. La única manera que se le ocurría de ganar más dinero era vender más queso. ¿Pero serviría aquella etiqueta para atraer a más consumidores?

Glen estaba en el piso de abajo. Podía enseñarle la etiqueta y contar así con su opinión. Ojalá conociera a algún experto en marketing, pensó mientras salía del dormitorio y chocaba contra un sólido, cálido y viril pecho.

Heidi retrocedió y alzó la mirada. Inmediatamente deseó no haberlo hecho.

Rafe había pasado la tarde descargando madera y materiales para arreglar la cerca y el establo. Había sudado la gota gorda y, por lo tanto, tenía ganas de darse una ducha antes de cenar. Pero nada de eso explicaba el motivo por el que permanecía en medio del pasillo, llevando encima únicamente un par de toallas y una atractiva sonrisa.

Tenía el pelo mojado y, sorprendentemente, de punta. No se había tomado la molestia de afeitarse, de modo que su rostro era un ejemplo de rudo atractivo. Olía al jabón que hacía la propia Heidi. La toalla que llevaba alrededor del cuello apenas ocultaba su pecho desnudo y la que rodeaba su cintura sugería toda clase de posibilidades.

–¿No podías cambiarte en el baño? –le espetó Heidi.

Rafe enarcó una ceja al oír aquella pregunta.

–¿Hay algún problema en que no lo haya hecho?

–No. ¡Y no pienses que voy a acostarme contigo, porque no pienso hacerlo! Eres suficientemente cabezota como para que ni siquiera eso te distrajera a la hora de conseguir tu objetivo, y, en ese caso, yo sería doblemente perdedora.

Rafe curvó los labios lentamente en una sonrisa.

–No recuerdo haberte pedido que te acuestes conmigo, pero te aseguro que si lo hicieras, ninguno de los dos saldría perdiendo.

Horrorizada al darse cuenta de lo que acababa de decir, Heidi dio media vuelta y corrió escaleras abajo. Continuaba oyendo las carcajadas de Rafe cuando llegó al primer piso y salió al exterior.

El aire frío llenó sus pulmones, pero no fue capaz de aliviar el ardor de sus mejillas. «¡Qué hombre tan estúpido!», pensó. Sí, un hombre muy estúpido, pero que estaba realmente bien semidesnudo. Quienquiera que hubiera dicho que la vida no tenía sentido del humor, estaba completamente equivocado.

–No me digas que acostarme con Rafe solucionaría el problema –dijo Heidi.

Quizá no fuera la forma más profesional de iniciar una conversación con su abogada, pero quería dejar las cosas claras. Después de su desafortunado comentario de la noche anterior, había estado intentando evitar a Rafe, y pensaba continuar haciendo todo lo que estuviera en su mano para no verle. Para no volver a verle nunca, quizá.

Trisha ordenó las carpetas que tenía frente a ella.

–No puedes pedirme que te ayude, atarme después de pies y manos y esperar que se produzca el milagro –se echó a reír–. De acuerdo, no volveré a sugerírtelo. ¿Crees que Rafe podría estar interesado en acostarse conmigo?

Porque, a pesar de la diferencia de edad, te aseguro que no le diría que no.

Una imagen que Heidi no quería ni imaginar, pero que al menos le servía de distracción.

—Rafe y May se han instalado en el rancho.

Trisha esbozó una mueca.

—Eso no me gusta nada. Sacarlos de allí podría ser un problema.

—Como la jueza había dicho que deberíamos intentar compartir el rancho, no podía decirles que no. Y la casa es bastante grande.

Por supuesto, no iba a mencionar su preocupación por la actitud de Glen. Por lo que a ella concernía, ya habían hablado suficientemente de sexo.

—¿Cómo están yendo las cosas? —quiso saber Trisha.

—May es encantadora. Una mujer muy dulce y maternal. Es ella la que cocina.

—Dile que venga a vivir conmigo —le pidió Trisha con un suspiro—. Mataría por un plato de comida casera.

—Yo estoy encantada. Pero Rafe es más complicado.

—Los hombres como él siempre lo son.

—Ya sabes lo que le pasó a May cuando trabajaba para el propietario anterior. Ese hombre fue terrible con ella.

—Es posible —respondió Trisha—. Se supone que eso no debería influir en la jueza, pero todo el mundo es humano.

—¿Qué sabes de Clay, el hermano pequeño de Rafe?

Trisha se reclinó en su asiento y suspiró.

—¿No sabes a lo que se dedica? —se echó a reír—. Pues deberías saberlo.

—¿Qué quieres decir?

—¿Has visto su fotografía?

—Sí, May ha puesto fotografías de sus hijos en el cuarto de estar.

—¡Oh, no me refiero a fotografías de esa clase! —Trisha

tecleó en el ordenador y giró el portátil para que Heidi pudiera ver la pantalla.

En él aparecía una fotografía de un hombre desnudo, le habían tomado la fotografía de espaldas. Su trasero era el centro de la imagen, por así decirlo. Trisha alargó la mano y pulsó una tecla. La fotografía cambió. Apareció entonces Clay Stryker con unos calzoncillos diminutos. A no ser que hubieran manipulado la fotografía con PhotoShop, aquel hombre tenía un cuerpo impresionante.

Heidi abrió los ojos de par en par.

–Es un...

–Modelo de ropa interior. También utilizan su trasero en las películas para doblar a algunos actores. Puedes creerme, los estudios pagan grandes sumas de dinero para conseguir que su trasero salga en pantalla. Es un trasero con mucho éxito.

–Rafe habla de él como si fuera un delincuente. Bueno, en realidad, procura no hablar de él.

–Probablemente se avergüenza de su hermano. Rafe es un exitoso hombre de negocios. Seguramente no le gusta que su hermano pequeño aparezca medio desnudo en las carteleras de Times Square.

Heidi no conocía a Rafe lo suficientemente bien como para estar segura.

–Pero es su hermano, forma parte de su familia.

–No todo el mundo cree que eso debería bastar para querer a alguien. Bueno, ¿qué tal va el plan de financiación de la deuda?

Heidi habría preferido hablar del trasero de Clay o de cualquier otro tema.

–No muy bien. Voy a intentar aumentar las ventas del queso y tengo un par de cabras embarazadas. Cuando nazcan las crías, ganaré algo de dinero.

–¿Me equivoco al pensar que no te darán más de cien dólares por cada uno?

–No.

–¿Cómo conseguiste el dinero para comprar el rancho?

Heidi se encogió de hombros.

–Gané un premio jugando a la lotería. Con él pagué la entrada, los costes de apertura de la hipoteca y las cabras. Teníamos algunos dólares ahorrados. He empezado a jugar otra vez, pero no creo que tenga la suerte de volver a ganar.

–¿Tienes algún pariente rico a punto de morir?

–No.

–Pues es una pena –se volvió hacia el ordenador y lo cerró–. Tienes que encontrar la manera de pagar parte de lo que Glen robó. La jueza no se conformará con un plan de pago que pueda prolongarse durante décadas. Hablo en serio, Heidi. Podrías perder el rancho y Glen podría terminar en prisión. De verdad.

–Ya se me ocurrirá algo –prometió Heidi, aunque no sabía ni cómo ni qué.

Rafe supervisó la cerca. La mayoría de los postes estaban inclinados o desaparecidos y el alambre que los unía o bien era inexistente o, como mucho, constaba de un solo hilo de alambre. En realidad, habría sido más fácil si no hubiera habido cerca. Pero como la había, tenía que revisar todos y cada uno de los postes, arrancar aquellos que no eran suficientemente robustos, deshacerse de la alambrada vieja y empezar entonces con el alambre nuevo.

–Es mucho trabajo.

Rafe se volvió y vio a Glen caminando hacia él. El anciano sacó un par de guantes del bolsillo trasero de los pantalones.

–En ese caso, probablemente, deberíamos empezar.

–¿Está pensando en ayudarme? –preguntó Rafe.

Imaginaba que Glen debía de llevar jubilado más de una década. Obviamente, parecía fibroso, ¿pero cómo podía saber en qué estado se encontraba su corazón? Rafe no tenía ningún interés en hacer correr riesgos a aquel anciano.

—He puesto muchos postes durante mis años de feriante. Además, no parece que estés haciendo los agujeros a la vieja usanza —señaló la barrena para postes que había alquilado Rafe—. Mira muchacho, manejaba máquinas como esa mucho antes de que hubieras nacido.

¿Muchacho? Rafe disimuló una sonrisa. Si Glen estaba intentando intimidarle, tendría que esforzarse más.

—Si quiere hacer los agujeros, adelante —contestó Rafe, pensando que, en realidad, aquella era la tarea más fácil que tenía prevista aquel día.

La barrena haría la mayor parte del trabajo y Rafe podría dedicarse a levantar los postes.

Pero apenas había levantado el primero cuando entraron dos camionetas en el rancho. Se dirigieron directamente hacia la línea de postes y se detuvieron a apenas un metro de ella. En la primera camioneta iba un tipo. En la segunda, dos.

Se bajó el conductor de la primera y caminó hasta donde estaba Rafe. Era un hombre alto, de pelo oscuro, y había algo en él que a Rafe le resultó familiar. Tenía la sensación de haberle visto antes.

El hombre se echó a reír mientras se acercaba a él.

—Yo tampoco te habría reconocido si no hubiera sabido que habías vuelto por aquí —le dijo.

Rafe le miró con atención.

—¿Ethan? ¿Ethan Hendrix?

—Ese soy yo.

Se estrecharon la mano.

—Bienvenido a casa —le dijo Ethan—. Recuerdo que odiabas Fool's Gold. Me cuesta creer que hayas vuelto.

—No he vuelto para siempre. Es algo temporal.

Ethan miró los postes y los rollos de alambre.

—A mí esto me parece bastante permanente.

—Mi madre está pensando en instalarse en el rancho y quiero ayudarla.

—Siempre te has ocupado de ella —Ethan hizo un gesto a los otros hombres para que se acercaran—. He venido con dos de mis mejores trabajadores. Me llamaron del aserradero y me contaron lo que pretendías hacer —Ethan sonrió con los ojos brillantes de diversión—. La última vez que supe algo de ti, eras un genio de las finanzas. Si te has ablandado hasta ese punto, no vas a poder hacer esto solo.

—¡No me he ablandado! —protestó Rafe, y después le presentó a Glen.

Glen hizo un gesto, indicando que no era necesario.

—Conozco a Ethan —dijo—. Y también a esos dos. ¡Vamos chicos! Vamos a demostrarles cómo se hacen las cosas.

Rafe y Ethan caminaron hacia la camioneta más grande.

—¿Nunca te has ido? —preguntó Rafe—. Recuerdo que tú también querías marcharte de aquí.

Ethan se encogió de hombros.

—Ese era el plan. Pero la vida intervino a su manera. Al final, quedarme aquí ha sido lo mejor que me ha pasado —sacó la cartera y buscó en ella un par de fotografías.

Rafe se fijó en una atractiva pelirroja y tres niños.

—Parece que has estado ocupado.

—Y he sido muy feliz —contestó Ethan.

Rafe le devolvió la fotografía.

—Me alegro por ti.

Aunque no lamentaba el fracaso de su matrimonio, sí sentía el no haber podido tener hijos.

—¿Dónde vives? —quiso saber Ethan.

—En San Francisco. ¿Sigues dedicándote a la construcción?

—En parte. En realidad, la empresa ya va prácticamente

sola. Dedico la mayor parte del tiempo a construir turbinas –volvió a sonreír–. Molinos de viento, energía eólica.

Estuvieron hablando durante unos minutos sobre el negocio de Ethan.

–Deberíamos quedar algún día –propuso Ethan–. Le diré a Liz que te vamos a invitar a cenar. ¿Te acuerdas de Josh Golden?

–Claro que me acuerdo.

–También sigue aquí. Está casado y tiene una hija. Fiona ya tiene un año. ¡Parece mentira cómo pasa el tiempo!

Estuvieron hablando de los amigos comunes que tenían en el colegio, de quién continuaba allí y de quién se había marchado. Al cabo de unos minutos, Ethan miró el reloj.

–Tengo que marcharme. Puedes quedarte con mis hombres durante todo el tiempo que quieras. Ellos ya saben lo que tienen que hacer.

–Agradezco la ayuda. ¿Me enviarás una factura por las horas de trabajo?

–Cuenta con ello –contestó Ethan–. Por lo que he oído decir, puedes permitírtelo.

Rafe se encogió de hombros.

–No me va mal.

–Me pondré en contacto contigo para organizar esa cena. Me alegro de que hayas vuelto.

–No he vuelto –le recordó Rafe.

Ethan abrió la puerta del asiento del conductor de su camioneta.

–Sí, eso es lo que dice mucha gente, pero al final, nunca se va. A lo mejor has vuelto más de lo que piensas, Rafe.

A las siete y media de aquella tarde, todavía se veía el globo de sol completo sobre la línea del horizonte. Rafe estaba sentado en las escaleras del porche con una cerveza entre los pies.

Había sido un buen día, pensó mientras cambiaba ligeramente de postura. Los músculos protestaron por aquel movimiento, recordándole que levantar una cerca era un trabajo duro aunque uno dispusiera de una barrena eléctrica y de ayuda. Le dolían los hombros. A pesar de los guantes, se había hecho algunos cortes en las manos y varias ampollas. Probablemente debería estar malhumorado, pero la verdad era que se sentía orgulloso al ver la cerca enderezada. Habían comenzado bien. Con la ayuda de los hombres que Ethan había enviado, no tardarían más de dos semanas en arreglar el cercado. Después se pondrían con el establo.

Llamaba regularmente a la oficina y la señora Jennings le mantenía informado de los proyectos más importantes. Normalmente su rutina consistía en reuniones, negociaciones, viajes y contratos. Al final de una jornada de doce o catorce horas de trabajo, había hecho muchas cosas, pero no era capaz de señalar ninguna que hubiera dado por terminada. Cuando por fin cerraba un trato, ya estaba pensando en el siguiente. Rara vez se detenía a pensar en lo conseguido y, mucho menos, a celebrarlo.

Siempre había pensado que continuar encerrado en Fool's Gold habría sido un infierno. Y a lo mejor era cierto, pero aquel día, no había sido tan terrible.

Sonó su teléfono móvil y lo sacó del bolsillo de la camiseta.

–Stryker.

–¿Me echas de menos?

Sonrió al oír a su amigo.

–No.

Dante se echó a reír.

–¡Qué equivocado estás! Y lo verás en cuanto te cuente lo que ha pasado hoy.

Dante le explicó que había estado en los juzgados, que había conseguido encandilar al juez y que, una vez más, había hecho todo lo posible para asegurarse de que la compañía no solo ganara, sino que destrozara a la oposición.

–Impresionante –dijo Rafe, y bebió un sorbo de cerveza.

En vez de prestar atención a aquellos detalles que le harían ganar millones, se descubrió pendiente de los sonidos del interior de la casa. Del suave murmullo de las conversaciones y de la música de presentación del concurso favorito de su madre. Heidi había subido a su habitación al terminar de cenar. ¿Volvería a bajar?

Excepto para alabar la lasaña de su madre, Heidi había permanecido en silencio durante la cena. No le había mirado una sola vez y había eludido todos sus intentos de mantener una conversación. May se había quedado muy preocupada por ella, temía que no se encontrara bien. Pero Rafe sospechaba que la actitud de Heidi estaba más relacionada con lo que le había dicho el día anterior que con cualquier problema de salud.

¿Cuándo habría empezado a pensar en la posibilidad de que se acostaran? Curiosamente, aunque le parecía estupendo que hubiera decidido no acostarse con él, aquel anuncio había tenido en él el efecto contrario. No era capaz de pensar en otra cosa.

–No me estás escuchando.

–No exactamente.

–¿Es por culpa de una mujer?

–¿Tienes algún otro asunto del que hablarme? –preguntó Rafe.

–Eso es un sí. No será la chica de las cabras, porque no es tu tipo.

–¿Qué se supone que significa eso?

–Desde que te divorciaste, has salido con mujeres muy diferentes. Todas ellas muy guapas, pero incapaces de reconocer un sentimiento auténtico aunque les estuviera pellizcando el trasero. Heidi es diferente.

–¿Desde cuándo te has convertido en un experto en mujeres?

–Solo es un comentario.

–Voy a colgar.

Rafe pulsó un botón para poner fin a la llamada y guardó el teléfono en el bolsillo de la chaqueta. Bebió otro sorbo de cerveza pensando que Dante tenía razón. Heidi no era como las otras mujeres que habían entrado y salido de su vida. Era una mujer con los pies en la tierra. Además, su plan consistía en asegurarse de que su madre se quedara con el rancho. Otro motivo más para evitarla.

Se abrió en ese momento la pantalla de la puerta y la mujer en la que estaba pensando salió al cada vez más frío aire de la noche. Avanzó hacia el porche, pero se detuvo en seco en cuanto le vio.

–¡Oh, lo siento! –se disculpó y dio media vuelta.

–Espera –Rafe se apartó para hacerle sitio–, siéntate conmigo.

–No quiero molestar.

–No estoy haciendo nada.

Heidi escrutó el porche con la mirada, como si estuviera buscando una excusa para negarse, pero al final, suspiró y avanzó hacia él.

Se sentó muy tensa. Su aroma a vainilla llegaba hasta Rafe. Por primera vez desde que la conocía, llevaba la melena suelta y no recogida en dos trenzas. Iba vestida con una camiseta de manga larga, unos vaqueros y unas botas. No era un atuendo particularmente sexy o excitante. No había nada en ella que tuviera por qué resultarle atractivo. Y, sin embargo, se descubrió siendo extraordinariamente consciente de ella y preguntándose lo que sentiría si se acercara a Heidi y ella se reclinara contra él.

–La cerca está quedando muy bien.

–Pareces sorprendida.

Heidi le miró y desvió la mirada hacia delante otra vez.

—Tienes más aspecto de director que de trabajador.
—¿Quieres decir que se me da mejor dar órdenes que recibirlas?

Heidi curvó los labios en una sonrisa.

—Los dos sabemos que es cierto.
—Sí, lo reconozco, pero también sé colocar una cerca si tengo que hacerlo.

Heidi no llevaba ni una gota de maquillaje, advirtió Rafe mientras la observaba. Su piel tenía un aspecto suave, al igual que su boca. Bajó la mirada hacia sus manos. Uñas cortas y algunos callos. Era una mujer que trabajaba con las manos.

—May me ha dicho que has encontrado a alguien que se hará cargo del ganado —comentó Heidi.

Rafe levantó la cerveza y bebió un sorbo.

—Van a pagar un precio que considero justo. Dentro de un par de días vendrán a buscarlo.
—Y terminarán en el plato de alguien, ¿verdad?
—¿Eso te preocupa?

Heidi suspiró.

—No quiero que sufran, pero tampoco quiero tenerlas aquí. A lo mejor se las podrían llevar a algún zoológico.

Rafe, que estaba tragando en ese momento, comenzó a toser. Heidi le observó preocupada hasta que se recuperó.

—¿Estás bien?

Rafe asintió y se aclaró la garganta.

—¿Quieres donar las vacas a un zoológico?
—No quiero pensar que van a matarlas y después se las comerán.
—¿De dónde crees que salen los filetes?
—Eso es diferente. A esas vacas no las conozco.
—A estas tampoco las conoces mucho. Además, te dan miedo. Heidi, se trata de una cantidad de dinero importante.

Se dijo a sí mismo que no debería recordárselo otra vez. Al fin y al cabo, hasta el último céntimo que ganara estaría destinado a devolvérselo a su madre. Y si al final conseguía suficiente dinero, quizá pudiera convencer a la jueza.

—Pensaré en ello. Si me prometieran no matarlas, estaría completamente de acuerdo.

—¿Y qué se supone que tienen que hacer con tu ganado?

—No lo sé. Lo único que yo quiero es ocuparme de mis cabras y no tener nada que ver con otros animales. Por lo menos, con otros animales que se puedan comer.

—Las cabras también se comen.

—Las mías no.

—Tus cabras van a disfrutar de una vida muy agradable.

Heidi se dijo a sí misma que la nueva conciencia que parecía haber cobrado del momento se debía a la belleza que la rodeaba y a la tranquilidad del anochecer. Las cabras ya estaban en el establo, los pájaros en sus nidos y los grillos cantando. Heidi se sentía una con la naturaleza. Estaba tranquila.

Rafe giró en ese momento en la escalera y Heidi se sobresaltó. El corazón comenzó a latirle con tanta fuerza que le sorprendió que los grillos no salieran gritando aterrorizados, asumiendo, claro, que los grillos fueran capaces de emitir algún otro sonido que el habitual.

Era una situación demasiado complicada como para mantener la calma.

Pero la culpa no era suya, se dijo a sí misma. Era de lo que le había dicho sobre que no iba a acostarse con él. Después de aquella declaración, Rafe sabía que había estado pensando en aquella posibilidad. Aquel hombre tenía un ego del tamaño del Gran Cañón. Probablemente pensaba que estaba desesperada por acostarse con él cuando la verdad era que solo había estado considerando el sexo como una manera de convencerle de que no le quitara el rancho. Una idea bastante ridícula, sobre todo teniendo en cuenta que ella no tenía suficiente experiencia en el sexo como para convencer a un hombre de nada.

–¿Heidi?

–¿Sí?

–¿Estás bien? Pareces incómoda.

–Sí, estoy bien –o, por lo menos, lo estaría. A la larga–. La cena ha sido magnífica.

–¿Estabas pensando en eso?

–No, pero es el primer tema de conversación que se me ha ocurrido.

Rafe se inclinó hacia ella. Su pierna estaba a solo unos milímetros de su muslo.

–Estoy seguro de que se te ocurrirá algo mejor que hablar de la lasaña de mi madre.

–De acuerdo. ¿Echas de menos San Francisco?

–Sí.

Heidi elevó los ojos al cielo.

–Estás en mi casa. Por lo menos podrías intentar fingir que tienes que pensarte la respuesta.

–¿Por qué? Me gusta vivir en la cuidad.

–¿Porque hay tiendas y puedes ir al cine?

Una comisura de aquella boca tan sexy y bien dibujada que parecía hecha para ser besada se curvó hacia arriba. Heidi se descubrió pendiente de aquellos labios y se preguntó por lo que sentiría al sentirlos contra los suyos. Si él hubiera querido que...

Cerró mentalmente la puerta a aquel pensamiento y clavó la mirada en el establo. Su silueta era muy particular. Y, en cualquier caso, era más seguro que mirar a Rafe.

–Me gustan los restaurantes buenos y la facilidad para acceder a mi trabajo.

–¿Echas de menos tu vida en la empresa?

–Sí. Aquí no tengo suficiente poder. Yo no soy un ranchero, soy un hombre de empresa.

A pesar de la tensión sexual y del zumbido de deseo que comenzaba a crecer en su vientre, Heidi se echó a reír.

–A lo mejor deberías volver para asegurarte de que todo va bien.

–Tengo empleados que se aseguran de que todo vaya bien.

–Debe de ser muy agradable.

–Lo es.

–¿Me estás restregando tu riqueza? Porque soy perfectamente consciente de que podrías comprarme y venderme cientos de veces. Pero no me importa. Yo no soy una chica de ciudad. Y no me gustan los lugareños.

–¿Los lugareños? ¿De verdad te refieres a nosotros así?

–Sí. Las personas que viven siempre en el mismo lugar son diferentes.

Uno de ellos había hecho sufrir a su mejor amiga y Heidi sabía que eso era algo que jamás superaría.

–Deberías apreciar más a los lugareños –le advirtió Rafe–. Al fin y al cabo, son ellos los que te compran el queso –se reclinó contra la barandilla del porche–. ¿A qué mercados te dedicas?

Heidi parpadeó ante aquella pregunta.

–¿Quieres que te diga los nombres de las tiendas en las que vendo mi queso?

Rafe volvió a sonreír.

–No, te estoy preguntando por el segmento de mercado que te resulta más rentable. ¿Tiendas locales de productos ecológicos? ¿Bodegas?

–¡Oh!

Heidi cruzó las manos en los muslos. El leve cosquilleo había desaparecido y comenzaba a sentirse incómoda.

–Vendo los quesos en Fool's Gold. En los lugares a los que puedo enviarlos. Y en las ferias pongo un puesto.

Rafe continuaba mirándola expectante, como si pensara que estaba dejando lo mejor para el final.

—Eso es todo.

—¿Y cómo piensas ganarte la vida? Tienes que ampliar tu mercado. ¿Qué me dices de tiendas pequeñas especializadas en productos ecológicos? O cadenas especializadas. Estás a solo unas horas de San Francisco y no muy lejos de Los Ángeles. En ambas ciudades podrías conseguir grandes mercados. Son ciudades llenas de tiendas exclusivas y de compradores interesados en adquirir productos locales y ecológicos. Podrías llevar algunas muestras, asistir a ferias comerciales. ¡Deberías enviarle unos quesos a Rachel Ray! ¿Qué dice tu representante de ventas?

—Tú eres el que puede pagar a empleados. Yo no tengo suficiente dinero como para pagar a alguien para que venda mi queso.

—Pues sería la única manera de dar un paso adelante en el negocio. Si no aumentas tu mercado, tendrás problemas para pagar las cuentas durante toda tu vida. Un representante decente conseguiría ganarse su propio sueldo en cuestión de tres meses. Y podrías invertir el resto de los beneficios en el negocio. Hay docenas de mercados. Pero, por supuesto, eso significa que tienes que producir suficiente queso para vender.

—Puedo hacerlo.

—Entonces...

Rafe se interrumpió, como si de pronto hubiera sido consciente de lo que estaba haciendo. Estaba ayudando a su enemigo. Porque si Heidi llegaba a tener éxito, podría pagar a su madre y ganar el caso.

—Sí, son buenas ideas —admitió Heidi—. Pensaré en ello.

Eran movimientos inteligentes para cualquier negocio, pero Rafe se dijo que no tenía por qué preocuparse. Incluso en el caso de que empezara a ampliar en aquel momento su mercado, no podría reunir el dinero a tiempo. Al fin y al cabo, la jueza no iba a estar dispuesta a esperar seis o siete meses.

–Heidi, yo... –se interrumpió y sacudió la cabeza.

Heidi esperó en silencio. Pensaba que iba a decirle que no podía utilizar sus ideas, o que, por mucho que creciera su negocio, él continuaría ganándola, que no tendría manera de ganarle nunca. Sin embargo, Rafe musitó algo que ella ni siquiera fue capaz de oír, se inclinó hacia delante, la agarró de los brazos y la besó.

El sobresalto de Heidi fue tal que no pudo reaccionar. En realidad, ni siquiera era capaz de comprender lo que estaba pasando. Su cerebro no era capaz de procesar lo que estaba ocurriendo. ¿Rafe besándola? ¿Pero por qué?

Sin embargo, en vez de intentar encontrar una respuesta, comenzó a ser consciente del calor, no, mejor dicho, del fuego de sus labios sobre los suyos. De lo bien que parecían encajar. El beso de Rafe era firme. Era evidente que era él el que llevaba las riendas. Pero transmitía también una inesperada delicadeza. Se ofrecía, no solo tomaba. Por absurdo que pudiera parecer, Heidi tenía la sensación de que Rafe necesitaba que cediera. Como si el hecho de que se rindiera a él fuera importante para ella.

En algún momento, durante aquel instante de confusión, Heidi cerró los ojos. Sintió en la oscuridad los labios de Rafe moviéndose sobre los suyos. Instintivamente, se inclinó hacia delante y posó los brazos en sus hombros. Sintió la suavidad de la camisa de Rafe y la dureza de sus músculos. Él posó las manos en la cintura de Heidi, haciéndola consciente de la presión de cada uno de sus dedos.

El beso se prolongaba, haciéndose cada vez más ardiente. Heidi se decía a sí misma que tenía que retroceder, que Rafe era mucho más peligroso de lo que ella podía imaginar. Que en todas y cada una de las circunstancias, jugaba siempre a ganar, y que ella rara vez jugaba siquiera. Pero aun así, no parecía ser capaz de transmitirle ese mensaje a su cuerpo. Se sentía bien estando tan cerca de Rafe. De modo que terminó rindiéndose a lo inevitable, inclinó la cabeza y entreabrió los labios.

Rafe buscó el interior de su boca, reclamándola con un profundo beso que reavivó el deseo durante tanto tiempo dormido. La sangre comenzó a correr a toda velocidad por las venas de Heidi. Los senos le cosquilleaban y sentía entre los muslos un latido que vibraba al mismo tiempo que su corazón.

Mientras su lengua continuaba danzando con la de Heidi, Rafe deslizaba las manos por su espalda. Aquel gesto parecía en parte una caricia y en parte una promesa. Heidi estaba completamente absorta en aquella sensación y quería que Rafe acariciara otros rincones, otros lugares de su cuerpo. Que se apoderara de sus senos y quizá incluso descendiera un poco más.

Rafe interrumpió el beso y posó los labios en su barbilla. Desde allí, trazó un camino por su cuello y su escote. La acariciaba con los labios, la mordisqueaba con los dientes y no había una sola acción que no la hiciera estremecerse de pasión. El deseo fue creciendo hasta que llegó un momento en el que Heidi se descubrió a punto de agarrarle las manos para posarlas allí donde más lo deseaba. En aquel instante, y por estúpido que pudiera sonar, le parecía el mejor plan del mundo.

Pero apenas acababa de agarrarle las muñecas cuando sonó el móvil de Rafe. Heidi oyó aquel sonido estridente, sintió la vibración en el bolsillo de su camisa y retrocedió. Abrió los ojos.

Rafe sacó el teléfono. Heidi le vio presionar con el pulgar el botón para ignorar la llamada, pero también tuvo tiempo de ver el nombre que aparecía en la pantalla.

Nina.

–¿Es tu novia? –preguntó en el silencio que siguió.

Como siempre, la mirada de Rafe era insondable.

–No.

Heidi esperó. Quienquiera que fuera aquella mujer, era suficientemente importante como para formar parte de la agenda de Rafe. Y aunque ya era demasiado tarde para dar marcha atrás en el beso, no lo era para averiguar hasta qué punto había sido estúpida.

–Es la persona que se está encargando de encontrarme pareja.

Heidi no sabía si eso era mejor o peor que una novia. Mejor, decidió al final. Eso significaba que no tenía una relación estable. La estaba buscando, pero, por supuesto, no con una mujer como ella. Y era preferible. Ella tampoco tenía ningún interés en él. A pesar de que lo que acababa de ocurrir parecía evidenciar lo contrario.

Consiguió incorporarse, retroceder hasta la puerta y abrirla.

–Deberías devolverle la llamada –le recomendó, alegrándose de la firmeza de su voz–. Podría ser algo importante.

Capítulo 7

Rafe oyó a Heidi bajando las escaleras. No necesitó mirar el reloj para saber que todavía era temprano. La pálida luz que se filtraba por las cortinas le decía que la mayoría de la gente estaría durmiendo. Esperó hasta que oyó cerrarse la puerta de atrás, se levantó y se vistió rápidamente.

Habían pasado tres días desde que la había besado. Tres días durante los cuales Heidi había hecho todo lo posible para evitarle y durante los que su madre no paraba de observarle como si fuera consciente de que había algún problema. Rafe no le había comentado nada del beso a May y podía apostar toda su fortuna a que tampoco Heidi le había contado nada a su abuelo. Pero aun así, su madre intuía que había pasado algo. Rafe siempre había intentado evitar hablar de su vida privada con su madre, así que tenía un problema. La única manera que se le ocurría de arreglar la situación era normalizar su relación con Heidi.

Bajó al piso de abajo, cruzó el cuarto de estar y la cocina y salió. Heidi estaba con las cabras. Mientras cruzaba el patio, vio a tres gatos corriendo delante de él. Se deslizaron por la puerta parcialmente abierta del cobertizo. Rafe los siguió.

Heidi estaba ordeñando a Atenea cuando llegó. Los tres gatos la observaban expectantes.

–¿Desde cuándo tienes gatos?

Heidi no desvió la mirada del movimiento rítmico de sus manos. La leche caía con firmeza sobre un reluciente cubo de metal.

–No son míos. Vienen cuando me pongo a ordeñar. No sé cómo se enteran.

Rafe estudió sus movimientos, preguntándose si sería capaz de ordeñar una vaca. No había mucho espacio para ese tipo de actividades en su mundo.

–¿Puedo ayudarte?

Heidi soltó un bufido burlón.

–No creo.

Rafe contó las cabras. Todas parecían estar esperando que llegara su turno. Solo había seis.

–¿No ordeñas a todas?

–Hay dos embarazadas. Cuando están embarazadas no las ordeño.

–¿Con cuánta frecuencia se embarazan?

–Generalmente una vez al año.

Rafe comprendió que eso significaba una considerable reducción de leche.

–Eso interfiere en la producción de queso, supongo.

–Lo sé. Debería aumentar el rebaño, pero solo lo suficiente como para que siga siendo manejable.

Rafe quería preguntarle si había pensado en su conversación, en los consejos que le había dado. A lo mejor él no sabía mucho de cabras, pero sí sabía de negocios y los principios de venta eran universales.

–¿Piensas quedarte algún cabritillo?

–Probablemente no. Me gustaría tener más razas. Conozco a algunos criadores. A lo mejor podemos llegar a un acuerdo.

Terminó con Atenea y la cabra se alejó. Ocupó su lugar la siguiente. Heidi le lavó cuidadosamente las ubres antes de empezar a ordeñar otra vez.

—Si todavía tienes el nombre de ese tipo, estoy dispuesta a venderle el ganado —dijo, concentrándose en su trabajo.

—Le llamaré. Podía venir esta misma semana.

Estupendo.

Heidi trabajaba con eficacia. Ninguno de ellos hablaba. El incidente del beso parecía flotar entre ellos.

Rafe no estaba seguro de por qué lo había hecho. Quería decirse a sí mismo que había sido porque Heidi estaba allí y él no tenía nada mejor que hacer. Pero sabía que no era cierto. Había querido besar a Heidi. Quería saber lo que era sentirla entre sus brazos. Quería acariciarla, saborearla. Y después de haberla besado, quería mucho más.

Esa era precisamente la razón por la que había llamado a Nina para confirmar una cita. Porque Heidi no formaba parte del plan y dudaba muy seriamente que fuera una mujer capaz de acostarse con alguien por el mero placer de hacerlo. Querría más y él había renunciado a buscar ese más mucho tiempo atrás.

—Sobre lo que pasó el otro día... —comenzó a decir.

Heidi redujo la velocidad de sus movimientos, pero rápidamente la recuperó.

—No pretendía que nos pusiera en una situación incómoda.

—Pues es una pena, porque si hubiera sido ese tu objetivo, ahora podrías estar completamente satisfecho.

—Estás enfadada.

—No. Estoy confundida. Háblame de Nina, la mujer que te está buscando pareja. ¿De verdad has contratado a alguien para que te consiga una esposa? ¿Sabes en qué siglo vivimos?

—He contratado a la mejor. No hay nadie mejor que Nina.

Heidi se volvió hacia él.

—¿No eres capaz de encontrar a alguien por ti mismo?

–Lo intenté en una ocasión y no funcionó.

Heidi volvió a concentrarse en el ordeño y terminó con la segunda cabra. La tercera ocupó su lugar.

–Estuve casado en una ocasión. Éramos jóvenes, estábamos enamorados y decidimos casarnos. Yo pensaba que todo iba bien. Hasta que un buen día me dijo que ya no estaba enamorada de mí y me dejó. Pensaba que me sentiría humillado, destrozado. Pero lo único que sentí fue alivio porque no habíamos tenido hijos. Así terminó todo. Yo pensaba que en nuestra relación había algo más, pero la verdad es que no lo hubo.

El amor era una ilusión, una excusa para que la gente se emparejara. Algo que él no necesitaba.

–¿Y por qué quieres volver a casarte?

–Quiero tener hijos. Y soy suficientemente conservador como para pensar que un niño debe tener al menos dos personas que le cuiden.

–Déjame imaginar... Quieres que Nina encuentre a la mujer perfecta. Una mujer formada, probablemente con una carrera profesional, pero a la que no dedique todo su tiempo. Estás dispuesto a permitir que trabaje, pero, en realidad, preferirías que se quedara en casa con los niños. Quieres que sea inteligente, pero no en exceso. Atractiva, aunque no tengas un interés especial en la belleza. Debería ser divertida y capaz de hablar de los acontecimientos actuales. Una mujer casera a la que piensas ser fiel, pero a la que no piensas entregar tu corazón. Lo poco que queda de tu corazón se lo ofrecerás a tus hijos. Te conformarías con tener dos, pero en realidad preferirías que fueran tres. Y un perro.

Rafe permaneció donde estaba, aunque tuvo que hacer un enorme esfuerzo para ello. Se sentía como si Heidi acabara de abrirle y le hubiera dejado al descubierto, de manera que todo el mundo pudiera verlo. Había conseguido reducir sus deseos a una lista ridícula. ¿Cómo era posible que lo hubiera descrito tan bien? Él siempre se había considerado una persona insondable. ¿Habría estado enseñando sus cartas o tendría ella una capacidad especial para leer en el interior de las personas? Ni siquiera su madre había llegado tan lejos.

–Y tú no lo apruebas.

–En realidad, no tengo una opinión –contestó–. Supongo que lo que no entiendo es que estés dispuesto a pasar toda tu vida con una persona de la que no estás enamorado.

–El amor es una ilusión.

–En eso te equivocas. El amor es algo real y peligroso. La gente puede llegar a hacer locuras en nombre del amor. Cosas terribles, incluso. Es un sentimiento suficientemente peligroso como para no jugar con él. Y dime, ¿cuándo vas a quedar con la primera candidata?

–Dentro de un par de días.

Heidi desvió la mirada hacia él.

–¿Va a venir a Fool's Gold para tener una cita contigo?

Rafe se encogió de hombros.

–He intentado disuadir a Nina, pero ella dice que no habría ningún problema.

–Eso es porque eres todo un partido.

No se estaba riendo, pero Rafe vio el humor en sus ojos. El día que se habían conocido, era él el que tenía el control sobre la situación. De alguna manera, aquello había cambiado. Se sentía como si estuviera caminando sobre unos troncos flotantes y corriera el peligro de resbalar y caer al agua. Era una sensación que le gustaba.

–¿Vamos a conocerla? –quiso saber Heidi.

–No –contestó Rafe.

Y sin más, abandonó el establo y se dirigió a la cocina. Tenía una cerca que terminar de arreglar y una empresa que dirigir. En cuanto a Heidi, al parecer, se había equivocado al pensar que podía haberla ofendido al besarla. Era mucho menos frágil de lo que pensaba. De hecho, estaba demostrando ser una fantástica oponente. Él estaba jugando sus cartas. Al fin y al cabo, estaba en Fool's Gold por una sola razón: ganar.

Heidi llevó la leche a la cocina. Había visto a Rafe dirigirse al trabajo, así que sabía que estaba a salvo. ¡Gracias a Dios! No estaba segura de que hubiera sido capaz de soportar otro encuentro como el de aquella mañana. Había estado a punto de acabar con ella.

Todo en su relación era injusto. Lo alto, lo atractivo que era Rafe y la forma en la que se le aflojaban las rodillas cada vez que le veía sonreír. Y eso que la había pillado sentada. ¡Qué habría podido pasar si hubiera estado de pie!

Había sido el beso, pensó mientras vertía la leche en los recipientes y los llevaba al refrigerador que tenía en el vestíbulo. También era injusto hasta qué punto la conmovía. Una vez había conocido las posibilidades que le ofrecía, no era capaz de olvidarlas. Y mientras él estaba ocupado buscando a la esposa perfecta, ella languidecía por las noches en la cama, deseando sus besos.

Tenía la sensación de que había dado en el clavo al describir a la mujer que estaba buscando. No había sido difícil elaborar aquella lista. Lo único que había tenido que hacer era imaginar todo aquello que ella no era.

Se dijo a sí misma que no importaba. Que cuando Glen ganara el juicio, May y Rafe tendrían que volver a San Francisco. Recuperaría su rutina, podría olvidarse de aquel episodio y todo iría bien.

Se sirvió una taza de café y se dirigió al cuarto de estar. Apenas había bebido el primer sorbo cuando se detuvo bruscamente al oír una risa. Era una risa suave, íntima. Oyó la voz de Glen, procedía de su dormitorio. Segundos después, May contestaba. También desde el dormitorio de Glen.

¡No, no, no!, pensó, quedándose paralizada donde estaba. No podían estar... Ella se lo había advertido. Había advertido también a May. Y los dos tenían edad más que suficiente como para saber lo que no deberían hacer.

Regresó a la cocina y se sentó en una silla. ¿Qué podía pasar? Si Glen le rompía el corazón a May, podían encontrarse con problemas muy serios. Una May enfadada podría conseguir el favor de la jueza. Heidi iba a tener que volver a hablar muy seriamente con su abuelo y después buscar a alguien que pudiera ayudarla. Aunque eso significara tener que hablar con la persona a la que más estaba deseando evitar.

Heidi tardó veinticuatro horas en encontrar una oportunidad para hablar con Rafe. No había cenado en el rancho la noche anterior. May había comentado que había quedado con unos amigos del pueblo, pero Heidi no terminaba de creérselo.

En cualquier caso, había estado fuera y ella había sido incapaz de obligarse a hablar con él cuando había vuelto a casa. Pero sabía que no podía seguir alargándolo mucho más. Glen era la clase de hombre que sabía cómo seducir a una mujer. Y aunque no era algo en lo que le apeteciera pensar, sabía que proteger a May era primordial.

Oyó llegar a un par de camiones y dio por sentado que era nuevas entregas de materiales para la cerca o el establo. Pero al salir, se encontró con un puñado de hombres a los que no conocía, a sus vacas siendo conducidas a los corrales y a Rafe montado a caballo.

El sol brillaba con fuerza en un cielo limpio de nubes y la temperatura debía de rondar los diez grados. A pesar del frío, sintió un agradable calor al mirar al hombre que estaba montando a Mason.

Llevaba un sombrero vaquero y una cuerda entre las

manos. Los pantalones vaqueros se pegaban a sus musculosos muslos. Se distinguía su mandíbula perfectamente cincelada y sus ojos entrecerrados. Heidi se tambaleó ligeramente, embriagada por la fuerza del momento. Uno de los hombres gritó algo que ella no comprendió. Rafe curvó los labios, aquellos labios en los que ella no podía dejar de pensar, en una sonrisa. Y comprendió entonces que tenía más problemas de los que pensaba.

Bajo la mirada atenta de Heidi, Rafe urgió a Mason a avanzar, giró el lazo y lo deslizó en el cuello de una vaca. Mason clavó los cascos en el suelo, obligando a la vaca a detenerse.

Heidi no habría podido decir qué le sorprendió más, si Rafe o el caballo. Para ser un hombre al que le sentaban tan bien el traje y la corbata, Rafe parecía manejarse perfectamente en un rancho. Heidi imaginaba que no había olvidado las lecciones que había aprendido de niño.

Regresó a la casa, donde hizo varias llamadas y contestó algunos correos electrónicos. A pesar del peligro que suponía Rafe para ella, tenía que reconocer que había hecho sugerencias interesantes sobre el negocio. Heidi ya se había puesto en contacto con algunos almacenes de San Francisco y Los Ángeles para llevarles el queso y estaba buscando a alguien que pudiera trabajar como representante, aunque fuera a tiempo parcial. Con el dinero conseguido con la venta del ganado, podría asumir el riesgo y, al mismo tiempo, ahorrar una parte para pagar a May.

Glen entró en su pequeño despacho cerca de la hora del almuerzo.

—Ya han cargado la mayor parte del ganado –señaló.

—Me alegro de oírlo –le miró con dureza–. Creía que teníamos un trato.

Su abuelo, la persona a la que más quería en el mundo, no se molestó siquiera en mostrar la menor inquietud.

–Vamos, Heidi, soy un hombre adulto. No tienes por qué dirigir mi vida amorosa.

–¿No te ha bastado con robarle doscientos cincuenta mil dólares a May? ¿Ahora también quieres romperle el corazón?

–No digas eso. Es una mujer maravillosa. ¡A lo mejor es la mujer de mi vida!

–Nunca ha existido «la mujer de tu vida», Glen. Yo pensaba que te tranquilizarías a medida que fueras cumpliendo años, pero no ha sido así. ¡Te acostaste con tu abogada!

–Eso fue nada más llegar al pueblo. Entonces no era mi abogada –se acercó a ella y le palmeó el hombro–. No te preocupes por mí. Todo saldrá bien.

–¡No estoy preocupada por ti! –respondió exasperada–. Estoy preocupada por May. Y no sabes si las cosas van a salir bien o mal. Si haces sufrir a May, se presentará ante la jueza y lo perderemos todo. ¿No has pensado en ello?

Glen pareció perder su buen humor.

–Heidi, sobre el amor no se manda. Si algo has podido aprender de mí, es que el corazón es imprevisible. Lo que ha ocurrido con May ha sido algo completamente inesperado. Y a lo mejor es precisamente eso lo que he estado necesitando durante todo este tiempo.

–Muy bien, pero por bonitas que sean tus palabras, sé que no estás enamorado. Tú no crees en el amor. Lo has dicho miles de veces. Te gusta divertirte y pasar a otra cosa. May perdió a su marido hace muchos años. No tiene mucha experiencia en hombres. ¡Y estás poniendo en peligro nuestra casa!

–No, eso no es así, te lo prometo. Aprecio a May y no quiero perderla, Heidi. Y no lo haré. Confía en mí. Solo te pido que confíes en mí, jovencita.

Y sin más, se marchó.

Heidi le observó marcharse pensando que le estaba pidiendo demasiado. Le quería, pero no podía confiar en él.

Estuvo trabajando durante un par de horas más, hasta que oyó pasos en el zaguán. Entonces, apagó el ordenador y se dirigió a la cocina. Encontró a Rafe en el fregadero, bebiendo agua. Había dejado el sombrero en una silla al lado de la mesa y se había subido las mangas de la camisa. El sudor le oscurecía la camisa y tenía los pantalones cubiertos de polvo. Parecía salido de un anuncio de algo viril y vagamente sexy.

Terminó de beber y volvió a servirse agua de la jarra que había sacado de la nevera.

—Ya se han ido. Ahora puedes pasear tranquilamente por todo el rancho sin miedo a que te ataquen las vacas.

—Gracias por haberte ocupado de eso.

—De nada —bebió rápidamente el segundo vaso y se volvió hacia ella—. ¿Qué te pasa?

—Estoy preocupada por tu madre.

—¿Por qué?

—Está empezando a involucrarse sentimentalmente con Glen. Y te aseguro que de ahí no puede salir nada bueno.

Rafe se echó a reír.

—Glen tiene más de setenta años. ¿Qué es lo peor que podría pasar?

—No le subestimes por tener la edad que tiene. Glen lleva años encandilando a las mujeres. Le encuentran irresistible. No es un hombre de relaciones largas y eso significa que tu madre podría terminar sufriendo.

La risa de Rafe se convirtió en una sonora carcajada.

Heidi cruzó los brazos.

—No me estás tomando en serio.

—No puedo. ¿Glen y mi madre?

—Tu madre estuvo ayer en el dormitorio de Glen y oí cómo se reían.

—Probablemente le estaba llevando la colada.

—Se estaban acostando.

Rafe cambió inmediatamente de expresión.

—Imposible.
—He hablado con Glen, pero no quiere hacerme caso. Tienes que hablar con tu madre. Glen no es un hombre capaz de sentar cabeza. Si es eso lo que May espera de él, no va a suceder.
—No voy a hablar con mi madre sobre su vida personal.
—¿Prefieres que le rompan el corazón?
—Glen y ella no tienen ninguna relación personal.
—¿Cómo lo sabes?
—Sencillamente, lo sé.
Heidi gimió.
—Así es como funcionas tú, ¿verdad? ¿Si no te gusta algo te limitas a fingir que no existe?
—No sé de qué estás hablando.
—¿Qué me dices de Clay? Es tu hermano, pero nunca hablas de él.
Rafe endureció la mirada.
—Eso no es asunto tuyo.
—Te comportas como si fuera un delincuente. Lo único que hace es anunciar ropa interior. Probablemente hasta gane más dinero que tú. ¿Ese es el problema?
—Podría haber hecho algo importante con su vida.
—Y lo ha hecho.
—No ha hecho nada de lo que pueda sentirse orgulloso.
Heidi le miró con los brazos en jarras.
—Eres un puritano. Te avergüenzas de lo que hace Clay y por eso no hablas de ello.
—No es cierto.
—Tampoco quieres reconocer lo que hace tu madre. ¿Es que tienes algún problema con el sexo?
—No tengo ningún problema con el sexo —gruñó.
—Pues seguro que tienes algún problema con algo.
—Ahora mismo, contigo —dejó la jarra de agua y se volvió hacia ella—. Trabajé como un animal cuando era niño para hacerme cargo de mi familia. Pasaba hambre y traba-

jaba como un hombre cuando solo tenía diez años. Así que creo que tengo derecho a decidir si mi hermano está desperdiciando su vida o no. Y lo mismo digo de mi hermana.

Aquello la confundió.

–Yo pensaba que tu hermana era bailarina.

–Solo Dios sabe lo que es. Se fue de... –negó con la cabeza–. No voy a hablar de ella.

–Fuiste tú el que la crió.

Heidi pensó en todo lo que sabía sobre Rafe y sobre su pasado. Sobre lo dura que había sido su infancia. Había conseguido ir a la universidad gracias a una beca y había levantado un emporio. ¿Pero cuánto conservaría todavía de aquel niño asustado y hambriento?

–El hecho de que Clay se haya convertido en modelo no quiere decir que no aprecie lo que hiciste por él.

–No intentes meterte dentro de mi cabeza. No lo vas a conseguir.

–Lo único que estoy diciendo es que a lo mejor deberías presionarle menos.

–Y supongo que ese consejo lo das a partir de la experiencia que tienes con tu enorme familia.

Heidi alzó la barbilla.

–Crecí rodeada de familiares. A lo mejor no era una familia tradicional, pero sé perfectamente lo que es vivir con mucha gente en un espacio reducido –alzó las dos manos–. Muy bien. Dejaremos a Clay en paz. Pero, por favor, habla con tu madre.

–No.

–Para ser un hombre que ha estado casado, no sabes mucho de mujeres. No me extraña que necesites contratar a alguien para que te busque pareja. Muy bien. No hables con May, pero después no digas que no te lo advertí.

Heidi empujó el vaso vacío hasta el final de la mesa.

Miró a su alrededor esperando a que Jo apareciera. Cuando la camarera arqueó las cejas, Heidi señaló su vaso y asintió.

Sí, muchas gracias, quería otra margarita, y a lo mejor otra más después de aquella.

—Tengo un presupuesto de ciento cinco mil dólares —estaba diciendo Annabelle—. Espero conseguirlo por unos ochenta o noventa y el resto lo emplearé en libros y en muebles.

—¿Una biblioteca ambulante? —preguntó Charlie.

Annabelle asintió.

—Tenemos mucha gente en el pueblo que no puede ir a la biblioteca. En la última recaudación de fondos se terminó el centro de comunicaciones, y eso es genial. Además, si conseguimos un par de ordenadores portátiles y una conexión inalámbrica, podremos conectar a Internet a personas que jamás lo han utilizado.

Charlie esbozó una mueca.

—Cuando te veo tan entusiasmada me resultas irritante. Me confunde.

—Lo sé. Suelo ser mucho más sarcástica, pero tengo verdadero interés en esa biblioteca. He estado pensando en organizar una fiesta para conseguir fondos. Tengo que hablar con Pia.

Pia era responsable de docenas de fieras en Fool's Gold. Desde su diminuto despacho, era capaz de hacer milagros. Gracias a su extraordinaria capacidad de planificación, los banderines siempre llegaban a tiempo, aparecían los vendedores y se montaban los cuartos de baño portátiles.

—Te ayudaremos. Solo tienes que decirnos lo que quieres que hagamos.

Charlie negó con la cabeza.

—No pienso trabajar de voluntaria.

—¡Claro que sí! —replicó Heidi—. Y sabes que lo harás.

Charlie suspiró.

—De acuerdo, estaré allí.

—Todavía está todo en un estado muy inicial, pero os avisaré en cuanto me ponga en acción.

Jo le sirvió a Heidi su margarita y les prometió que las hamburguesas llegarían pronto. Después se fue a atender a otros clientes. Heidi alargó la mano hacia su vaso y se dio cuenta entonces de que sus amigas la estaban mirando fijamente.

—¿Qué pasa?

—Es el segundo —le advirtió Charlie.

—Lo sé.

—Normalmente no te pides la segunda copa hasta que no llega la comida. A veces ni siquiera pides una segunda copa.

—He tenido un mal día —Heidi se dejó caer contra el respaldo—. Ni siquiera sé por dónde empezar.

Annabelle le palmeó el brazo.

—Empieza por donde quieras. Te entenderemos.

—Glen se está acostando con May. Por lo menos, eso creo. Ayer estaba en su habitación, riéndose, y la risa me pareció muy íntima. Estoy preocupada por ella. No quiero que Glen le rompa el corazón. Es lo que hace siempre. No es hombre de una sola mujer. He intentado hablar con Rafe, pero no me ha hecho caso. Cree que Glen es demasiado viejo para tener relaciones sexuales. ¡Qué hombre tan estúpido! Y durante toda mi vida, Glen me ha estado diciendo que el amor era un sentimiento irreal, y que de existir, solo existía para los incautos. Y ahora me dice que May es la mujer de su vida y que lo que siente por ella es auténtico. Que estaba equivocado y que yo debería olvidar todo lo que me ha dicho hasta ahora sobre el amor.

Se interrumpió para tomar aire.

—Y por increíble que pueda parecer, Rafe ha contratado a una agencia matrimonial y esta noche tiene una cita. Porque si tuvierais oportunidad de conquistar a un hombre como él, ¿os importaría venir hasta Fool's Gold? Y las vacas ya no están, algo de lo que me alegro, porque necesitaba el dinero, y voy a contratar a un representante de ventas para los quesos, y estoy asustada. En realidad ha sido idea de Rafe, que me está ayudando a quedarme con mi casa a la vez que intenta quitármela –tomó aire–. Están pasando un montón de cosas.

Alargó la mano hacia la margarita y le dio un largo trago.

Annabelle y Charlie intercambiaron una mirada.

–Menuda lista –comentó Annabelle.

–Casi todos son temas relacionados con Rafe. Y está bebiendo más de lo normal –añadió Charlie–. Ya sabes lo que eso significa.

–Problemas –Annabelle sacudió la cabeza–. Grandes problemas.

–Problemas de hombres.

–No hay ningún problema relacionado con ningún hombre –replicó Heidi–. Ninguno. Cero. No me siento atraída por Rafe.

–Pero le has besado –dijo Annabelle suavemente.

–Sí, pero eso fue...

Inmediatamente se llevó la mano a la boca. ¡No pretendía mencionar lo del beso! Dejó caer la mano.

–No es lo que estáis pensando.

–¿Hubo lengua? –quiso saber Charlie.

Preparada para el interrogatorio, Heidi apretó los labios y no dijo una sola palabra.

–Eso es un sí –interpretó Annabelle con un suspiro–. Echo de menos los besos con lengua. O cualquier tipo de beso. Hecho de menos el sexo, los hombres y los orgasmos –volvió a suspirar–. Lo siento, ¿cuál era la pregunta?

–Así que fue un beso con lengua –confirmó Charlie.

Jo les llevó las hamburguesas. Cuando se fue, Heidi agarró una patata frita de su plato.

–Fue algo completamente accidental. E intrascendente por las dos partes. Rafe tiene una casamentera. ¿A quién se le ocurre una cosa así? No sé por qué no puede conseguir una chica por sus propios medios. Es rico y atractivo. Y cuando monta a Mason... ¡Oh! –se volvió hacia Charlie–. ¿Sabías que tu caballo sabe cazar a lazo? Bueno, por lo menos cumple con la parte que le corresponde como caballo.

Charlie tomó su hamburguesa.

–Teniendo en cuenta que fui yo la que compré a Mason, sí, lo sabía. ¿Y qué? ¿Rafe resulta muy sexy a caballo?

–Más de lo que debería estar permitido. Con esos hombros y ese sombrero...

–¡Oh, no! ¡Estás fatal! –Annabelle se la quedó mirando fijamente–. Pensaba que te ibas a acostar con él para conservar el rancho, no que te ibas a enamorar de él.

Heidi le dio un bocado a la hamburguesa y masticó. Tragó, e hizo un gesto de desprecio con la mano.

–No me estoy enamorando de él. No es mi tipo. Es un lugareño, conozco a los hombres como él.

–¿Un lugareño? –repitió Charlie–. Creo que me imagino a qué te refieres, pero tú ya no vives en una feria ambulante. También tú eres ahora una lugareña

–Pero en el fondo, no –Heidi continuó bebiendo su margarita.

El tequila se deslizaba suavemente por su garganta. Y se alegraba de tener el cerebro un poco entumecido. Muy pronto dejaría de pensar en Rafe y en su cita con alguna preciosidad de San Francisco.

–Qué hombre tan estúpido –musitó–. ¿Quién se piensa que es mostrándose tan atractivo montando a caballo? Además, no fui yo la que empecé a besarle. Fue él el que me besó.

–¿Fue un beso increíble? –preguntó Annabelle con nostalgia.

–Sí. Pero eso no quiere decir que quiera acostarse conmigo.

–Y tampoco que tú estés amargada –musitó Charlie.

–Claro que no estoy amargada. Pero ese hombre es un estúpido.

–Eso ya lo has dicho –le recordó Annabelle.

Heidi terminó el resto de la margarita e hizo un gesto para que le sirvieran la tercera copa.

–En realidad no te apetece –le advirtió Charlie–. Ya estás completamente borracha.

–Tú no me mandas –protestó Heidi.

–Ya es demasiado tarde –repuso Annabelle–. No podemos hacer nada.

–Mañana por la mañana te arrepentirás.

A lo mejor Charlie tenía razón, pero, en aquel momento, a Heidi no le importaba.

Capítulo 8

–¡Pero necesito mi coche! –dijo Heidi, apoyándose contra la puerta de la camioneta de Charlie–. Ya sé que no puedo conducir, pero podríamos tirar de él. O pastorearlo, como a las vacas –se echó a reír al imaginar un rebaño de coches siguiéndola fielmente–. Deberíamos hacer un anuncio...

–¿De qué estás hablando? –preguntó Charlie.

–De nada. No siento las mejillas.

–No tardarás en empezar a vomitar.

–¡Qué va!

Le gustó cómo sonaban aquellas palabras en su boca, las repitió y se echó a reír. Pero su diversión terminó con un sonido que le hizo taparse la boca.

–No he sido yo.

–Eso es lo más suave de lo que te va a pasar esta noche –le advirtió Charlie mientras rodeaba la casa del rancho y se detenía delante del porche–. La próxima vez que nos veamos, pienso recordarte que te lo advertí, y no va a importarme que tengas un aspecto lamentable. Vivirás en un mundo de arrepentimientos.

–En realidad, ya estoy allí –repuso Heidi, intentando quitarse el cinturón de seguridad con movimientos torpes.

Tenía muchas cosas de las que arrepentirse. Algunas de

ellas las veía un tanto borrosas. Las más claras tenían que ver con Rafe y su cita.

—La odio.

—¿A quién?

—No lo sé, pero la odio.

—Perfecto.

Charlie salió de la camioneta y la rodeó. Cuando estaba llegando a la puerta, Heidi vio una silueta en el porche. La silueta se movió hacia ellas e inmediatamente reconoció a Rafe.

—No deberías haber vuelto —musitó Heidi cuando Charlie abrió la puerta—. Deberías estar con ella.

—¡Dios mío! —exclamó Charlie—. Vamos, tienes que entrar en casa.

—¿Qué ha pasado? —preguntó Rafe.

Era alto. Un hombre alto y de hombros anchos. Heidi recordó el aspecto que tenía envuelto en una toalla, todo húmedo y sexy. Le gustaría verle desnudo. Hacía mucho tiempo que no veía un pene y tenía la sensación de que aquel sería especialmente bonito.

—Demasiadas margaritas —le explicó Charlie mientras le desataba el cinturón de seguridad—. Heidi no suele beber mucho. Va a tener una noche complicada. Vamos, cariño. Tienes que salir de la camioneta.

—Yo me ocuparé de ella —se ofreció Rafe mientras se acercaba.

Charlie se apartó para dejarle espacio y Heidi se encontró mirando a Rafe a los ojos.

—Todo esto es culpa tuya —le acusó.

—Estoy seguro de que tienes razón, cabrera. Vamos dentro.

Heidi quiso protestar por aquel título, aunque Rafe lo había pronunciado de una forma que resultaba amable. Amistosa. Cariñosa, incluso. Como si fueran amigos. Por supuesto, Rafe no parecía un hombre capaz de ser amigo de una mujer. Era más la clase de hombre que conseguía lo que quería, dejaba a las mujeres con el corazón roto y desesperadas y después...

–¿Qué te hace tanta gracia? –preguntó Rafe.

–¿Qué?

–Te estás riendo.

Heidi se sonrojó.

–No, no me estoy riendo.

Rafe miró a Charlie por encima del hombro de Heidi.

–¿Cuánto ha bebido?

–Digamos que yo no me interpondría entre ella y el cuarto de baño.

–Gracias por la advertencia –se volvió de nuevo hacia Heidi–. ¿Estás preparada para salir de la camioneta?

–Sí.

Dio un paso adelante, pero se dio cuenta de que todavía no había salido de la camioneta. Se le enredó el pie, y si Rafe no la hubiera agarrado, habría caído de cabeza.

Rafe musitó algo que Heidi no entendió y la rodeó con los brazos.

–Supongo que habrá que hacerlo de la forma más dura.

La sacó de la camioneta y la dejó a su lado, en el camino de la entrada. Mantener el equilibrio era más difícil de lo que recordaba, pensó Heidi mientras se mecía e intentaba enderezarse. Tuvo la vaga noción de que debería llamar a Glen y pedirle su elixir mágico, pero aquella idea se desvaneció a la misma velocidad que llegó.

–No puedes subir las escaleras, ¿verdad? –preguntó Rafe.

Heidi estaba demasiado ocupada mirando su boca como para contestar. Le gustaba aquella boca. Le gustaba especialmente cómo la sentía cuando tocaba la suya.

–Charlie me ha preguntado que si hubo lengua. Yo no he contestado, pero creo que se imagina la verdad.

Rafe estaba seguro de que Heidi pensaba que estaba su-

surrando. Desgraciadamente, se equivocaba. Miró a la mujer alta y de hombros anchos que había llevado a Heidi a casa.

–¿Tú eres Charlie?
–Ajá.
–¿Eres la dueña de Mason?
Charlie asintió.
–Me han dicho que lo estás montando y te lo agradezco. Pero creo que deberías dejar de complicarle la vida a Heidi.
–No le estoy complicando la vida.
Charlie le sostuvo la mirada con firmeza.
–Solo fue un beso –añadió Rafe.
–Así es como se empieza. Heidi es mi amiga. No me obligues a hacerte daño.

Rafe suspiró y le pasó a Heidi el brazo por los hombros. Mientras la ayudaba a subir al porche, se preguntó por qué no estaría en San Francisco, viendo un partido de béisbol con Dante o quedándose en la oficina hasta muy tarde. En aquel momento, hasta una crisis financiera o una amenaza de demanda le resultaban atractivas.

–Prometo no hacerle daño. ¿Te basta con eso?
–Ya veremos.

Rafe fue medio arrastrando, medio conduciendo a Heidi hasta el porche. Charlie cerró la puerta de pasajeros de la camioneta, regresó al asiento del conductor y se marchó.

–¡Adiós, Charlie! –gritó Heidi tras el vehículo.

Intentó despedirse de ella con la mano, pero estuvo a punto de caer al suelo.

Rafe la agarró y la ayudó a incorporarse. Heidi le frotó el brazo.

–Eres muy fuerte.
–Gracias.
–Me gusta que seas tan fuerte. Y también me gustó verte envuelto en una toalla. Si no estuvieras intentando qui-

tarme mi casa, me gustarías más. ¿No vas a cambiar de opinión sobre eso?

—No creo que este sea el momento más adecuado para mantener esta conversación.

—Claro que sí. O podríamos besarnos —le miró esperanzada.

—¿Son las únicas opciones que tengo?

Heidi asintió, pero se detuvo bruscamente.

—Has tenido una cita —le dijo en tono acusador—. Con una mujer.

—¿Estarías más contenta si hubiera sido con un hombre?

Heidi pensó en la pregunta y parpadeó.

—No lo sé.

Rafe tuvo la sensación de que para ella, aquello era una novedad.

—¿He dicho algo del beso? —le preguntó Heidi.

—Sí.

—¿Y qué piensas al respecto?

—Nada que te apetezca oír.

Rafe sabía que podía poner fin a aquella conversación mencionando su cita, pero no quería hablar sobre ello. Ya era suficientemente malo haber tenido que soportarla. Aunque Julia había resultado ser una mujer encantadora, había pasado las dos horas de la cita intentando evitar que le descubriera mirando el reloj. No había dejado de pensar en Heidi y en el rancho, de preguntarse por qué habría preferido estar allí a cenar con aquella mujer tan encantadora. Se había retirado pronto y había desconectado el teléfono para que Nina no pudiera llamar para preguntar por la cita.

—Vamos dentro.

Consiguió subir a Heidi hasta el porche y entrar en casa. Para no correr riesgos en las escaleras, la levantó en brazos y la subió al segundo piso. Desde allí, recorrieron el corto trayecto que los separaba de su dormitorio.

Una vez en el interior, dejó a Heidi en el suelo y encendió la luz.

Heidi le miró asombrada.

—¡Me has traído en brazos!

Rafe asintió.

—¡Qué romántico! —Heidi sonrió—. Ahora puedes besarme.

Heidi cerró los ojos y apretó los labios.

Lo más inteligente habría sido marcharse, pensó Rafe. Heidi estaba borracha y él estaba intentando superar aquella situación sin meter excesivamente la pata.

Pero había algo especial en Heidi. Algo que le tentaba más allá de lo razonable. Heidi no era el tipo de mujer que le gustaba, pero eso no la hacía menos... atractiva. De hecho, le atraía todo en ella. Era espontánea y divertida. Trabajadora y leal con aquellos que le importaban. Y en aquel momento, incluso estando borracha, le resultaba endiabladamente sexy.

Se inclinó y le rozó ligeramente los labios. El calor y el deseo fueron instantáneos. Heidi volvió a mecerse y Rafe posó las manos en sus hombros para mantenerla firme.

En el instante en el que la tocó, comprendió que estaba perdido. Que con el deseo no se podía razonar, y él la deseaba con todas sus fuerzas. Sin embargo, aprovecharse de una mujer borracha no era su estilo. Además, tenía suficiente ego como para querer que Heidi supiera lo que estaba haciendo si alguna vez se acostaba con él. Retrocedió.

Heidi abría los ojos de par en par. Parecía que le costaba enfocar la mirada. Se tambaleó.

—Ha sido muy agradable, pero me estoy durmiendo.

A pesar del doloroso latido en su entrepierna, Rafe sonrió.

—No es que te estés durmiendo, estás a punto de desmayarte.

Heidi hizo un gesto de desdén con la mano.

–Tonterías –y caminó hacia la cama.

Rafe la ayudó a sentarse y le quitó los zapatos. Pero, por supuesto, no iba a desnudarla, pensó.

Heidi se tumbó en la cama. Rafe la tapó con el edredón y le dio un beso en la frente.

–Mañana te va a doler todo –musitó.

–No. Me tomaré la fórmula secreta de Glen y estaré bien.

–¿Quieres que te la prepare?

Heidi cerró los ojos y tomó aire.

–Buenas noches, Rafe –susurró, como si estuviera ya completamente dormida.

Rafe interpretó aquella respuesta como un no.

Salió, pero dejó la puerta abierta. Después de ir al baño, dejó la luz encendida para que a Heidi le resultara más fácil encontrarlo cuando se levantara y se dirigió a su dormitorio. Estaba a punto de cerrar la puerta cuando oyó un ruido extraño. ¿Habría empezado Heidi a vomitar?

Salió al pasillo y escuchó con atención. Volvió a oír aquel sonido. Comprendió entonces que procedía del piso de abajo. No era un sonido de angustia, era como...

¿Su madre?

Estremecido, corrió de nuevo al dormitorio. En cuanto cerró la puerta tras él, agarró el iPod, se puso los auriculares y subió el volumen. Fool's Gold continuaba siendo, como siempre, su particular visión del infierno. Un lugar en el que su madre intimaba con el hombre que la había robado y en el que él no podía tener a la única mujer que realmente deseaba.

Rafe se quedó dormido alrededor de la media noche, pero cerca de una hora después, le despertó un sonido de pasos en el pasillo. Alguien había dado un portazo en el baño. Pero dio media vuelta en la cama y volvió a dormirse. El despertador del teléfono le despertó justo antes del amanecer.

Se vistió rápidamente, agarró las botas, salió al pasillo y llamó a la puerta del dormitorio de Heidi.

–Fuera.

La voz sonaba débil y cargada de dolor.

Rafe abrió la puerta y vio un bulto acurrucado en la cama.

–Yo me ocuparé de las cabras esta mañana.

–No sabes ordeñarlas.

–Aprenderé.

–Tienes que esterilizarlo todo.

–Te he visto hacerlo.

Heidi giró en la cama, mostrando un ojo hinchado e inyectado en sangre. La carne que lo rodeaba era una incómoda combinación de verde y gris.

–¿A qué hora has dejado de vomitar? –le preguntó Rafe.

–No sé si he dejado de vomitar todavía.

–Yo me ocuparé de las cabras –repitió Rafe.

–Gracias –Heidi se tumbó de nuevo en la cama y gimió–. ¡Hoy viene Lars!

–¿Quién es Lars?

–El hombre que les corta las pezuñas.

–Yo le atenderé. Le supervisaré mientras hace su trabajo. Me gusta observar a los demás mientras trabajan.

–Gracias. Creo estoy a punto de morir.

–Lo siento, pero no tendrás tanta suerte. Seguro que desearás estar muerta, pero lo superarás.

–No estés tan seguro.

Rafe se preguntaba cuánto recordaría Heidi de la noche anterior e imaginó que, en el caso de que se acordara de que le había suplicado que la besara, fingiría no hacerlo.

–Intenta dormir algo –le aconsejó Rafe–. Yo ordeñaré las cabras y me ocuparé de Lars.

Salió del dormitorio y bajó las escaleras. Al pasar por la cocina, oyó risas procedentes del dormitorio de Glen, pero bajó la cabeza y aceleró el paso. Por supuesto, no iba a mantener ninguna clase de conversación con su madre. Por lo menos, no antes de haber tomado el café.

Se dirigió hacia el establo de las cabras y encontró a los animales esperando el ordeño de la mañana. Atenea inclinó las orejas en cuanto le vio, como si ya estuviera anticipando el cambio. Entrecerró los ojos y retrocedió un paso.

–No pasa nada –intentó tranquilizarla Rafe.

Pero la cabra no parecía muy convencida.

Rafe se lavó las manos y buscó el instrumental que necesitaba. En cuanto estuvo todo listo, caminó hacia Atenea. La cabra le fulminó con la mirada y se apartó. Era evidente que estaba debatiéndose entre las ganas de ser ordeñada y el hecho de que él no fuera Heidi.

Las otras cabras observaban. Si con Atenea iba todo bien, las demás la seguirían. Si no... Rafe decidió no pensar en ello.

La puerta se abrió y entraron tres gatos que corrieron hacia él maullando de anticipación. El gato gris se restregó contra sus tobillos, dejándole un rastro de pelo en los vaqueros.

–Muy bonito –le dijo Rafe.

El gato parpadeó y ronroneó satisfecho.

Era un sonido grave, pero relajante. Atenea volvió a mover las orejas y se dirigió entonces a su lugar, al lado del taburete.

–¡Dios bendiga al gato! –musitó Rafe, y se puso los guantes.

Se sentó en el taburete, limpió las ubres de Atenea con desinfectante y comenzó a trabajar.

Cinco minutos después, ya estaba dispuesto a admitir que ordeñar era más difícil de lo que parecía cuando lo hacía Heidi. Atenea continuaba mirándole como si se estuviera preguntando por qué tendría que vérselas con un humano tan inepto, pero consiguió terminar con ella. La siguiente cabra se colocó en el lugar de Atenea y así continuó hasta que pasaron todas por sus manos.

Cuando acabó, les dio a los gatos su parte de leche y abrió las puertas para que las cabras pudieran correr por el corral. Normalmente, Heidi las llevaba a pastar a diferentes partes del rancho, pero como aquel día iba a ir el tipo de las pezuñas, Rafe decidió que era preferible que estuvieran cerca.

Se aseguró de que tuvieran agua, llevó la leche al interior de la casa y la guardó en el refrigerador del vestíbulo. Desayunó rápidamente, tuvo la suerte de evitar a su madre, y salió de nuevo para reunirse con los hombres de Ethan, que continuaban trabajando en la cerca.

Poco antes de las nueve, una desvencijada camioneta de color rojo paraba cerca del cobertizo de las cabras. Salió de ella un hombre del tamaño de un oso, con el pelo rubio, barba y la clase de músculos que podrían doblar una viga.

—Tú debes de ser Lars —dijo Rafe mientras se acercaba a él.

Lars frunció el ceño.

—¿Dónde está Heidi? —preguntó con un acento muy marcado.

—Esta mañana no se encuentra bien y me ha pedido que te proporcione todo lo que necesites.

—Pero yo veo siempre a Heidi.

Rafe no sabía si Lars no le entendía o, simplemente, era un hombre muy obstinado.

—Normalmente sí, pero está enferma. Las cabras están allí —señaló hacia la puerta.

Atenea ya se había asomado a investigar.

—¿Quién eres tú? —preguntó Lars mientras sacaba una caja de madera llena de lo que parecían unas tijeras viejas, además de diferentes botes y cepillos.

–Rafe Stryker.
–¿Y estás con Heidi?
Era una pregunta complicada.
–Voy a quedarme por aquí durante una temporada.
–¿Con Heidi? –la indignación añadía volumen a aquella pregunta.
Rafe se apoyó en la cerca y se permitió sonreír.
–Sí, con Heidi.
Lars enrojeció y apretó los puños. Aquel hombre le sacaba más de diez centímetros y probablemente pesaba treinta quilos más que él. Rafe sabía que era capaz de ganar en una pelea equilibrada, ¿pero contra una montaña? Se encogió de hombros. Qué diablos. Había superado peores obstáculos en su vida.
Pero Lars no atacó. Sus hombros parecieron desplomarse mientras alargaba la mano hacia su caja.
–Voy a ocuparme de las cabras.

Heidi inhaló con recelo. May estaba haciendo algo en el horno, y aunque normalmente el olor de un bizcocho la alegraba el día, aquella tarde no estaba segura de estar a salvo de la más deliciosa fragancia.

Había dejado de vomitar antes del amanecer, pero eran ya casi las doce cuando por fin había decidido que a lo mejor no iba a morir. En algún momento cerca de las diez, había aparecido Rafe con un té y unas tostadas. Había dejado allí el plato y la taza y se había marchado sin decir nada. Algo por lo que Heidi le estaría siempre agradecida. Apenas recordaba nada de la noche anterior, pero había algo que no había olvidado: se recordaba diciéndole a Rafe que podía besarla.

Como si sentirse como si la hubieran atropellado no fuera suficiente castigo, tenía también que sentirse humillada. Aquello era completamente injusto.

Cruzó la cocina y se sirvió un café. El primer sorbo la ayudó a recuperar la fe en un futuro mejor, aunque continuaba sintiendo un latido insoportable detrás de los ojos. Tenía que moverse muy, muy despacio. Se prometió a sí misma que no volvería a cometer tamaña estupidez jamás en su vida, y si lo hacía, despertaría a su abuelo a la hora que fuera para que le preparara el remedio contra la resaca.

–¡Ya te has levantado!

Aquel grito tan alegre la hizo sobresaltarse. El dolor de cabeza se transformó en un taladro y tuvo que reprimir un gemido.

Se volvió e intentó sonreír a May.

–Sí, he decidido que ya era hora de intentarlo.

–Debes de habértelo pasado muy bien anoche.

–Supongo que sí –miró hacia la ventana–. No vine en la camioneta, ¿verdad?

–No. Te trajo una de tus amigas. Glen y Rafe han ido a buscar tu camioneta. No creo que tarden –May la agarró del codo y la condujo a la mesa de la cocina–. Todavía estás un poco verde.

–Y me siento así –admitió Heidi, alegrándose de no tener que arriesgarse a ver a Rafe tan pronto–. Demasiado tequila.

–Por lo menos te divertiste.

–Eso espero. La verdad es que no recuerdo muy bien lo que pasó.

Había salido con sus amigas, y Rafe había quedado con su cita. Eso la había afectado. Bueno, eso, y el hecho de saber que la afectaba. Había sido el efecto de las dos cosas, más que de una sola.

Le dirigió a May una mirada fugaz.

–¿Te desperté al llegar?

May se sonrojó, corrió a la despensa y sacó una hogaza de pan.

–No oí nada, pero Rafe me ha comentado que has pasado una noche difícil.

Heidi esbozó una mueca al recordar cuánto había vomitado.

–Digamos que quien quiera que dijera que el alcohol es un veneno, no mentía.

May metió una rebanada de pan en el tostador.

–Hoy te sentirás mejor. Procura hidratarte. Eso te ayudará.

Heidi asintió, aunque le bastaba pensar en enfrentarse a un vaso de agua para que le entraran ganas de vomitar.

–Es bueno que tengas amigas aquí –comentó May mientras le servía más café a Heidi–. He vuelto a ver a algunas de las mujeres a las que conocía cuando vivíamos aquí. Muchas de ellas se quedaron. No puedo evitar envidiarlas.

Dejó la jarra de café en su lugar y miró por la ventana.

–Jamás he olvidado la vista que se contempla desde esta ventana. Y tampoco el cambio de las estaciones –miró a Heidi y sonrió–. Yo me crié en el Medio Oeste. Cuando vinimos aquí, no podía dejar de admirar lo altas que eran las montañas. Me parecían maravillosas. Cuando murió mi marido, supe que no quería estar en ninguna otra parte. Teníamos poco dinero, pero teníamos esta casa, y Fool's Gold.

A Heidi se le había aclarado suficientemente la cabeza como para ser capaz de seguir la conversación.

–Rafe me contó que el propietario del rancho, el señor Castle, te había prometido dejártelo en herencia.

May asintió. La tostada saltó. May la colocó en un plato, le untó un poco de mantequilla y se la llevó a Heidi.

–Así es. No me gusta hablar mal de un muerto, pero fue un hombre mezquino. Le creí, confié en él, y al final, lo perdí todo. Cuando murió y me enteré de que le había dejado el rancho a un pariente, me quedé destrozada. Tenía que marcharme de aquí. Probablemente debería haberme quedado en Fool's Gold, donde tenía buenos amigos, pero me parecía humillante.

—No habías hecho nada malo.

May se sentó frente a ella.

—Ahora lo sé, pero en aquel momento no podía pasar por alto que el señor Castle se había aprovechado de mí. Había perdido a mi marido pocos años antes y después me quedé sin el rancho. Así que nos mudamos y empezamos de nuevo.

Heidi mordisqueó la tostada. El dolor de cabeza estaba un poco mejor. Desgraciadamente, sin la distracción de aquellos latidos, le resultaba más fácil imaginar el suplicio de May. Cuatro hijos, sin casa y sin dinero. Una situación realmente desesperada.

—Pero seguro que hiciste las cosas bien. Mira a tus hijos.

May se echó a reír.

—Sí, son maravillosos, pero aunque me encantaría concederme todo el mérito, en gran parte han salido adelante por sí mismos. Rafe estudió en Harvard.

—Sí, he visto la fotografía.

—Shane hace maravillas con los caballos. Se dedica a la cría y ahora tiene su propia cuadra. Clay...

Heidi alargó la mano por encima de la mesa.

—Sé a qué se dedica Clay, y también que tiene mucho éxito.

Los ojos de May brillaron de diversión.

—Rafe no lo aprueba, así que no suelo hablar mucho de Clay delante de él, pero creo que es muy divertido. Mi hijo convertido en modelo de trasero. Y también le va muy bien.

—Que supongo que es parte de lo que le fastidia a Rafe.
—Exacto.

Sonó el temporizador del horno. May se levantó y lo

abrió. Sacó el bizcocho y sacudió la cabeza al ver que no se había hecho por dentro.

–¡Vaya, se me ha olvidado darle la vuelta! –giró el molde y volvió a poner el temporizador–. ¡Todavía quedan tantas cosas por arreglar!

–Sí, se necesita un horno nuevo.

–Y un calentador de agua más grande.

Heidi no quería pensar qué motivos podía tener May para necesitar un calentador de agua más grande, pero sabía la respuesta. Las duchas para dos tendían a durar más de lo normal. Se esforzó en apartar aquella imagen de su cerebro y bebió a continuación varios sorbos de café con intención de darse valor.

–May, eres una mujer encantadora.

May se reclinó contra el mostrador.

–Ese es un principio casi amenazador. Si fueras mi médico estaría pensando ya que voy a morir.

–Quiero hablarte de Glen. Estoy preocupada por ti. Él no me hace caso, pero espero que tú sí.

–Tienes miedo de que me rompa el corazón.

–Sí.

May asintió.

–Eres muy amable al preocuparte por mí. El propio Glen ya me advirtió. Me dijo que él no era la clase de hombre que asentara la cabeza y que yo soy la clase de mujer que busca algo permanente.

Se pasó la mano por el pelo y continuó hablando.

–Mi marido murió hace más de veinte años y yo ya he aceptado que jamás volveré a querer a nadie como le quise a él. Me dio a mis hijos y siempre será mi primer amor. Pero ya va siendo hora de que me divierta un poco –sonrió–. No quiero casarme con Glen, Heidi. Quiero divertirme, y él es el hombre adecuado para recordarme cómo se hacía.

Demasiada información, pensó Heidi.

En ese momento sonó nuevamente el temporizador. May sacó de nuevo el bizcocho. Seguía un poco inclinado, aunque no tanto como la vez anterior.

–Quedará mejor con el azúcar por encima –la consoló Heidi.

May se echó a reír.

–¡Esa es mi chica! ¿Qué crisis no puede arreglarse con un poco de azúcar glaseada?

Heidi sabía que debería echarse a reír. Pero en aquel momento estaba demasiado sobrecogida por una repentina sensación de pérdida. Siempre se había dicho a sí misma que no podía perder lo que nunca había tenido. Que cuando sus padres habían muerto, ella era tan pequeña que apenas podía recordar nada sobre ellos. Pero en aquel momento, se descubrió añorando la oportunidad de haber crecido con una madre. Con alguien que le horneara bizcochos, le diera consejos y pudiera ayudarla a elegir el vestido para el baile del instituto.

El pasado no lo podía cambiar, de modo que solo le quedaba el futuro. De alguna manera, tendría que solucionar el desastre del dinero y del rancho, sin perderlo todo y sin hacer sufrir a May.

Capítulo 9

Rafe cruzó el tejado del establo. Desde aquella altura podía contemplar la mayor parte del rancho. Las cabras estaban en el norte de la propiedad, pastando los primeros brotes de la primavera. Sin duda alguna eran todo lo felices que podían ser unas cabras.

Ya habían terminado la cerca. No quería ni pensar en la cantidad de postes que habían tenido que reemplazar, ni en los miles de metros de alambre que habían sido colocados en su lugar. Para él, era un trabajo excesivo para beneficiar únicamente a ocho cabras, pero su madre había insistido en que lo hiciera.

–¡Rafe!

Se volvió y uno de los tipos con los que trabajaba le lanzó una botella de agua. Su madre las llenaba todas las noches y las metía en el congelador. A media mañana estaban todavía frías, pero se habían derretido lo suficiente como para poder beber. Desenroscó el tapón y bebió un sorbo.

Se suponía que él ocupaba la mayor parte de sus días con reuniones. Era insuperable consiguiendo cuanto se proponía y dando instrucciones a otros. Dante solía bromear diciendo que si Rafe terminara una reunión teniendo alguna tarea que hacer, lo consideraría un fracaso.

Pero últimamente se pasaba el día sudando. Cazando ganado a lazo, construyendo cercas y, en aquel momento, reparando un establo.

Ya no se molestaba en ducharse y afeitarse por la mañana. Se levantaba, se ponía los vaqueros y las botas y salía a trabajar hasta que le dolían los músculos.

Había retrocedido en el tiempo, había vuelto a vivir junto a su madre en un lugar al que se había jurado no volver. Pero todo era diferente. Ya no le importaba el trabajo físico. Disfrutaba siendo capaz de sacar adelante el trabajo, colocando un poste o parte del establo y sabiendo que todo estaba mejorando gracias a él.

En vez de salir a restaurantes acompañado de mujeres atractivas, se descubría a sí mismo en el viejo comedor del rancho, frente a Heidi, con Glen y su madre a la mesa. Pero la conversación fluía con facilidad. Glen tenía cientos de historias que contar sobre su vida como feriante. Heidi también tenía su buena dosis de anécdotas y Rafe disfrutaba escuchándolas. También disfrutaba del sonido de la risa de Heidi, y de la anticipación que sentía cuando le sonreía.

Algunos días, cuando terminaba de trabajar e iba a ducharse, pensaba en llevarla con él. La imaginaba desnuda bajo la ducha, imaginaba su boca sobre la de Heidi y sus manos recorriendo su cuerpo entero. Se recreaba pensando en el jabón, en la piel húmeda y en todas las cosas que podían hacerse el uno al otro. Pero rápidamente se recordaba que Heidi no era la mujer que estaba buscando y que involucrarse con ella sería una estupidez que no se podía permitir.

Aun así, un hombre tenía derecho a soñar.

Terminó la botella y la tiró al contenedor que tenían debajo. Los trabajos de reparación del tejado avanzaban con firmeza. Imaginaba que al día siguiente podrían haber acabado. Por supuesto, para entonces su madre ya tendría otra lista de proyectos. Un par de días atrás, a la hora del almuerzo, había pedido una cocina nueva.

Rafe quería recordarle que todavía no estaban seguros de que fueran a recuperar el rancho, pero sabía que sería una pérdida de tiempo.

Apenas acababa de levantar un martillo cuando vio un enorme transporte de ganado entrando en el rancho. Rafe observó cómo reducía el vehículo la marcha hasta detenerse. No había pasado mucho tiempo con Heidi durante el último par de días, desde la noche en la que había vuelto bebida a casa. Imaginaba que le estaba evitando. Aun así, estaba seguro de que si fueran a llegar cabras nuevas, se habría enterado.

Se acercó hasta el borde del tejado y bajó con mucho cuidado la escalera de madera.

Su madre salió corriendo del interior de la casa.

—¡Ya están aquí!

Con los vaqueros y la camiseta parecía mucho más joven. Unió las manos y, prácticamente, bailaba de emoción. A Rafe se le cayó el corazón a los pies.

—Mamá, ¿qué has hecho?

—Ahora mismo lo vas a ver.

Se acercó al vehículo. El ayudante del conductor bajó, rodeó el remolque, abrió la puerta y bajó una rampa. Rafe oía ruido en el interior del remolque, pero no conseguía identificarlo.

Seguramente su madre no habría pedido más cabras sin hablar antes con Heidi, y dudaba de que hubiera comprado un caballo sin consultarlo con Shane.

May firmó el albarán de entrega y se reunió con Rafe. Justo en ese momento salió Heidi de la casa.

—¿Qué está pasando aquí? —preguntó.

—Tendremos que esperar para verlo —contestó Rafe.

—Es una sorpresa —May abrazó a su hijo—. ¡Estoy emocionada!

–¿De verdad? No me había dado cuenta.

Entraron los dos hombres en el camión. El ayudante fue el primero en bajar tirando de una...

–¿Una llama? –preguntó Rafe con la mirada fija en aquel animal blancuzco.

–¿No te parece preciosa? Bueno, creo que es macho. No estoy segura. Siempre me ha parecido poco respetuoso mirarlo. Pero sí, es una llama. Tres, de hecho.

Rafe miró a Heidi, que parecía tan sorprendida como él.

–¿Quieres criarlas por el pelo? –preguntó Heidi–. ¿No tienen alguna relación con los camellos?

–Son animales de rebaño –le explicó May–. Y me parecen preciosas. Las vi en eBay y no pude resistir la tentación. Además, protegerán a las cabras. Leí un artículo en el que decía que algunos granjeros utilizan las llamas para proteger el ganado. Sobre todo a las cabras que están preñadas. Estamos muy cerca de las montañas. Puede haber coyotes o lobos. Y no nos gustaría que les ocurriera nada a ninguna de las niñas.

–Por supuesto que no –musitó Rafe.

¿Llamas? ¿Qué iba a hacer su madre con ellas si al final la jueza no dictaba sentencia a su favor? El piso que tenía en San Francisco no era particularmente adecuado para una llama.

Heidi contuvo la respiración.

–De acuerdo, ¿dónde las vas a colocar?

–Estaba pensando en esa zona del rancho –May señaló hacia el oeste–. Hay mucha luz, árboles y una colina para escalar.

Y también agua, pensó Rafe, recordando que su madre había insistido en llevar una tubería hasta allí.

May se acercó a la llama.

–Hola, cariño. Seguro que aquí serás muy feliz –miró a Heidi–. Son un poco mayores, así que he pensado que les vendría bien un hogar.

May se alejó con el ayudante y le enseñó dónde tenía que colocar el animal. El conductor apareció en aquel momento con una llama de color marrón, algo más pequeña, y siguió a su compañero.

—¿Llamas viejas? —musitó Heidi, acercándose a Rafe—. Admiro su filosofía.

—Por supuesto. Las ha comprado para proteger a tus cabras, ¿cómo no te iba a gustar?

—Estás un poco nervioso, ¿verdad?

—Alguien tiene que intentar controlarla.

—Es tu madre.

—Alguien que no sea yo.

Miró con nostalgia hacia el oeste. En alguna parte, en San Francisco, estaba teniendo lugar una reunión a la que debería estar asistiendo.

En cuanto las tres llamas estuvieron en su lugar, bajaron tres ovejas, más viejas todavía. Las llevaron hasta una zona cercada, muy cerca de las llamas.

—¿Alguna cosa más? —preguntó Rafe, sin atreverse a mirar en el interior del remolque.

—Ya está todo —respondió el conductor, y le tendió los recibos.

May los aceptó feliz y miró hacia sus animales.

—He estado investigando cómo tengo que cuidarlos. Glen me será de gran ayuda.

—¿Había muchos animales en la feria? —quiso saber Rafe, mientras se preguntaba hasta dónde podían llegar antes de que empezaran a mejorar las cosas.

—La verdad es que no —contestó Heidi—. Un par de cabras y algunos perros. No era un circo. Vas a necesitar un veterinario. El mío es Cameron McKenzie. Te daré el teléfono.

Un veterinario. Por supuesto, porque unos animales tan viejos iban a necesitar muchos cuidados.

—¿No podías empezar con gatos, como otras mujeres de tu edad? —le preguntó a su madre.

Su madre le golpeó el brazo.

–¡No me trates como si estuviera perdiendo la cabeza! He estado pensando mucho en ello y quiero tener estos animales en el rancho. Es algo que me hace feliz.

Rafe no sabía qué contestar a eso. Por supuesto, ni quería ni podía decirle que no fuera feliz.

May caminó hasta la cerca para poder ver a sus nuevas criaturas. Rafe se frotó la frente.

–Admiro muchísimo a tu madre –admitió Heidi–. Es una mujer llena de vida.

–Y de otras muchas cosas.

Heidi sonrió.

–La quieres y harías cualquier cosa por ella.

–Es mi debilidad. ¿Por qué no puedo ser uno de esos tipos que odian a sus madres? Mi vida sería mucho más fácil.

–Nunca has huido de tus responsabilidades. Excepto por lo que se refiere a Clay. Lo encuentro muy interesante.

Heidi ni siquiera sabía por qué se le había ocurrido mencionar a Clay.

–Acaban de entrar tres ovejas y tres llamas en mi vida. ¿No podemos evitar hablar de mi hermano al menos por unos días? A no ser que quieras que hablemos de tu borrachera.

Heidi apretó los labios.

–No, no quiero que hablemos de eso.

–¿Lo ves? La discreción puede ser tu aliada –le pasó el brazo por los hombros y la condujo hacia el establo–. Vamos, cabrera. Solo Dios sabe qué más cosas puede comprar mi madre por eBay. Vamos, ven a pasarme los tornillos mientras yo arreglo el establo.

–¡Oh, eso ya es prácticamente una cita! ¿Y después podré ponerme tu cazadora mientras vamos a tomarnos un batido?

–Por supuesto –le dirigió una mirada fugaz–. Seguro que cuando ibas al instituto eras una monada.

–¡Y sigo siéndolo ahora!

Rafe se echó a reír.

–Pasas demasiado tiempo con mi madre. Se te está contagiando su actitud.

–Estoy aprendiendo de una maestra. Así que creo que vas a tener muchos problemas.

Rafe tenía el presentimiento de que no se equivocaba.

Heidi sacó con mucho cuidado los jabones de forma octogonal de los moldes. Las flores secas que había colocado con infinito cuidado en el molde estaban perfectamente pegadas en el centro, bajo una fina capa de jabón.

Aunque la receta básica continuaba siendo la misma, estaba experimentando, intentando hacer las pastillas de jabón más atractivas. Había estado investigando por Internet y revisando diferentes revistas dedicadas a pequeños productores como ella. Rafe tenía razón, había todo un mundo para los productos ecológicos y artesanales.

Colocó los jabones en la estantería. Los dejaría secar durante un par de semanas antes de envolverlos en el papel que había comprado. Una de las amigas que había conocido a través de Internet la había puesto en contacto con un estudiante de artes gráficas que le había diseñado un precioso logotipo a cambio de poder utilizar el diseño como parte de un proyecto para la universidad. Heidi había recibido las primeras pegatinas esa misma semana.

Tomó una pastilla de jabón de las que había hecho dos semanas atrás, la envolvió y selló el papel con una pegatina.

–¿Qué tal va?

Heidi se volvió sobresaltada, sintiéndose al mismo tiempo culpable y desafiante.

Rafe permanecía en el marco de la puerta del dormitorio que Heidi utilizaba como despacho. Estaba en la parte de atrás de la casa, al lado del recibidor, de modo que tenía fácil acceso a todo lo que necesitaba. Además, estaba lejos del dormitorio de Glen, lo que significaba que no tendría que oír ningún ruido extraño por la noche.

–Estoy bien. ¿Vienes a controlarme?

No había terminado de decirlo y ya estaba deseando haberse mordido la lengua.

Rafe arqueó las cejas. Alargó la mano hasta el borde de la puerta, estirándose de tal manera que la camiseta se le levantó por encima de la cintura del pantalón, aunque no lo suficiente como para revelar nada interesante. Eran casi las siete de la tarde. Rafe se había duchado después de un largo día de trabajo y habían cenado ya. May y Glen estaban viendo la televisión y la última vez que Heidi había visto a Rafe, este estaba en el porche, revisando su correo electrónico. En aquel momento dejó caer los brazos a ambos lados de su cuerpo y entró en el dormitorio.

–Estás haciendo jabón.

–¿Y?

–Me estás mirando como si fueras una niña a la que han pillado fumando en la tapia del colegio. A no ser que estés traficando con secretos militares, ¿por qué estás tan nerviosa?

–No estoy nerviosa –suspiró. Nunca se le había dado bien mentir–. Seguí tu consejo y estoy buscando otros mercados. He encontrado un par de grupos a través de Internet y he recibido mucha información. He enviado muestras de jabón a un par de tiendas y a un par de representantes y estoy empezando a recibir mis primeros pedidos.

Rafe avanzó hasta la silla que tenía Heidi a su lado y se sentó.

–Eso es bueno.

–Desde mi punto de vista, sí.

Heidi fue testigo del momento en el que Rafe comprendió lo que le quería decir. Si su negocio tenía éxito, podría devolver el dinero y recuperar el rancho.

—Me alegro de que las cosas te vayan bien —le aseguró Rafe.

—¿Porque no crees que pueda ganar suficiente dinero a tiempo?

Rafe la sorprendió acariciándole la mejilla.

—Todo esto era mucho más fácil antes de conocerte.

—Estoy completamente de acuerdo contigo, pero sigo necesitando ganar.

—Yo también —dejó caer la mano—. Háblame de tu imperio del jabón.

—Todavía no es un imperio, pero tengo pedidos y la promesa de recibir varios más. Estoy dándome a conocer a través de Internet. Pronto necesitaré una web. Annabelle dice que conoce a alguien en Fool's Gold que puede hacérmela —probablemente había llegado el momento de cambiar de tema—. ¿Ya están instalados los animales para la noche?

—Por lo menos lo estaban la última vez que he ido a verlos. Llamas y ovejas. ¿En qué estaría pensando mi madre?

Heidi no estaba segura, pero la admiraba porque era capaz de hacer exactamente lo que quería.

Rafe se reclinó en su asiento.

—Tendremos que pedirle a Lars que les revise las pezuñas la próxima vez que venga.

—No había pensado en ello. ¿Las ovejas y las llamas también necesitan ese tipo de cuidados?

—Lars lo sabrá.

—¿Por qué lo dices en ese tono?

Rafe sonrió lentamente.

—No le hizo mucha gracia tener que tratar conmigo. Yo diría que le tienes loco.

—¡Oh, por favor! —volvió a concentrarse en envolver los jabones—. Si apenas le conozco.

–Pues le has causado una gran impresión.
–Ya que hablamos de ese tipo de cosas, ¿qué tal fue la cita con la chica que te había buscado tu casamentera?

Rafe se encogió de hombros.
–Bien.
–¡Ooh! Cuánta emoción. Estoy deseando saber cuándo habéis vuelto a quedar.
–Fue solo una cita.
–Volviste pronto a casa.
–Me sorprende que lo recuerdes.

La verdad era que apenas recordaba nada sobre aquella noche, pero sí que Rafe la había metido en casa y que ella no había llegado muy tarde. Tenía imágenes borrosas y recordaba también algo de un beso, pero no quería ahondar en ello.

–¿No era la mujer de tu vida?
–No.
–Pero vino hasta aquí para verte. Supongo que eso tiene que significar algo.
–No quiero ser demasiado cínico, ¿pero tienes idea de lo mucho que valgo?
–La verdad es que no –pensó en lo que su abogada le había contado–. ¿Mucho?

Rafe volvió a esbozar aquella sonrisa lenta y sensual, haciendo que Heidi jugueteara nerviosa con el jabón.

–Sí, ese es un número tan bueno como cualquier otro.
–¿Quieres decir que venía por tu dinero y no por tu personal encanto?
–Es una posibilidad.

Y, probablemente, bastante realista.
–Deberías decirle a la persona que te está buscando esposa que rebaje la cantidad de tu fortuna. De esa manera a lo mejor encuentras a alguien que te quiera por lo que eres.
–No estoy buscando amor. Busco una pareja.
–Qué romántico.

—Ya intenté el camino del romanticismo y las cosas no me fueron bien.

Heidi tenía la sensación de que si Rafe y su exesposa se habían separado sin que hubiera sufrimiento de por medio era porque ninguno de ellos había estado realmente enamorado. Su experiencia en el terreno sentimental era completamente distinta. Sabía que el amor podía atraparle a uno y no dejarle marchar. Pensó en Melinda y en otras personas más famosas que habían muerto por amor.

—¿Adónde la llevaste? —le preguntó.

—¿A quién?

—A tu cita.

—Al restaurante del hotel.

Heidi suspiró.

—Ese es tu problema. Necesitas hacer algo especial.

—¿Un paseo a caballo a la luz de la luna?

—No, si no le adviertes antes de que venga vestida para ello. Fool's Gold es una ciudad magnífica. Hay muchos restaurantes pequeños con un ambiente mucho más agradable que el del hotel. O llévala al Gold Rush Ski. Por lo menos podrías subir hasta el final de la montaña. Es muy romántico.

—Pero hace frío.

Heidi elevó los ojos al cielo.

—Puedes pasarle el brazo por los hombros para que entre en calor. Vaya, no me extraña que tengas que usar a una casamentera. Al parecer, lo de las citas no se te da muy bien.

—Se me da perfectamente. El problema no soy yo, es el hecho de haber vuelto aquí. De haber vuelto al pasado.

—¿Demasiados recuerdos?

—Sí.

Heidi pensó en lo que May le había contado sobre Rafe, en lo difíciles que habían sido las cosas para él años atrás.

—Ya no eres ningún niño. Tienes edad para ocuparte de tu familia.

Rafe respiró hondo y tomó uno de los papeles para envolver el jabón.

—Cada vez que había fiestas nos traían cestas llenas de comidas. Y no de las sobras que alguien encontraba en su despensa, sino de verdadera comida. Pavo, jamón, asados. Ya preparados. Tartas, bizcochos. Películas de vídeo para nosotros y libros para mi madre.

—Qué maravilla.

—No lo era. Yo siempre sabía cuándo nos lo iban a traer. Abría la puerta y veía la compasión en sus ojos.

Mientras hablaba, Heidi sabía que no era el Rafe que ella conocía, sino un chico de diez u once años que no podía mantener a aquellos a los que amaba. Un niño al que le habían asignado la difícil tarea de ocuparse de toda su familia.

—Tú no tenías por qué ocuparte de todos —musitó.

—Alguien tenía que hacerlo.

—Tu madre lo hacía.

—La situación la superaba. Había demasiado trabajo y no recibía ninguna ayuda.

—Hiciste lo que pudiste.

—No era suficiente.

Heidi comprendía por qué estaba tan preocupado por May. En aquel entonces, no había sido capaz de protegerla. La situación en la que en aquel momento se encontraba le permitía proteger a cuantos quería. Pero aquella atención tenía un precio. Cuando uno de sus hermanos no estaba a la altura que esperaba, no era capaz de perdonarle.

—Háblame de tu hermana.

Rafe se la quedó mirando fijamente.

—¿Qué quieres saber?

—¿Cómo es?

—Más pequeña que yo. Yo tenía nueve años cuando ella nació.

—Yo pensaba que tu padre había muerto cuando tenías ocho años.

—Y así es.

—¡Ah!

A Heidi no le cuadraban las cuentas.

—Fue unos meses después. Mi madre tuvo que enfrentarse a un momento muy difícil —dejó una pastilla de jabón sobre la mesa—. Shane trajo a un hombre a casa. Un vaquero que venía al rodeo. Supongo que mi madre pasó la noche con él. Yo me marché antes de que se levantaran y nunca volví a verle. Unos meses después mi madre nos dijo que iba a tener un bebé. Al poco tiempo nació Evangeline.

—No debió de ser nada fácil.

—Mi madre es una mujer fuerte.

—Me refiero a tu hermana. Saber que no eres del todo parte de la familia, ser el recuerdo constante de lo que hizo tu madre.

—No es así. Para ninguno de mis hermanos —vaciló un instante—. No sé. A lo mejor tienes razón. Evie nunca viene a vernos. Clay y Shane aparecen todos los meses para ver a mi madre, pero Evie no.

Heidi imaginó que Rafe tenía mucho más claro el problema de lo que se permitía reconocer. Pero admitirlo significaba tener que enfrentarse a él. Y siempre y cuando no lo considerara una situación problemática, podía ignorarla.

—¿Dónde está ahora tu hermana?

—Es bailarina. Estuvo estudiando en la escuela de baile de Juilliard. Es una mujer con mucho talento.

Heidi esperó, pero Rafe no dijo nada más.

—¿Y cómo es?

—No paso mucho tiempo con ella. Cuando era niña, se pasaba la vida bailando.

—¿Siempre fue una especie de extraña?

Rafe se levantó.

—¿Eso es como lo de los lugareños? Para ser alguien tan amante de la idea de comunidad, parece que te gusta colocar a todo el mundo en un grupo. O contra él.

—Eso no es justo.

—A lo mejor no, pero es acertado. Evangeline es mi hermana, la quiero. Es cierto que no conozco todos los detalles de su vida, pero si alguna vez necesitara algo, yo estaría a su lado para dárselo. Todos nosotros lo haríamos. Somos una familia.

Salió a grandes zancadas de la habitación. Heidi le observó marcharse preguntándose si Evangeline estaría de acuerdo. May había decorado el cuarto de estar con fotografías de sus hijos, pero solo había puesto una de Evangeline. Tenía la sensación de que Rafe no había hablado con su hermana desde hacía meses. A lo mejor más. Suponía que todas las familias guardaban algún secreto incluso entre sus miembros. La cuestión estaba en quererse a pesar de los secretos o, quizá, precisamente por ellos.

May alisó el papel que tenía sobre la mesa de la cocina.

—¿Qué te parece? —preguntó con cierta ansiedad.

Heidi analizó el dibujo. Vio el boceto del establo tal y como estaba en aquel momento y el que mostraba cómo sería si May duplicaba su tamaño. Había montones de cubículos para los caballos, zonas para almacenar el forraje, puertas anchas y un pajar para el heno.

—Es maravilloso.

Y muy caro, lo que sumaría más dinero a su cuenta en el caso de que ganara el caso.

—Sí, imaginaba que dirías eso —contestó May—. He hablado con Shane y le he contado lo del rancho. Espero que esté dispuesto a venir.

—¿Shane? —Heidi sacó una silla y se sentó—. ¿Aquí?

No se creía capaz de sobrevivir a otro Stryker. Ya tenía suficientes problemas con Rafe.

–Te gustará Shane. Es mucho más sociable que Rafe. Estoy segura de que eso tiene que ver con el hecho de no ser el mayor.

Heidi repasó el dibujo con el dedo y comprendió que no iba a decir que no. Lo último que necesitaba era que May se enfadara con ella. Pero si no tenía cuidado, los Stryker invadirían todo su mundo. En el caso de que eso ocurriera, no habría ningún ganador.

Capítulo 10

Rafe observaba en silencio mientras iban descargando la madera. Gracias a su madre y a los planes de ampliación del establo, lo que había comenzado como una simple reparación se estaba transformando en toda una renovación. Cuando su madre le había enseñado el proyecto el día anterior, Rafe apenas había hecho ningún cambio y le había prometido asegurarse de llevarlo a cabo. Aquella mañana, May le había informado de que había hablado con Ethan, había contratado a sus hombres hasta el final del verano y ya había pedido que le enviaran todos los suministros necesarios. En ese momento, Rafe imaginaba que tendría suerte si en algún momento conseguía regresar a San Francisco.

Debería estar enfadado y deseando regresar a la ciudad, pero la verdad era que no le importaba mucho. Pasaba las mañanas trabajando con los hombres de Ethan. Después de comer, llamaba a su empresa. Daba instrucciones a la señora Jennings y hablaba con Dante sobre cómo iban las cosas por la oficina. Alrededor de las tres volvía a reunirse con los trabajadores de Ethan. Terminaban de trabajar justo antes de la cena. El resto de la velada solía pasarla delante del ordenador. A veces veía un partido de fútbol con Heidi o iban juntos a dar un paseo.

No era exactamente la clase de vida que debería buscar un soltero, pensó mientras se ponía los guantes. Nada de comidas fuera ni sesiones de cine. Pero la verdad era que lo único que echaba de menos de su vida anterior era salir con Dante y sus entradas para la temporada del estadio de los Giants.

Había pensado que se aburriría en el rancho. Que estaría nervioso. Pero de momento estaba disfrutando mucho más de lo que esperaba. Tenía callos en las manos y se sentía agradablemente dolorido después de todo un día de trabajo. Salía tantas veces a montar con Mason que la propia Charlie había notado que el caballo estaba en mejor forma que nunca.

Había honestidad en aquella tierra, pensó, y se echó a reír. Como no tuviera cuidado iba a terminar convirtiéndose en el vaquero que su madre siempre había querido que fuera.

El conductor del camión caminó hasta él con una tablilla y un papel.

—¿Tienes cabras en el rancho? —preguntó mientras le tendía a Rafe un bolígrafo.

—Sí, ¿por qué?

—Juraría que he visto unas cabras por la carretera cuando venía hacia aquí. Creo que deberías asegurarte de que las vuestras no han salido del rancho.

Rafe garabateó rápidamente su firma, se volvió y caminó hacia la casa. No sabía adónde había llevado Heidi las cabras aquella mañana. Pero no había dado ni un par de pasos cuando la puerta trasera de la casa se abrió y salió Heidi corriendo.

—¿Las cabras? —preguntó Rafe.

Heidi asintió.

—Acaba de llamar mi amiga Nevada. Atenea ha ido con otras tres cabras hasta la zona en la que están construyendo el casino. Hizo lo mismo el año pasado y, por lo visto, ha recordado el camino.

—¿Cómo las vas a hacer volver? —preguntó Rafe mientras la seguía hacia el cobertizo de las cabras.

Heidi entró y salió con varias cuerdas.

—Las agarraré y volveremos andando. No tengo una camioneta suficientemente grande como para transportarlas. Lo que me gustaría saber es cómo han conseguido abrir la puerta.

Rafe entró con ella en el cobertizo.

—Considéralo como una marcha más larga de lo habitual.

—Me preocupa Perséfone. Está embarazada. No sé si le vendrá bien caminar tanto.

—¿Las cabras no se pasan el día caminando?

—Sí, pero en los pastos tienen siempre comida. Cuando Atenea se lanza, eso puede ser mucho peor que cualquier marcha forzada. Llamaré al veterinario en cuanto volvamos.

Rafe se hizo cargo de las cuerdas.

—Estoy seguro de que estará bien.

—Eso espero. Es solo su segundo embarazo.

—¿Y Atenea por qué no está preñada?

—Las cabras alpinas crían en otoño. Esa es una de las razones por las que he comprado cabras alpinas y nubias, para que no coincidan las épocas de cría. De esa forma puedo tener siempre leche fresca. Para la producción de queso no tiene tanta importancia, siempre tengo queso en distintos estados de curación. Pero la leche fresca es muy importante para varias familias de la zona.

—Con el paseo de hoy, la leche estará bien ventilada.

Heidi sonrió.

—No sé si la cosa funciona exactamente así. Me temo que Atenea necesita tener algo con lo que entretenerse.

—Es una lástima que no puedas enseñarle a leer.

—Me preocuparía que aprendiera. Sería capaz de dominar el mundo.

—Deberías poner a las cabras con las llamas. Si realmente protegen al ganado, las llamas impedirán que se escapen. O por lo menos te avisarán cuando Atenea intente marcharse.

—Podría intentarlo. Hasta ahora no he querido ponerlas juntas por si terminan haciéndose muy amigas.

Porque, de una u otra forma, aquella situación era temporal y Heidi no quería que sus cabras echaran después de menos a las llamas.

Dante diría que se estaba tomando su responsabilidad con las cabras demasiado en serio. Y unas semanas atrás, Rafe habría estado de acuerdo. Pero había aprendido que Heidi era una persona muy sensible con todos aquellos que consideraba de alguna forma abandonados. Con aquellos que no pertenecían a ningún lugar.

Caminaron hacia la carretera principal. A unos cinco kilómetros del rancho, se adentraba un camino entre los árboles. El tejido de ramas que cruzaba por encima de su cabeza era suficientemente tupido como para bloquear la luz directa del sol. La temperatura bajó considerablemente y las hojas y las agujas de los pinos crujían bajo sus pies.

Cuando Rafe estaba comenzando a pensar que se habían perdido, se adentraron en un claro y llegaron a lo que parecía otro mundo.

El sonido de toda la maquinaria de construcción parecía repetirse entre los árboles y rebotar contra la montaña. Desde donde estaba y en dirección al este, calculó que habrían despejado un terreno de unas cuarenta hectáreas. El edificio principal era enorme. De momento solo habían puesto los cimientos y las vigas, pero podía imaginar perfectamente cómo sería. Se elevaría varios pisos y tendría unas vistas magníficas a las montañas.

Cuando había oído hablar por primera vez del casino, Dante y él habían estado reuniendo información y analizándola en el ordenador. Aun así, la interpretación que habían hecho de los datos no le había preparado para reconocer la enorme dimensión de aquel proyecto.

–Es impresionante, ¿verdad? –Heidi señaló hacia el extremo más alejado–. Ese es uno de los aparcamientos. Al otro lado habrá una estructura de varios pisos. El edificio principal es para el casino y el hotel. No sé de cuántas habitaciones estamos hablando exactamente. Por lo menos unas doscientas. A lo mejor más.

Heidi continuó hablando, explicando el diseño del casino y cómo el arquitecto había decidido conservar los árboles más viejos para bordear un camino. Habría también un spa y varios restaurantes.

Al cabo de unos minutos, una mujer rubia de pelo corto y sonrisa amable se reunió con ellos.

–¡Tú y tus cabras! –dijo con una risa–. Seguro que ha sido cosa de Atenea.

–Sí, lo sé –Heidi le dio un abrazo–. Si tuviera el carné sería capaz de conducir una motocicleta. Nevada, te presento a Rafe Stryker. Rafe, Nevada Janack.

Rafe le estrechó la mano y miró después hacia los camiones en los que figuraba ese mismo nombre.

–¿Tienes alguna relación con ellos?

–Estoy casada con la familia. Tucker anda por aquí. Vamos, te lo presentaré.

Rafe la siguió encantado. Quería saber muchas más cosas sobre aquel proyecto. Dante y él no habían vuelto a hablar del tema desde que Rafe había oído hablar por primera vez del casino. Tras haber visto la dimensión del proyecto, comenzaba a recordar todas las posibilidades que le ofrecía.

Rafe sostenía el teléfono contra la oreja con la mano izquierda y tomaba notas con la derecha.

–Necesito ver todo lo que has averiguado sobre el proyecto, no solo los planos que me enviaste.

Esperó mientras Dante tecleaba en su ordenador.

—Ya lo tengo —dijo su amigo.

—El tipo que está a cargo de todo, Tucker Janack, dice que tendrá unas trescientas habitaciones. Habrá casino, *spa*, campos de golf. También construirán un pequeño centro comercial, pero la empresa que se hace cargo de ese proyecto es otra.

—¿Demasiado pequeño para Janack? —preguntó Dante.

—Probablemente. Dependiendo de la época del año y de los eventos que se organicen, podrían tener hasta quinientos empleados. Por supuesto, es imposible que Fool's Gold pueda suministrar tanta fuerza de trabajo. Y eso significa que tendrá que venir gente de fuera. Mucha gente.

—Y necesitarán algún lugar en el que vivir.

—Exactamente —Rafe tecleó en el ordenador—. ¿Lo tienes?

—Sí, aquí mismo.

Rafe fijó la mirada en el plano de Castle Ranch. Dibujado a escala, mostraba la casa, el establo y la cerca. La carretera principal iba hacia el sur y había varias carreteras secundarias que marcaban los límites naturales de la propiedad.

Con casas de un tamaño estándar, de unos sesenta metros cuadrados, con tres habitaciones y garaje, incluso manteniendo una zona de pastos alrededor del rancho para su madre y los animales, habría espacio más que suficiente como para construir unas cien. Y aun así quedaría terreno libre para futuros proyectos.

—¿Estás haciendo cálculos? —preguntó Rafe.

—Sí, y los resultados me encantan. Teniendo en cuenta lo barato que es el terreno, puedo considerarme un hombre muy feliz. Estamos hablando de auténticos beneficios.

—Dímelo a mí. No tendríamos que hacer nada particularmente sofisticado. Añadiremos todo tipo de mejoras y haremos algún trabajo de jardinería.

—Sabiendo que va a venir gente a trabajar al casino, estarán desesperados por comprar.

Rafe continuó escribiendo frenético.

—Podemos organizar nuestro propio sistema de financiación. Ofreceremos unos meses sin pagar a cambio de trabajar con nuestra propia financiera y ganaremos también dinero con las hipotecas. Aunque para ello tendremos que contar con el permiso de la alcaldía.

—Ya he estado investigando al respecto. Y parece que la alcaldía es amiga de los negocios. La alcaldesa tiene fama de ser una persona con la que resulta cómodo trabajar. No pedirá grandes requisitos. Siempre y cuando los edificios cumplan con la normativa vigente y no pretendamos vulnerar ninguna legislación, nos pondrán las cosas fáciles.

—Estupendo —Rafe no pretendía construir ninguna porquería, pero tampoco quería perder una oportunidad de ganar dinero—. Pensar que todo esto empezó porque mi madre quería comprar un viejo rancho y ahora va a convertirse en uno de nuestros proyectos más importantes...

—Siempre y cuando la jueza dicte sentencia a nuestro favor...

—Lo hará. Heidi no podrá conseguir el dinero a tiempo.

—Además, podemos mostrarle nuestro proyecto como una forma de ayuda a la comunidad —añadió Dante—. Me temo que tu cabrera va a terminar en la calle.

Dante se echó a reír, pero Rafe no se unió a sus risas. Aunque continuaba deseando ganar, le resultaba difícil imaginar Castle Ranch sin Heidi y sus cabras. ¿Adónde irían si tenían que abandonar el rancho?

Se dijo a sí mismo que no era su problema, pero no estaba seguro de creerse a sí mismo. Ya no.

—Podríamos cederle un terreno para las cabras.

Dante se echó a reír.

—Vamos, Rafe, pero si tú nunca le has dado nada a nadie.

Su socio continuaba riéndose cuando colgó el teléfono. Rafe se sentó y fijó la mirada en la ventana. Los beneficios por encima de todo. Siempre había creído en ello. El dinero era la única salida, la única manera de seguir en la cumbre. Había sido pobre y el pasado continuaba condicionándole.

Cuando estaba en el instituto, le habían hecho leer *Lo que el viento se llevó*, y después había visto la película. Sus compañeros de clase se habían echado a reír al ver a Scarlett O'Hara con un nabo marchito entre las manos y poniendo a Dios como testigo mientras juraba que jamás volvería a pasar hambre. A él no le habían hecho gracia aquellas palabras. Las había vivido.

Aceptaba las cestas de comida que le entregaban jurándose que cuando creciera, sería el hombre más rico que jamás había conocido. Que nadie volvería a aprovecharse de él. Que siempre ganaría.

Dante tenía razón. No tenía sentido entregarle terreno a Heidi. Cuando la jueza dictara sentencia y él se quedara con el rancho, Heidi tendría que marcharse. Él se quedaría con todo.

Heidi esperaba ansiosa mientras Cameron McKenzie auscultaba el corazón de Perséfone. Ya había examinado a la cabra, le había revisado las patas y las pezuñas y le había palpado la barriga. El veterinario se quitó el estetoscopio de los oídos.

—Está perfectamente.

Heidi soltó la respiración que había estado conteniendo.

—¿Estás seguro? Me parece increíble todo lo que ha caminado hoy. Ha ido hasta las obras del casino y ha vuelto.

—A las cabras les gusta caminar. ¡Es una cabra muy saludable!

Cameron se levantó y palmeó cariñosamente a la cabra. Perséfone le hociqueó la mano.

—Ahora solo falta que encontremos la manera de mantener a Atenea encerrada —señaló May desde la puerta del cobertizo.

—Es una chica inteligente —respondió el veterinario mientras recogía sus cosas—. Va a hacer falta asegurar mejor esa puerta.

—Este es el tercer cerrojo que pongo —le explicó Heidi—. No es fácil tener una cabra más inteligente que yo.

—Deberíamos decirle a Rafe que se ocupe de ello —le propuso May a Heidi—. Se le dan bien ese tipo de cosas.

Heidi no estaba segura de que hubiera algo que a Rafe no se le diera bien, lo cual lo convertía en un hombre peligroso. No podía dejar de pensar en él, de preguntarse qué estaría haciendo o qué pensaba hacer a continuación. Cuando le sonreía, sentía algo muy dulce en su interior. Pero aquel hombre significaba problemas y ella ya tenía más que suficientes.

Salieron los tres del cobertizo. Cameron miró por encima del establo, hacia el corral en el que pastaban las llamas.

—Estás haciendo maravillas con mi práctica veterinaria —le dijo a May—. He tratado a algunas alpacas, pero no a llamas. Tendré que ponerme al día.

—También tengo ovejas —le advirtió May.

—Las ovejas son fáciles. ¿Algún otro animal en camino?

May sonrió.

—No quiero estropear la sorpresa.

«¡Oh-oh!», pensó Heidi.

—¿Lo sabe Rafe? —le preguntó.

—Por supuesto que no —contestó May—. Me diría que es una locura. Tendrás que esperar para verlo, como todos los demás.

Heidi alzó las manos.

—¡De acuerdo, de acuerdo!

Desvió después la mirada hacia la casa. Rafe estaba hablando por teléfono en el porche, lo recorría de un extremo a otro, concentrado en una intensa conversación.

—Estaré encantado de atender cualquier otro animal que traigas al rancho —se ofreció Cameron—. Encantado de conocerte, May.

—Igualmente.

Se estrecharon la mano y Cameron se volvió hacia Heidi.

—¿Ya estás mejor?

—Sí, gracias por venir. Supongo que no debería haberme preocupado tanto por la cabra.

—Me gusta que mis clientes sean así. Sabes lo mucho que me conmueve.

Se volvió hacia la camioneta y montó en ella.

—Qué hombre más amable —comentó May mientras Cameron ponía el motor en marcha. Se despidió de ellas con la mano y giró hacia el camino de entrada al rancho—. Y muy atractivo.

Heidi pensó en el pelo oscuro de Cameron y en sus ojos verdes.

—Supongo que sí, pero nunca he pensado en él de esa manera.

—¿Está casado?

—Sí, se caso hace dos meses. Pero tampoco habría importado que fuera soltero. No es mi tipo.

—¿No hay química?

—Ninguna.

—Ya veo —May miró entonces hacia el porche—. Es difícil predecir cuándo va a enamorarse el corazón.

Heidi abrió la boca y la cerró. Aquello era un campo minado. Era preferible alejarse de cualquier tipo de conversación sobre aquel tema, pensó. Y si fuera una mujer inteligente, se alejaría también de Rafe. Pero en lo que a él se refería, no parecía particularmente brillante.

En cualquier caso, aunque pudiera arriesgarse a seguir

sintiendo, se mantendría bien lejos de su cama. Porque cruzar esa línea supondría jugarse todo lo que tenía.

Las fiestas de la primavera de Fool's Gold siempre caían en el fin de semana del Día de la Madre. Muchos padres aprovechaban la ocasión para llevar a sus mujeres a la fiesta y dejar que eligieran ellas su regalo. El domingo por la mañana los vendedores de comida servían un menú especial y los diseñadores de joyas solían hacer un buen negocio.

Las fiestas comenzaban el viernes por la noche con un concurso de chile. Los ganadores, y los perderos, vendían las entradas a lo largo de todo el fin de semana. El sábado por la mañana se organizaba un desfile en el que participaban niños en bicicleta arrastrando remolques decorados con lazos y flores. Los perros de las familias, también disfrazados para la ocasión, acompañaban a los niños.

Rafe hizo una mueca al ver a una gran danesa desfilando disfrazada.

–¿Pero qué es eso? –musitó–. ¿Dónde queda la dignidad del perro?

Heidi se echó a reír.

–A mí me parece que está adorable.

–¡Es humillante!

Heidi miró a la perra, que movía felizmente la cola.

–Creo que está sintonizando con la diva que lleva dentro. El año que viene a lo mejor visto a Atenea para que participe en el desfile.

–Se comerá el vestido.

–Es posible. Pero seguro que estará guapísima.

Las calles estaban rebosantes de vecinos y turistas. Y aunque todavía faltaban un par de horas para las doce, el aroma de las barbacoas flotaba en el aire. Heidi olfateó con apetito.

—Has dicho algo sobre la comida, ¿verdad? —le preguntó a Rafe.

—No te preocupes, te invitaré a comer.

Después de ordeñar, Heidi se había encontrado a Rafe sentado a la mesa de la cocina. Durante los fines de semana, el ritmo del rancho era diferente. Los hombres que trabajaban en la construcción tenían los dos días libres. Y aunque Rafe salía a montar a Mason y continuaba con sus proyectos, todo parecía ir mucho más despacio.

Aquella mañana, cuando Heidi acababa de guardar la leche recién ordeñada en la nevera, Rafe la había sorprendido invitándola a ir a las fiestas con él. Y aunque desde el primer momento, ella había sido consciente de que aceptar era un riesgo, no había sido capaz de resistirse. De modo que allí estaban, fundiéndose entre la gente y disfrutando del desfile.

Cuando terminó de pasar la última bicicleta, Rafe sugirió que dieran una vuelta por los puestos.

—¿Estás seguro de que te apetece? —le preguntó Heidi.

—Tengo ganas de hacer de turista.

—Te creeré cuando te vea comprar un imán para la nevera.

—A mi madre le encantaría.

—May disfruta con todo.

Rafe se echó a reír.

—Prefiero ignorar la insinuación de que yo no.

—No he dicho eso. Estoy segura de que también tú tienes tus buenos momentos.

Continuaron caminando hacia los puestos. Cada vez había más gente a su alrededor. Los niños corrían entre la multitud. Cuando llegaron a una esquina, Rafe le agarró la mano y la atrajo hacia él.

—Tengo que asegurarme de que no te pierdas.

Solo estaba siendo amable, se recordó Heidi. Nada más. Pero al sentir sus dedos entrelazados con los suyos, en ella despertaba algo más que la amistad. Se sentía... bien. Le gustaba notar la fuerza de sus dedos, de su mano callosa. Era una mano más grande que la suya y, si se hubiera permitido un momento de debilidad femenina, hasta habría admitido que estando con él le entraban ganas de batir las pestañas y suspirar.

Se recordó inmediatamente que Rafe no era un hombre para ella. Nunca lo sería. Él buscaba una mujer sofisticada. Una mujer que encajara en cualquier parte y tuviera un aspecto impecable. Una mujer que supiera siempre lo que debía decir. La idea que tenía Heidi de ir a la moda era dejarse el pelo suelto. Aunque, en teoría, sabía maquillarse, normalmente se conformaba con ponerse crema para el sol. Y elegía la ropa pensando en que tenía que empezar el día ordeñando cabras.

–Cuéntame dónde conociste a tu esposa –dijo de pronto.

Rafe la miró.

–En el trabajo. En el primer trabajo que tuve al salir de la universidad. Ella estaba haciendo las prácticas con un hombre con el que mi jefe quería hacer negocios.

–No suena muy romántico.

Rafe sonrió.

–No lo fue. Nuestros jefes no se ponían de acuerdo en los términos del contrato. Ansley y yo nos escapamos a la sala del café. Aquel día hice mi primer negocio. No fue muy importante, no gané mucho dinero, pero vi el potencial que tenía.

Estaban al lado del parque. Heidi se dirigió hacia uno de los bancos y se sentó a su lado.

–Déjame imaginarla: Ansley es alta, rubia y tiene una familia adinerada y de prestigio.

Rafe se volvió hacia ella.

–Tienes razón, en parte. Pertenece a una prestigiosa familia, pero es morena. Su familia había sido muy rica, pero perdió el dinero dos generaciones atrás. Ansley era una mujer ambiciosa. Eso era algo que los dos teníamos en común. Le pedí que saliera conmigo y aceptó.

–¿Y después te enamoraste locamente de ella?

–Después comencé a conocerla. No hubo nada «loco» entre nosotros. Nos movíamos en un terreno seguro que debía permitirnos iniciar una vida en común. Compartíamos los mismos valores, los dos queríamos tener hijos y dejar una huella en el mundo –fijó la mirada en el vacío–. Nos casamos. Todo parecía ir bien, hasta que Ansley me dijo que no estaba enamorada de mí y que todo había terminado.

Se encogió de hombros.

–Entonces me di cuenta de que en realidad no me importaba perderla.

El único amor romántico que Heidi había visto había ido creciendo con el tiempo. La pasión se había desbordado hasta el punto de hacer imposible cualquier pensamiento racional. No era eso lo que Heidi quería. No quería ser consumida por sentimientos que no podía controlar.

Rafe volvió a fijar en ella su atención.

–¿Y qué me dices de ti? ¿Algún lugareño te robó el corazón?

–No, suelo evitarlos.

–Ahora estás conmigo, y tú dices que soy uno de ellos.

–Pero tú no tienes ningún interés en mí.

Rafe arqueó una ceja, pero no respondió.

–Entonces, ¿quién fue? Supongo que debía de ser algún feriante. A no ser que sea Lars. Y, en ese caso, creo que tienes una oportunidad.

Heidi le dio un golpe en el brazo.

–Deja en paz a Lars. Se porta muy bien conmigo. Y no ha habido nadie especial. He salido con chicos, pero nunca ha sido nada serio. En un par de ocasiones pensé que la relación podría ir un poco más lejos, pero no fue así.

Para ser sincera, nunca había experimentado el vacío en el estómago y el intenso anhelo de los que le hablaba Melinda. Ni el sentimiento de querer estar con su chico aun a sabiendas de que era malo para ella, como le había ocurrido a Nevada el verano anterior.

Eso había sido antes de que Tucker entrara en razón y admitiera que estaba completamente loco por ella, claro. La aterradora verdad era que lo más cerca que había estado de sentir aquella especie de descontrol emocional había sido al pensar en Rafe.

—A lo mejor tengo algún problema —admitió.

—A lo mejor el amor es un mito —respondió Rafe.

—Es imposible que tú creas eso. Mira a tu madre y lo mucho que quiso a tu padre. Han pasado veinte años y sigue siendo incapaz de enamorarse de nadie.

—De acuerdo, estoy dispuesto a aceptar que los sentimientos de mi madre son sinceros. Pero nombra a otras tres personas de las que pueda decirse lo mismo.

—Se me ocurren más de tres. Las trillizas Hendrix se enamoraron y se casaron el año pasado. Tú mismo mencionaste a su hermano Ethan, dijiste que estaba locamente enamorado de su esposa. Y su madre está felizmente casada. Años después de haber enviudado, se casó con el que había sido su primer amor, y eso que habían pasado más de treinta años separados. El amor es un sentimiento real.

A lo mejor era solo para los incautos, pensó con nostalgia. A lo mejor ella tenía demasiado miedo de enamorarse de nadie.

—No te pongas triste —le dijo Rafe, se inclinó hacia ella y la besó.

Heidi era consciente de que había gente paseando a solo unos metros de distancia, del sonido de la banda de música que tocaba en la plaza principal y de los gritos felices de los niños. El sol acariciaba sus brazos. El olor de las flores y la hierba se fundía con el del café recién hecho y las barbacoas. Pero todo enmudecía mientras Rafe movía los labios sobre su boca.

Deseando prolongar aquel momento todo lo posible, Heidi posó las manos en sus hombros. Rafe era puro músculo bajo sus dedos. Todo virilidad para su feminidad. La agarró del brazo, la atrajo hacia él y deslizó la lengua por su labio inferior.

Heidi abrió inmediatamente los labios. Antes de que Rafe hundiera la lengua en su boca, ya empezó a derretirse. El calor fluía en su interior, haciendo que sus senos se hinchieran e incitándola a presionar los muslos.

Quería abrazarle y entregarse completamente a aquel momento. Quería algo más que su lengua acariciando la suya. Quería tenerlo desnudo, tomando y complaciéndola, haciendo todas las cosas que a un hombre le gustaba hacer con una mujer. En lo que a Rafe se refería, podía no estar dispuesta a perder el corazón, pero, al parecer, estaba dispuesta a poner todo su cuerpo en juego.

Aun así, estaban sentados en un parque y el único espacio horizontal con el que contaban era un banco. Le devolvió el beso, entregándose al deseo que la inundaba y diciéndose que con eso bastaba. Y casi se creyó a sí misma.

Rafe se separó de ella. Le brillaban los ojos con algo que Heidi esperaba fuera deseo.

—Muy agradable —musitó Rafe y se aclaró la garganta—. Podemos seguir aquí sentados durante unos minutos, ¿verdad?

Aquella pregunta la confundió.

—¿Por qué deberíamos...? ¡Ah!

Exacto. Porque si se levantaban en aquel momento había cosas que serían más que obvias. Se arriesgó a dirigir una mirada fugaz a su regazo y vio que una erección impresionante acababa de hacer acto de presencia. Se estremeció.

Rafe le tomó la mano y le besó la palma.

—Si quieres que podamos levantarnos de aquí, tendrás que dejar de mirarme de esa forma.

Heidi estuvo a punto de preguntar: «¿de qué forma?», pero tenía la sensación de que ya sabía a lo que se refería.

Probablemente le estaba mirando como si fuera el único hombre sobre la faz de la tierra.

Rafe cambió de postura. Se sentó mirando hacia el frente con un pie apoyado en la rodilla contraria. Le pasó el brazo por los hombros a Heidi y la atrajo hacia él.

—Hablemos de algún tema neutral —le sugirió—. Y si eres capaz de hablar con voz chillona, también me serviría de ayuda.

Heidi se echó a reír.

—¿Qué tiene de malo mi voz?

—Es muy sensual.

Heidi se aclaró la garganta. No se le ocurría nada que decir.

—Nunca me has hablado de tu cita.

—Y no pienso hacerlo.

—¿Y tienes alguna otra en perspectiva?

Rafe la miró con sus ojos oscuros brillando de diversión.

—¿Podríamos no hablar de mis citas?

—Claro. Eh, dentro de varias semanas viene la feria a la ciudad.

—¿Tu feria? ¿La gente que te enseñó a odiar a los lugareños?

—Sí, y no fueron ellos los que me enseñaron. Aprendí sola.

—¿Y vendrá alguien que pueda enseñarme a domar un león?

—La feria no es un circo. En esta feria solo vienen atracciones y juegos.

—Siempre me ha encantado la noria.

—Pues tendrás una.

–¿Te montarás conmigo?

Heidi negó con la cabeza.

–No, me mareo.

–Eres una cobarde.

–Y tú un lugareño.

Rafe se echó a reír. A él podía gustarle su voz, pero a Heidi le encantaba el sonido de su risa. La hacía sentirse a salvo y feliz, sobre todo cuando la estrechaba contra él.

Y eso era peligroso. Afortunadamente, ella no era de las que se enamoraban con facilidad.

Capítulo 11

Heidi terminó de ordeñar y les sirvió a los gatos la leche todavía caliente.

–Debería poneros una cámara –se le ocurrió mientras sus invitados lamían la leche–. Una de esas cámaras que se les ponen a los animales. Así averiguaría dónde vivís.

O podría, simplemente, preguntar. Estaba segura de que alguien sabría quién era el propietario de aquellos gatos. De todas formas, le gustaba el misterio, continuar fingiendo que aquellos felinos disfrutaban de una vida secreta apasionante cuando salían del rancho.

Recogió el taburete, se aseguró de que las cabras tuvieran suficiente agua y se dirigió hacia la casa. Nada más entrar, percibió el olor del café. Mientras vertía la leche en las botellas que dejó después en la nevera, se decía a sí misma que se alegraba de que May se hubiera despertado temprano y hubiera hecho café. De que Rafe no fuera el único que estuviera esperándola cuando entró en la cocina. Porque no quería esperar nada de él. Y la verdad era que la anticipación casi la superaba, porque poder desayunar con Rafe era a menudo la mejor parte del día.

Cada vez le resultaba más difícil recordarse que era el enemigo. Estar a su lado era… agradable. Le hacía reír, y a ella le encantaba estar junto a él. En otras circunstancias, se habría arriesgado a ofrecerle su corazón. Pero las circunstancias eran las que eran y si olvidaba las intenciones de Rafe, corría el peligro de perderlo todo.

Heidi apartó la leche, cerró la puerta de la nevera y se dirigió a la cocina. Rafe permanecía apoyado contra el mostrador. Los ojos le brillaron al ver entrar a Heidi.

Consciente de la dureza del trabajo del rancho a lo largo del día, Rafe normalmente se duchaba antes de cenar en vez de a primera hora de la mañana. Y había algo especial en la ligera tosquedad de su imagen. A Heidi le gustaba la sombra de barba que cubría su rostro y su pelo ligeramente revuelto. Llevaba una camisa de algodón a cuadros arremangada hasta los codos y unos vaqueros viejos con un desgarrón a la altura del bolsillo.

En algún momento durante todo aquel tiempo, había dejado de ser un hombre trajeado. Era, simplemente, Rafe. Y Rafe estaba resultando ser cada vez más peligroso.

–Buenos días –la saludó mientras le tendía una taza de café.

–Hola.

Heidi vio que ya había añadido la crema e imaginó que también el azúcar, justo como a ella le gustaba.

–¿Cómo estaban las chicas? –preguntó Rafe mientras se dirigía hacia la mesa.

–Muy bien. Contentas de verme.

Se sentaron el uno frente al otro, como hacían casi todas las mañanas. Era el único rato que pasaban juntos antes de que aparecieran May, Glen y los trabajadores.

Rafe tenía varias hojas de papel sobre la mesa que le tendió.

–He estado pensando en tus jabones y en el queso y he hecho algunas llamadas.

Heidi bajó la mirada y vio tres nombres y tres números de teléfono. Al lado de cada nombre figuraba el de un país: China en dos ocasiones y otra Corea.

–Son representantes de ventas que distribuyen su producto por toda América y Asia. Ahora mismo el queso de cabra está en un gran momento.

Heidi bajó la mirada hacia aquel papel, intentando comprender.

–¿Y quieren que les llame?

–Les interesa tu producto y saben cómo empezar el negocio en esos países. Tú no correrías ningún riesgo, porque no necesitas utilizar más infraestructura que la que ya tienes. ¿Por qué inventar la rueda? –señaló el segundo nombre de la lista–. Esta mujer quiere muestras de tu jabón. Si le gusta, se encargará personalmente de todo el proyecto de venta. El único riesgo que corres es que tendrás que asumir el coste de lo que no se venda. En cualquier caso, ella conoce a sus clientes y sabe lo que quieren comprar. Por lo que he oído decir, ahora el problema que tiene es atender los pedidos.

Un problema que ella podría solucionar con las barras de jabón que tenía secándose y todas las que podía hacer durante las siguientes semanas, pensó Heidi.

La venta local era una cosa y vender en mercados extranjeros, sobre todo en Asia, podría significar mucho dinero. Posiblemente el dinero que necesitaba para pagar a May. Y Rafe tenía que saberlo.

–Esta clase de negocios llevan tiempo –le explicó Rafe con amabilidad–. Pero a la larga, te permiten conseguir grandes beneficios.

Así que no solo se le daban bien los negocios, sino que también sabía leer el pensamiento, se dijo Heidi.

–Gracias por los contactos. Llamaré hoy mismo.

–Están deseando tener noticias tuyas.

La conversación giró hacia el trabajo del establo, pero Heidi continuaba pensando en lo que Rafe le había ofrecido. Asumiendo que tuviera razón, y no tenía ningún motivo para dudar de él, no podría ver los beneficios de aquel negocio antes de que volvieran al juzgado. Pero si era capaz de mostrar un plan de ingresos convincente, quizá ganara el juicio. Entonces, ¿por qué corría Rafe ese riesgo?

¿Tanta fe tenía en su abogado? ¿O estaría empezando a sentir algo por ella? Ella sabía que le gustaba, que disfrutaban juntos. ¿Se estaría preguntando también Rafe qué habría habido entre ellos si se hubieran conocido en otras circunstancias? Rafe estaba resultando ser muy diferente de lo que ella esperaba. A lo mejor a él le pasaba lo mismo con ella. A lo mejor los dos estaban descubriendo una conexión completamente inesperada.

Rafe encendió la barbacoa y observó satisfecho el resplandor de las llamas que se alzaban hacia el cielo. Por supuesto, habría sido más rápido utilizar la cocina de gas, pero prefería cocinar la carne a la antigua usanza.

Heidi salió en aquel momento al porche de atrás.

–¿No ha explotado nada?

Rafe se echó a reír.

–La comida estará lista dentro de media hora.

–Perfecto. Tu madre ha dejado una ensalada de patata en la nevera. Terminaré de preparar la ensalada de lechuga y podremos irnos.

–Te olvidas del vino.

Heidi esbozó una mueca.

–¡Pero si vamos a comer hamburguesas!

–Un buen vino se puede beber con cualquier cosa.

Heidi le siguió a la cocina. Rafe ya había sacado una botella. Heidi se quedó mirando fijamente la etiqueta.

–«Col Solare» –leyó–, ¿es italiano?

Rafe alargó la mano hacia la botella y quitó la envoltura metálica del tapón.

–Estado de Washington. Es una mezcla hecha en sociedad –sonrió–. ¿Quieres más detalles?

–Creo que ya he llegado al límite. ¿Es muy caro?
–Sí.
–¿Cuesta más de treinta dólares?
–¿De verdad quieres saberlo?
Heidi inclinó la cabeza.
–Solo es un vino
–No se pueden utilizar las palabras «vino» y «solo» en la misma frase. Vives a menos de dos kilómetros de un viñedo. Deberías apoyar la industria local.

–La verdad es que yo soy más de margaritas. ¿Qué diferencia hay entre una botella de diez dólares y una de cien?

–Los vinos buenos envejecen en barricas de roble francés. Se utilizan las mejores uvas y se limpian las barricas durante el proceso de añejamiento del vino. Es un trabajo muy caro.

–¿Por qué limpian las barricas? ¿Y cómo, si hay vino en ellas?

–El vino se traspasa a recipientes de acero inoxidable y después se limpia la barrica para eliminar los sedimentos. El vino vuelve después a la barrica y continúa envejeciendo.

Descorchó la botella y sacó dos copas del armario.

–¿Se utiliza acero inoxidable para evitar reacciones químicas?

–Exacto.

Heidi tomó la copa que Rafe le ofrecía y la olió.

–Muy agradable. Pero ahora no me hablarás de notas de chocolate y cereza, ¿verdad? Es algo que nunca he entendido. El vino se hace con uvas, no con chocolate. Y como empieces a ponerte pedante, te tiraré la copa.

Durante la cita que había tenido con la mujer con la que Nina le había puesto en contacto, habían estado hablando de vino porque tenían muy pocas cosas en común. Había sido una conversación un tanto aburrida en la que cada uno de ellos parecía haber intentado demostrar sus conocimientos en la materia. Rafe prefería con mucho la sinceridad de Heidi.

–Dime si te gusta. En realidad, eso es lo único que importa.

–¿Lo giro? La gente que bebe vino suele hacerlo.

–Es una forma de airearlo.

–Yo creía que el oxígeno perjudicaba al vino.

–Cuando está en la botella, sí. Pero una vez abierta y lista para beber, el oxígeno libera los sabores.

Heidi giró obediente el contenido de su copa y bebió un sorbo. Dejó el vino en la lengua durante un segundo y tragó.

–¡Oh! –abrió los ojos como platos–. ¡Qué rico! Es suave, pero tiene mucho sabor. Pensaba que iba a ser más fuerte.

–Me alegro de que te guste.

Salieron al porche y se sentaron en los escalones.

Faltaban todavía un par de horas para la puesta de sol. Los días habían empezado a alargarse y eran más cálidos a medida que avanzaban hacia el verano. Los brotes de la primavera se habían transformado ya en hojas y flores.

Heidi y Rafe habían recogido ya las cabras para la noche. Rafe observó a las llamas y a las ovejas pastando satisfechas. Se había resistido a volver a Fool's Gold, pero la verdad era que cuando miraba a su alrededor, le resultaba difícil recordar por qué.

–Es sábado por la noche –le dijo Heidi–. ¿Qué estarías haciendo a esta hora en San Francisco?

–Trabajar.

–¿No habrías salido con nadie?

–Si normalmente saliera con alguien, no necesitaría a Nina.

–Tiene que haber toneladas de mujeres donde trabajas.

Rafe cambió de postura. Se sentía incómodo con aquel tema, pero no sabía cómo eludirlo.

—No me interesa salir con mujeres que trabajan en mi sector. Y tampoco con mis empleadas. No hay otras muchas mujeres en mi vida.

—Tienes demasiadas normas.

—No quiero que me denuncien por acoso sexual.

—Es lógico. Y supongo que tampoco acuden muchas mujeres a las reuniones de magnates que tienes todos los meses.

Rafe sonrió.

—No, y todas las que merecen la pena ya están casadas.

—¿Y qué me dices de la temporada de ópera o del ballet?

—La verdad es que yo soy más aficionado al béisbol. Pero me gusta el teatro.

—¿Y esos musicales en los que la gente se pone de pronto a cantar?

—A veces.

—Eres una caja de sorpresas —dejó la copa de vino y tomó su mano para acariciarle los callos—. ¿Qué dirían tus amigos si vieran esto?

—Si quieres saber la verdad, les daría envidia.

Heidi le soltó la mano y aquello bastó para que a Rafe le entraran ganas de abrazarla y acercarla a él. Le gustaba que se tocaran. Últimamente deseaba hacer mucho más que acariciarla, un deseo que condicionaba completamente su horario. Hacía todo lo posible para estar fuera de casa antes de que Heidi se metiera en la ducha por la mañana. Lo último que le apetecía era pasar quince minutos torturándose e imaginándola desnuda. No bastaba con abandonar la casa para olvidar aquella imagen, pero le resultaba más fácil librar con ella estando fuera.

—Eres mucho mejor vaquero de lo que imaginaba —admitió Heidi.

—Me gusta el trabajo. Me gusta mirar atrás y ver lo que

he conseguido a lo largo del día. Y suelen ser muchas más cosas que en mi vida normal.

—Ten cuidado. Esta clase de vida puede llegar a ser muy seductora.

Rafe la miró y la descubrió mirándole. Tenía unos ojos preciosos, pensó sin apartar la mirada de sus iris verdes. Y una sonrisa maravillosa. Llevaba el pelo suelto y siempre ondulado como consecuencia de las trenzas.

Deseó acariciar aquella melena de aspecto sedoso, quería abrazar a Heidi, besarla. Pero besarla les llevaría a otras cosas y eso sería un error. Heidi podía haber dejado de ser su enemiga, pero continuaba interponiéndose entre el rancho y él. Acostarse con ella complicaría todavía más una situación que ya era de por sí difícil. Pero era toda una tentación.

—El carbón —musitó, aunque todavía no le apetecía alejarse de allí.

—¿Qué?

—Debería comprobar el carbón.

—¡Ah, sí! Yo iré a buscar las hamburguesas.

Durante un segundo, ninguno de ellos se movió. Rafe sabía que estaba a punto de dejar de preocuparse por las consecuencias. Pero justo en el momento en el que iba a dejar la copa para abrazarla, Heidi se levantó y se dirigió a la cocina.

Probablemente fuera lo mejor, se dijo Rafe, ignorando el deseo que crecía en su interior y la vocecilla que le susurraba que sería un estúpido si dejara que Heidi se fuera.

Heidi lo había pasado mal durante la cena. La comida era magnífica, las hamburguesas y las ensaladas estaban perfectas, y le había gustado el vino. Rafe, como de costumbre, se había mostrado encantador. Era un hombre divertido e inteligente con el que se podía hablar de muchas cosas. La había sorprendido con su inesperado punto de vista sobre la familia real británica y con su apoyo a las energías renovables.

Pero lo que realmente no terminaba de comprender era por qué una mujer podía haber dejado a Rafe. Era la clase de hombre con el que ella se quedaría sin pensárselo dos veces. Y eso representaba un segundo problema.

Había pasado ya la fase del estado de anticipación y estaba firmemente asentada en la de «hagámoslo ahora». Cada vez que Rafe la miraba, sentía un tirón en el vientre. Cuando en algún momento la rozaba, le entraban ganas de gemir. Si la abrazara o la besara durante más de treinta segundos, probablemente tendría un orgasmo.

Una vez terminada la cena y lavados los platos, tenían toda la velada por delante. May y Glen pensaban ir al cine, lo que significaba que todavía tardarían al menos tres horas en regresar. La noche era joven, el sol se estaba poniendo y Heidi tenía miedo de decir o hacer algo que pudiera resultar humillante. Su única opción era huir.

Bebió el vino que le quedaba, probablemente un error, teniendo en cuenta que ya estaba un poco mareada después de la primera copa, y se levantó.

–Eh... tengo que terminar de revisar unos documentos.

Rafe la imitó.

–¿Estás segura? Había pensado que podíamos ir a dar un paseo.

–¿De noche?

–Yo te protegeré.

Heidi quería decirle que sí. Quería pasar tiempo con él, quería hablar con él, quería hacer muchas otras cosas con él. Pero el miedo era mayor. Con la sangre bombeando sus hormonas y animándola a cometer una locura, probablemente terminaría haciendo o diciendo algo de lo que se arrepentiría. La huida era la senda más segura.

—A lo mejor en otro momento —musitó, y retrocedió, ansiosa por llegar a la puerta.

Una vez allí podría subir corriendo las escaleras y encerrarse en su habitación antes de que se hubiera desatado el desastre.

—¿Estás bien?

—Sí, estoy bien. Mejor que bien.

Le dirigió la que esperaba fuera una sonrisa radiante y se volvió. Desgraciadamente había girado más rápido de lo que pretendía y en su precipitación terminó tropezando directamente con el armario. El golpe fue tal que retrocedió y comenzó a tambalearse. Rafe la agarró antes de que pudiera caerse y la hizo volverse hacia él.

Sus ojos eran tan negros como la noche. Su rostro era todo ángulos marcados y duros planos. Fijó la mirada en sus labios y Heidi recordó lo maravilloso que había sido besarle.

Y, casi inmediatamente, pudo abandonar los recuerdos porque Rafe la estrechó contra él y posó los labios en los suyos.

Sabía a vino. La rodeaba con sus fuertes brazos, haciéndola sentirse segura y delicada. Mujer frente a hombre. Su cuerpo anidaba en el suyo, sus senos se estrechaban contra su pecho, sus muslos descansaban sobre los de él. Alzó los brazos para rodearle con ellos el cuello y enterró los dedos en su pelo.

El beso fue tal y como lo recordaba. Tierno y demandante al mismo tiempo. Generoso y ansioso. Entreabrió los labios y esperó durante una décima de segundo a que sus lenguas se rozaran. El deseo se tornó líquido. El hambre la invadía como una incontenible marea.

Inclinó la cabeza para poder profundizar el beso. Rafe deslizó las manos por su espalda hasta alcanzar su cintura. Allí se detuvo, como si estuviera esperando a que Heidi decidiera lo que tenía que pasar a continuación.

Había tres opciones, pensó Heidi precipitadamente. Podía retroceder, darle las buenas noches y salir corriendo. Sería la opción más sensata, por supuesto. O...

Ya estaba. Aquella deliciosa palabra. El camino de las posibilidades. «O». O podía ceder al deseo, averiguar si Rafe era tan bueno como parecía, saber si podía satisfacerle, si encajaban tan bien como imaginaba. Porque eran muchas las cosas que Heidi imaginaba.

La verdad era que no tenía opción. Lo había comprendido en el instante en el que le había devuelto el beso. Entonces, ¿por qué fingir otra cosa?

Posó las manos en sus hombros y presionó ligeramente, invitándole a seguir.

Rafe respondió inmediatamente alzando las manos. Mientras iba acercando las manos a sus senos, cambió de postura para poder besarle la barbilla y el cuello. Trazó un camino de besos hasta su oreja y allí le mordisqueó el lóbulo antes de lamer la sensible piel de detrás de la oreja.

Al mismo tiempo cubrió sus senos con las manos y utilizó los pulgares para acariciar los tensos pezones.

La combinación de sensaciones fue sobrecogedora. El placer fluía a raudales en el interior de Heidi. Las piernas le temblaban y la sensible piel de entre sus piernas parecía henchirse. Anhelaba tocar cada centímetro del cuerpo de Rafe.

Él continuó besándole el cuello y el escote. Cuando llegó al borde de la camiseta, dejó caer las manos hasta el dobladillo, retrocedió ligeramente y se la quitó de un tirón. El sujetador siguió a la camiseta.

Heidi estaba cada vez más sorprendida por aquella progresión, pero antes de que hubiera podido decidir si se sentía cómoda o no, Rafe se inclinó y cerró la boca sobre su pezón. Succionó ligeramente y acarició con la lengua el rígido botón, irradiando dardos de deseo directamente hasta el centro de su ser. Al mismo tiempo acariciaba el otro seno, imitando con la mano los movimientos de la lengua.

Heidi notaba que se debilitaba por segundos. Echó la cabeza hacia atrás. La melena acariciaba su espalda desnuda. Se aferró a él para recuperar el equilibrio, y porque Rafe parecía ser lo único estable en aquel mundo que giraba a toda velocidad.

Rafe continuó atendiendo sus senos, reemplazando a los dedos con la boca y viceversa. La respiración de Heidi era cada vez más agitada. Con cada caricia de Rafe aumentaba el ritmo de su respiración. La sangre parecía haberse detenido en sus venas, el deseo crecía. Hasta el último centímetro de ella estaba tan excitado que incluso el roce del brazo de Rafe sobre su vientre resultaba erótico.

Rafe posó las manos en sus hombros y la estrechó contra él. Cubrió sus labios. Heidi le besó profundamente, devolviendo caricia por caricia. Sus cuerpos se tensaron. Heidi sintió su erección y se restregó contra él.

Rafe interpuso las manos entre ellos, buscando el cinturón del vaquero de Heidi. Esta sentía sus dedos temblar mientras le desabrochaba el botón y le bajaba la cremallera. Cuando terminó, Rafe le hizo volverse y colocarse de espaldas a él. Mientras su trasero descansaba sobre su excitación, tomó su seno con la mano izquierda y deslizó la derecha en el interior de los vaqueros.

Buscó el camino entre sus piernas hasta llegar al corazón húmedo de su feminidad. Heidi se sentía como si llevara días preparada para aquel momento, de modo que bastó una caricia para hacerla jadear de placer. Rafe continuó acariciándola, moviendo los dedos hacia delante y hacia atrás.

Cada caricia alcanzaba la perfección, cada roce de su piel la acercaba al orgasmo. En medio de la niebla del deseo, Heidi estaba segura de que Rafe consideraría aquel episodio como parte de la diversión de la velada, que todo volvería a la normalidad más tarde. Pero llevaba demasiado tiempo sin ser acariciada, o quizá fuera la reacción a la cercanía de

Rafe. En cualquier caso, cerca de cuarenta segundos después, Heidi ya se sentía a punto de la liberación final.

Movió las caderas un par de veces e intentó apartarse. Pero Rafe continuó acariciándola de una forma maravillosa mientras posaba la otra mano en su seno y jugueteaba con sus pezones. Cuando inclinó la cabeza para besarle el cuello, Heidi perdió la poca capacidad de control que le quedaba. Sus músculos se tensaron y se destensaron en el instante en el que fluyó el orgasmo.

Lo alcanzó con un grito quedo y un estremecimiento mientras intentaba aferrarse a Rafe. Este continuó acariciándola, dándole placer hasta que se derrumbó entre sus brazos.

Allí siguió Heidi, de espaldas a Rafe, sintiendo cómo la humillación se fundía con la satisfacción. ¿Cómo era posible que hubiera alcanzado el orgasmo tan rápido? Sin apenas esfuerzo por parte de Rafe. Ni siquiera estaba segura de que Rafe esperara que fueran así las cosas. ¿Y si él solo pretendía comenzar a excitarla?

Si era así como se sentían los chicos de diecisiete años cuando estaban con una mujer, acababa de aumentar su compasión por ellos.

Antes de que hubiera podido decidir qué iba a hacer a continuación, Rafe la hizo girarse y la besó con fuerza.

–Ha sido lo más excitante que he visto en mi vida –musitó con voz ronca.

Agarró la camisa y el sujetador, se los tendió y después la tomó de la mano y la guio hacia las escaleras.

Heidi estrechó la ropa contra sus senos desnudos y le siguió a su dormitorio. En menos tiempo del que parecía posible, Rafe se quitó las botas, los calcetines y la camisa. Tardó un par de segundos en sacar su neceser, vació su contenido encima de la cómoda y estuvo buscando hasta encontrar una caja de preservativos. Dejó los preservativos en la mesilla de noche y volvió a la cama.

Tras colocar la camisa y el sujetador de Heidi en una silla, le enmarcó el rostro con las manos y la besó.

Más adelante, ya analizaría Heidi por qué su primer instinto había sido ir a donde no debía. Se recordaría entonces que Rafe tenía un cuerpo precioso y que el placer físico era algo digno de apreciar. Pero de momento tenía más que suficiente con acariciar su piel desnuda y con sentir lo mucho que la deseaba.

Deslizó las manos por su espalda y su pecho, acarició con las yemas de los dedos la dureza de sus músculos. Le desabrochó los vaqueros y se los bajó al mismo tiempo que los calzoncillos. Cuando Rafe se desprendió de la ropa, le acarició la erección, haciéndose cargo de su tamaño. Presionó los labios contra su pecho y acarició con el pulgar el final de su erección, disfrutando al oírle tomar aire.

Rafe la ayudó a quitarse los pantalones y las bragas y la condujo a la cama. Cuando se tumbó, se unió a ella, se colocó de rodillas entre sus muslos y comenzó a besarla.

Heidi creía que para ella ya había terminado el placer durante aquella velada, pero rápidamente comenzaron de nuevo los temblores. Mientras la acariciaba con la lengua, Rafe deslizó dos dedos en su interior y comenzó a moverlos rítmicamente, imitando el acto del amor.

Heidi clavó los talones en el colchón y empujó. Rafe cerró los labios alrededor del clítoris y succionó delicadamente sin dejar de mover los dedos una y otra vez. Continuó acariciándola hasta que tuvo un completo control de su cuerpo y pudo decidir el momento en el que iba a alcanzar el orgasmo.

Entonces comenzó a mover la mano más rápidamente, sin dejar de succionar, y siguió haciéndolo mientras todos los músculos se tensaban en el segundo que precedió a la liberación final a la que se entregó Heidi por completo.

En el instante en el que comenzaba a ceder la última oleada de contracciones, Rafe alargó la mano para agarrar un preservativo y abrió el envoltorio. Una vez colocada la protección, se inclinó hacia delante para hundirse en el interior de Heidi.

Heidi recibió su embestida con su cuerpo, para que la llenara por completo. Rafe continuó hundiéndose con fuerza, haciéndola estremecerse con aquella fricción. Heidi le rodeó la cintura con las piernas y él comenzó a moverse con firmeza.

Heidi abrió los ojos y le descubrió mirándola con los ojos brillando de pasión. Comprendió que estaba acercándose al orgasmo. Si el sexo era algo íntimo, de aquella forma lo era mucho más. Podía experimentar el propio placer de Rafe e iba encontrándose sin respiración a medida que se acercaba al orgasmo.

Lo hundió profundamente en ella y en el momento en el que comenzó a estremecerse, tensó los músculos a su alrededor. Rafe alcanzó el clímax aferrado a sus caderas y sin dejar de mirarla a los ojos.

Era ya de noche cuando Heidi se despertó. En los pocos segundos que tardó en encontrar el reloj, se dio cuenta de que no estaba durmiendo en su dormitorio y de que había un hombre durmiendo a su lado. En el momento en el que el reloj marcó las tres y diecisiete minutos, emergieron todos los recuerdos de la noche anterior. Sonrió disfrutando del calor de Rafe a su lado.

Después de haber encontrado el camino hasta la cama, ya no la habían dejado. Glen y May habían regresado cerca de las once, pero no habían subido al piso de arriba. Afortunadamente, los dormitorios del piso de abajo estaban al otro lado de la casa, de modo que era imposible que los hubieran oído cuando habían hecho el amor por segunda vez.

Heidi se levantó con mucho cuidado de la cama. La luz

de la luna le permitió distinguir su ropa en el suelo. Aunque le habría encantado pasar toda la noche allí, no quería arriesgarse a que la pillaran.

Tomó las bragas y se las puso. Sus músculos protestaron doloridos, y volvió a sonreír. Había pasado mucho tiempo desde la última vez que había estado con un hombre, pero por Rafe, había merecido la pena la espera. Aquel hombre era muy bueno en la cama. En realidad, había demostrado ser tan bueno como en todo lo demás.

Se vistió rápidamente, agarró las botas y se dirigió de puntillas a la puerta. Con todo el sigilo del que fue capaz, giró el pomo. Pero cuando retrocedió para abrir, tropezó con la cómoda. La cómoda se movió ligeramente, haciendo repiquetear los contenidos del neceser de Rafe. Heidi inmediatamente colocó la mano encima para impedir que se cayeran. En el proceso tropezó con una pila de papeles y algunos terminaron en el suelo.

Se agachó para recogerlos y se quedó paralizada. En la primera hoja aparecía el plano de una urbanización. Una serie de casas pequeñas alineadas en calles estrechas. Teniendo en cuenta que la empresa de Rafe era también una constructora, no le habría dado ninguna importancia si no hubiera leído el título que encabezaba la hoja: Castle Ranch.

Capítulo 12

–¿Estás segura? –preguntó Charlie. Alzó inmediatamente la mano–. No estoy de su lado, solo estoy diciendo que necesitas asegurarte antes de poner en marcha ningún plan.

Heidi estaba sentada en una de las mesas del bar Jo's. Les había pedido a sus amigas que se reunieran con ella a la hora del almuerzo. Necesitaba que la ayudaran a encontrar la manera de derrotar a Rafe.

–¡Estoy segura! –Heidi intentaba aferrarse a su enfado. Era lo único que podía hacer para no ceder a las lágrimas–. He visto la documentación. Ha supervisado todo el rancho, ha contado hasta la última hectárea. No sé cómo ha podido hacerlo sin que le hayamos visto. Aunque, claro, ahora siempre hay trabajadores entrando y saliendo del rancho. Por supuesto, ha tenido la generosidad de dejarle a su madre la casa principal y algo de terreno para los animales. Pero eso es todo. El resto quiere llenarlo de casas baratas.

Agarró el vaso de té frío con las dos manos.

–He sido una estúpida. Me ha utilizado. Durante todo este tiempo, yo pensaba que estaba siendo amable conmigo. Incluso me dio los nombres de tres personas que podían ayudarme a empezar a vender mi queso en Asia. Pensaba que lo hacía porque éramos amigos. Pero no es así. El problema es que se siente culpable. O peor aún, a lo mejor solo estaba intentando distraerme. No somos amigos. Para él, solo soy un obstáculo en medio de su imperio de casas baratas. ¡Quiere acabar con todo! ¡Va a convertir un terreno maravilloso en una urbanización, y no puedo hacer nada para impedirlo!

A pesar de su furia, sintió que se le llenaban los ojos de lágrimas.

–No puedo dejar que nos gane. ¿Adónde iríamos Glen y yo? Tengo cabras, necesito los pastos. Y las cuevas son perfectas para curar los quesos. Además –se le quebró la voz y agarró una servilleta–, es mi hogar. Yo no quiero marcharme de Fool's Gold.

Charlie y Annabelle le apretaron cariñosamente el brazo.

–No tendrás que marcharte –le prometió Annabelle–. Ya encontraremos una solución. Pero me cuesta creer que esté haciendo todo esto en secreto.

–Espera ganar –dijo Charlie con rotundidad–. ¿Y por qué no va a esperarlo? Con tanto dinero y con sus influencias, él no vive como el resto de nosotros. Estoy segura de que cree que deslumbrará a la jueza con su proyecto.

–Ni siquiera tendrá que hacerlo –respondió Heidi, secándose las lágrimas–. Incluso en el caso de que los representantes estén interesados en mi queso, pasará bastante tiempo hasta que empiece a ganar dinero. No puedo esperar durante semanas, y menos aún durante meses. En el caso de que podamos esperar hasta mediados de verano a que nos llame, tendré suerte si para entonces he conseguido ahorrar diez mil dólares. Y eso es menos de un diez por ciento de lo que Glen le quitó a May. Además, May está completamente instalada en el rancho. Le pidió a Rafe que arreglara la cerca y ahora está ampliando el establo. Hasta ha comprado animales.

Siguieron cayendo las lágrimas.

—No podré devolverle todo ese dinero.

—No tienes por qué hacerte cargo de las reparaciones —le recordó Annabelle—. La jueza no puso esa condición.

—Lo sé, pero me preocupa lo que pueda pensar la jueza si May sigue perdiendo dinero.

—¿Crees que May está al corriente del plan de Rafe? —preguntó Charlie—. ¿También forma ella parte del proyecto?

Heidi se había hecho ya aquella pregunta. Negó lentamente con la cabeza.

—Me cuesta creerlo. Es una mujer auténtica. En el caso de que hubiera estado realmente enfadada por lo que hizo Glen, habría insistido en que se quedara en la cárcel, pero no lo hizo. Además, ella adora el rancho y eso no es compatible con esa urbanización. Todo esto tiene que ser cosa de Rafe.

Eran muchas las cosas que ni siquiera se atrevía a decir. Había empezado a enamorarse de Rafe. Había comenzado a confiar en él. La noche anterior había hecho el amor con Rafe entregándose de todas las formas posibles. Había sido una auténtica estúpida.

—Creo que está intentando distraerme de sus verdaderas intenciones —musitó, esperando que el dolor que sentía en el pecho se debiera más al orgullo herido que a un corazón roto—. Por eso se muestra tan dispuesto a colaborar —tragó saliva cuando comprendió cuál era la verdad—. Todo es cosa del casino. Quiere construir casas para la gente que trabajará allí. Fui yo la que le llevé hasta el casino. Atenea se escapó y él vino conmigo a buscar a las cabras. Entonces lo vio.

—Estoy segura de que podremos solucionarlo —le aseguró Annabelle.

—¿Tienes idea de cómo? —preguntó Charlie—. No quiero parecer negativa, pero desear algo no es lo mismo que conseguirlo.

—Tiene que haber una forma de detenerle —Annabelle posó los codos en la mesa y apoyó la cabeza entre las manos—. ¿Qué puede interponerse en un proyecto de construcción?

—Leyes, regulaciones, calificaciones del suelo —respondió Charlie animada—. Podríamos hablar con la alcaldesa. Tú le caes mejor que Rafe. Seguro que se pone de nuestro lado.

—No la conozco tanto —respondió Heidi—. Además, ¿por qué iba a estar en contra de que se construyan todas esas casas? ¿La alcaldesa no quiere que Fool's Gold crezca?

—Claro que sí, pero no de esa forma —respondió Annabelle.

—¿Por qué no? Todos esos trabajadores necesitarán una casa en la que vivir. El rancho es perfecto —Heidi parpadeó para alejar las lágrimas—. Ese es precisamente el problema. ¿A quién le van a importar mis cabras y mis sueños comparados con toda esa gente?

—No renuncies —la aconsejó Charlie—. Encontraremos algo. Si no tenemos la ley a nuestro favor, ¿qué tal si recurrimos a los medios de comunicación? Hay muchos grupos que odian el tipo de cosas que Rafe pretende hacer. Podemos ponernos en contacto con ellos.

—Desgraciadamente es un hombre con una gran reputación en la industria —repuso Annabelle sombría—. Construye respetando las leyes, paga unos salarios justos, se ocupa de la tierra que trabaja, y etcétera, etcétera.

—¡Qué mala suerte! Tiene una personalidad repugnante —Charlie se hundió en la silla—. Todo esto apesta.

La impotencia se sumaba a la sensación de traición. Debería haber imaginado que Rafe era demasiado bueno como para ser verdad, se regañó Heidi. Aquel hombre...

—¡Ya lo tengo! —Annabelle golpeó la mesa con las dos manos—. Ya sé lo que podemos hacer.

Heidi se la quedó mirando fijamente.

—¿Qué?

Annabelle sonrió. Los ojos le brillaban de emoción.

—¿Os acordáis del último derrumbe que hubo en los terrenos de construcción del casino? Se derrumbó parte de la montaña y quedó al descubierto todo ese tesoro Máa-zib? Vino la prensa y tuvieron que dejar de construir en esa zona para que los expertos del museo vinieran a investigar el hallazgo.

—No creo que haya ningún tesoro en el rancho —replicó Heidi—. No hay ninguna montaña.

—Pero hay cuevas.

Heidi dudaba.

—Ha habido gente explorando aquellas cuevas durante años. Si hubiera algún tesoro, lo habrían encontrado.

—Quizá sí o quizá no. Y a lo mejor se puede encontrar algo más que oro.

—No sé de qué estás hablando —le dijo Heidi.

Annabelle se inclinó hacia delante y bajó la voz.

—De pinturas rupestres. ¿Y si en la cueva hubiera pinturas rupestres de un valor incalculable?

Jo les llevó en aquel momento las hamburguesas.

—¿Algo más? —preguntó.

—No, gracias —contestó Charlie, y esperó a que se alejara para continuar—. Rafe todavía está en la fase de los planos. Aunque encontraran oro o unas pinturas rupestres en las cuevas, no podrían obligarle a renunciar a algo que ni siquiera ha empezado.

—Completamente de acuerdo —Annabelle tomó una patata frita—. Pero eso le permitirá ganar tiempo a Heidi —se volvió hacia ella—. Has dicho que tenías contactos para empezar a vender jabón y queso en Asia. Si pudieras contar con tres o cuatro meses para consolidar el negocio, ¿podrías reunir una cantidad de dinero importante para pagar a May?

—A lo mejor —respondió May lentamente, sin confiar demasiado en sus propias cuentas—. Por lo menos el suficiente como para demostrarle a la jueza que voy en serio. No sé cómo van a ir las ventas, pero con que funcionen la mitad de bien de lo que espero, creo que sí.

–Ese descubrimiento nos ayudará a ganar tiempo –Charlie asintió–. Con el rancho lleno de expertos investigando, la jueza no querrá dictar sentencia –sonrió–. Sí, ¡esto podría funcionar!

Heidi contuvo la respiración.

–Suena bien, pero no sé si soy capaz de hacerlo. Es mentir. O algo peor. Es un fraude. ¿Qué ocurrirá si la jueza lo averigua? Primero, Glen le roba doscientos cincuenta mil dólares a May y ahora yo me dedico a falsificar pinturas. Va a pensar que somos una familia de delincuentes.

–Lo único que necesitas es tiempo para conseguir el dinero que tienes que devolverle a May –le recordó Annabelle–. No le vas a quitar nada a nadie. Solo pretendes conservar lo que es tuyo. Además, de esa forma vendrán turistas a la ciudad. Será bueno para todos.

Heidi no estaba segura. No terminaba de gustarle la idea, pero no se le ocurría ninguna alternativa. Por lo que ella intuía, a la jueza le gustaría tanto el proyecto de Rafe que la dejaría sin sus tierras. Al fin y al cabo, desde el punto de vista local, una urbanización sería más beneficiosa que sus cabras.

–No quiero perder mi casa –susurró. El cuerpo entero le dolía–. No puedo. Este rancho es lo que he querido durante toda mi vida.

–No lo vas a perder –respondió Charlie–. Nosotras te ayudaremos.

–Yo puedo ponerme a investigar –se ofreció Annabelle– Puedo conseguir ejemplos de otras pinturas Máa-zib. Así estaremos preparadas en el caso de que quieras seguir adelante con esto.

Heidi suspiró.

–Muchas gracias. A las dos. Tengo que pensar en ello.

No estoy muy segura. Quiero salvar mi casa, no me queda otra opción. Pero no estoy segura de que esta sea la mejor forma de hacerlo.

—No quiero ser mala ni nada parecido, pero no te quedan otras muchas opciones —señaló Charlie.

—Lo sé. Dadme un par de días para pensar en ello.

Buscaría otra alternativa. Y si no podía encontrarla, utilizaría aquel plan.

—Tú piensa —respondió Annabelle—. Yo me pondré a ello y a lo mejor empiezo incluso a preparar algunos bocetos para las pinturas. Las mujeres de esa tribu eran muy sofisticadas para su tiempo, así que estamos hablando de algo más que de unas pinturas esquemáticas. ¿Qué tal van tus capacidades artísticas?

—Digamos que tengo las básicas. Antes solía dibujar, pero la verdad es que hace años que no lo hago.

Heidi tenía la sensación de que había estado viviendo de esperanzas durante demasiado tiempo. Esperar, desear y soñar. Cuando se había enterado de lo que había hecho Glen, la había aterrado la posibilidad de perderlo todo. Poco a poco, después de conocer a May y a Rafe, había ido bajando la guardia. Ese había sido su error. Rafe era un hombre despiadado. Conseguía todo lo que quería sin dejar que nada se interpusiera en su camino. Ella tendría que ser tan fuerte y decidida como él. Tenía demasiadas cosas que perder.

Heidi regresó al rancho justo después de la comida. Esperaba poder escaparse a su habitación durante un par de horas para estar a solas. Necesitaba pensar en el plan que le habían propuesto sus amigas. Ella siempre había sido una persona honesta y no le parecía bien engañar a toda una ciudad. Pero tenía el presentimiento de que si confiaba en que fuera el sistema el que se hiciera cargo de la situación, sus cabras y ella terminarían en la calle. Al fin y al cabo, May era la parte perjudicada en todo aquello.

Cuando llegó al rancho, vio un enorme camión aparcado fuera de la casa. Pero tanto los letreros como los dibujos dejaban claro que May no había comprado más llamas. ¿Habría muerto definitivamente la cocina? ¿Estaría May reparándola?

Heidi entró en el vestíbulo y encontró a May vigilando a dos hombres que cargaban una cocina de acero inoxidable completamente nueva. Tenía seis quemadores relucientes y un horno suficientemente grande como para asar un pavo de diez quilos.

En cuanto vio a Heidi, May juntó las manos con un gesto de emoción.

–¡Ya estás aquí! Esperaba que se hubieran ido antes de que llegaras. Pero supongo que todavía sigue siendo una sorpresa, ¿verdad?

May la miró con expresión culpable y complacida al mismo tiempo.

–No soportaba tener que volver a cocinar en ese horno y Glen me dijo que el pastel de carne es su comida favorita. Espero que no te importe que haya seguido adelante con mi idea. Supongo que debería haber preguntado.

Heidi estudió atentamente a la madre de Rafe. Vio esperanza y preocupación en sus ojos oscuros, advirtió un ligero temblor en la comisura de sus labios. No, era imposible que May estuviera al tanto de lo que Rafe se proponía. Se negaba a creer lo contrario. Era una persona abierta y generosa. Unas cualidades que su hijo no había heredado de ella.

–La cocina es preciosa. Estoy emocionada –le aseguró Heidi.

–¿De verdad? –May corrió hacia ella y la abrazó–. Pues es un alivio. Tenía miedo de que pudieras enfadarte. Pero cuando veo un electrodoméstico, soy incapaz de controlarme.

Condujo a Heidi a la cocina. Los hombres terminaron de instalarla, May firmó el recibo y los hombres se marcharon.

Acarició entonces los mandos de la cocina con un gesto casi reverencial.

–Piensa en todo lo que podremos cocinar. Lo primero que haré será una tarta de fresas. ¿Has visto las fresas que venden en la granja que hay de camino al pueblo? Son enormes y están deliciosas. Primero tendré que preparar la base para que pueda enfriarse. Miró el reloj de la pared.

–Tengo el tiempo justo.

En ese momento se abrió la puerta de atrás y entró Rafe.

–Mamá, tendrás que dejar de darnos este tipo de sorpresas –avanzó hacia el interior–. Cocina nueva, ¿eh?

–¿No te parece maravillosa?

Heidi se concentró en controlar su respiración. Si se concentraba en inhalar y en expirar, a lo mejor dejaba de ser tan consciente de que Rafe estaba a su lado. O de su tamaño. O de, cómo, a pesar de todo, se descubría a sí misma deseando acariciarle.

Las imágenes de la noche anterior invadieron su cerebro. Los recuerdos sensoriales cosquilleaban en sus dedos, recordándole el tacto de su piel. Podía respirar su esencia, sentir la sensualidad de aquellos besos que habían derrumbado sus defensas.

Sin pretenderlo, le dirigió una mirada fugaz. Rafe le guiñó el ojo y le dirigió una sonrisa de complicidad. Una sonrisa que insinuaba intimidad y conexión. Heidi era incapaz de decidir si tenía ganas de llorar o de gritar. El dolor batallaba con el enfado. Pero antes de que cualquiera de aquellos sentimientos hubiera ganado la partida, llegó otra camioneta enorme a la casa.

–¿Qué otra cosa has pedido? –preguntó Rafe, mientras salía de la cocina.

—Nada —May le siguió—. Solo la cocina. Esta semana no tiene que venir ningún animal.

¿Significaría eso que la semana siguiente sí lo haría? Heidi no se molestó en preguntar. Sinceramente, no quería saberlo.

Salió tras ellos y vio a un hombre rodeando la camioneta de la que acababa de bajar para acercarse al remolque de caballos que arrastraba. Era un remolque de lujo, con aire acondicionado, calefacción y mucha ventilación.

El hombre le resultaba familiar. Era alto, de pelo oscuro y con una complexión muy parecida a la de Rafe. En el tiempo que tardó May en gritar y correr hacia él, Heidi le reconoció por las fotos que había en el cuarto de estar. Shane Stryker había decidido reunirse con su familia en Fool's Gold. Le deseaba suerte.

—Mamá me dijo que viniera —explicó Shane, una vez ya en el cuarto de estar.

—¿Y desde cuándo le haces caso a mamá? —le preguntó Rafe.

Por supuesto, se alegraba de ver a su hermano. Shane y él siempre se habían llevado bien.

—Ya era hora de que diera un paso adelante —respondió Shane—. Llevo demasiado tiempo trabajando para otros. Quiero empezar a criar una raza propia. Ya estoy trabajando en ello. He comprado un semental nuevo que es perfecto —Shane dio otro sorbo a su cerveza y se encogió de hombros—. Aunque tiene un carácter endiablado. Pero conseguiré dominarlo.

Rafe miró hacia la cocina, donde May cocinaba feliz para su hijo.

—¿Ya te ha dicho mamá que el rancho todavía no es suyo? Teóricamente, la jueza puede dictar sentencia a favor de Heidi.

—Sí, teóricamente —Shane sonrió—. Vamos, Rafe, tú no vas a dejar que eso ocurra.

—Es cierto, pero hasta entonces, no deberías hacer planes.

—Tengo fe en ti, hermanito. Terminarás ganando, como siempre.

Rafe miró hacia el techo, sintiéndose ligeramente incómodo con aquella conversación. Aunque pensaba ganar, no estaba preparado para que Heidi lo supiera. Sobre todo después de la noche anterior.

Le bastaba pensar en lo que había ocurrido para que le entraran ganas de sonreír como un estúpido. Estar con Heidi había sido mucho mejor de lo que había imaginado, y eso que era mucho lo que había imaginado. Al recordarla en su cama, le ardía la sangre. Pero no era algo que le apeteciera experimentar estando en la misma habitación de su hermano, así que desvió la atención hacia los caballos que Shane había descargado.

—¿Has venido conduciendo desde Tennesse con seis caballos de carreras? —le preguntó.

—En los aviones no me venden asientos para ellos, así que no tenía otra opción. Pero están perfectamente. Ahora podrán descansar un tiempo mientras yo vuelvo al este a terminar un trabajo.

—¿Te vas?

—Volveré dentro de unos días.

—¿Y qué va a pasar con los caballos?

Shane bebió otro sorbo de cerveza y sonrió.

—Me extraña que lo preguntes.

—¡De ningún modo! ¡No pienso hacerme cargo de ellos!

—Alguien tendrá que hacerlo —Shane parecía más enfadado que preocupado—. ¿Qué tienes que hacer durante todo el día que no te queda tiempo para cuidar a mis caballos?

—Dirigir un negocio, para empezar.

Aunque la verdad era que no le estaba dedicando mucho tiempo a su empresa. Aunque solo estuviera a unas horas de distancia de San Francisco, tenía la sensación de que vivía a todo un mundo de distancia. Parecía encajar bien en el rancho. O a lo mejor la clave de todo era Heidi. En cualquier caso, no veía nada malo en ello.

—Yo me encargaré de ellos —dijo una voz femenina.

Ambos alzaron la mirada. Rafe vio que Heidi acababa de entrar en el cuarto de estar. Por lo menos no le había oído decir que pensaba quedarse con el rancho. Seguramente eso habría cambiado el tono de su relación.

Shane se levantó.

—Buenas noches, señora.

Heidi se echó a reír.

—Aunque supongo que May estaría encantada con esta muestra de buena educación, si vuelves a llamarme «señora» les daré tus botas favoritas a las cabras. Yo soy Heidi y supongo que tú eres Shane. Encantada de conocerte.

Shane dio un paso adelante y se estrecharon la mano. Durante aquel breve segundo de contacto, Rafe se sintió tenso. La necesidad de reclamar a Heidi como suya, de decirle a su hermano que se apartara, estuvo a punto de superarle. Se reprimió porque tanto él como Heidi habían quedado de acuerdo en que nadie tenía que enterarse de lo que había pasado la noche anterior. Pero no le hizo ninguna gracia la forma en la que le sonrió su hermano.

—Yo también me alegro de conocerte —respondió Shane.

—Y ahora que ya nos hemos presentado, háblame de tus caballos.

—Tengo seis. Todos pura sangres. Con mucho carácter, pero buenos animales. ¿Sabes algo de caballos?

Heidi metió las manos en los bolsillos traseros de los vaqueros, haciendo que su pecho se arqueara hacia delante. Rafe se dijo a sí mismo que era un gesto inconsciente. No estaba coqueteando con su hermano, no estaba intentando que se fijara en la feminidad de sus curvas. Aun así, deseó interponerse entre ellos, cambiar el rumbo de la conversación.

–Cuidamos a dos caballos en el rancho. Soy yo la que se encarga de ellos. Si quieres, puedes ir a verlos y llamar a sus propietarios para pedir referencias.

–Si el precio es justo, me interesa –contestó Shane.

–Podríamos ir al establo después de cenar –Heidi sonrió–. Puedes decirme lo que esperas de mí y después podemos negociar.

–Me gusta como suena eso.

–Muy bien, muy bien –incapaz de aguantarse, Rafe se acercó hacia ellos–. Heidi está fuera de tu alcance. Mamá y yo estamos viviendo aquí.

Shane frunció el ceño.

–¿Y eso qué tiene que ver con esto?

Rafe esperaba que Heidi lo comprendiera, que apreciara su deseo de protegerla. Pero en cambio, pareció enfadarse.

–Rafe tiene unas ideas un tanto peculiares sobre cómo deben hacerse las cosas –contestó–. Y sobre qué pertenece a quién.

Rafe tenía la sensación de estar perdiéndose una parte importante de aquella conversación, algo que le parecía imposible. Había estado allí en todo momento. Pero entonces, ¿por qué no sabía a qué se refería Heidi?

Shane le pasó el brazo por los hombros a Heidi.

–Rafe tiene ideas peculiares sobre muchas cosas.

A Rafe no le estaba haciendo ninguna gracia lo que estaba pasando allí, pero antes de que hubiera podido protestar, sonó su teléfono móvil.

Lo sacó del bolsillo, miró la pantalla y gimió.

–Nina –musitó.

–¿Quién es Nina? –preguntó su hermano.

–Su casamentera –le explicó Heidi–. Está en San Francisco. La ha contratado para que le encuentre a la esposa perfecta.

Lo único bueno que salió de aquel tema de conversación potencialmente desastroso fue que Shane dejó caer el brazo y se volvió hacia Rafe.

–¿Has contratado a una persona para que te busque esposa? –Shane se echó a reír mientras formulaba la pregunta. Le palmeó la espalda a su hermano–. ¿Me estás diciendo que a pesar de ser millonario no has sido capaz de conseguir una chica?

Rafe pulsó una tecla para rechazar la llamada.

–Puedo conseguir perfectamente una chica.

–Supongo que eso es verdad –terció Heidi–. La pregunta es: ¿puedes conservarla?

Y sin más, se marchó.

Shane soltó un largo silbido.

–No sé lo que está pasando aquí, pero tengo la sensación de que has metido la pata en algo.

–Eso parece.

No podía culpar a Heidi por estar enfadada. No habían tenido oportunidad de hablar en todo el día y de repente le veía recibiendo llamadas de la persona a la que había contratado para encontrar esposa. No podía culparla por desear ver su cabeza clavada de un palo.

–¿Mamá lo sabe?

Rafe miró a su hermano con el ceño fruncido.

–¿El qué?

–Que Heidi y tú estáis juntos.

–No estamos juntos. No es exactamente así.

–Te estás acostando con ella –no era una pregunta.

–Sí.

–Y has contratado a una persona para que te busque esposa.

–Eso fue antes.

–Nina continúa llamándote, hermanito. Déjame a ver si lo entiendo. Te estás acostando con la mujer a la que quieres quitar el rancho mientras vives con tu madre y estás in-

tentando encontrar esposa –Shane le palmeó la espalda–. Supongo que puedes considerarte afortunado.
–Vete al infierno.
–¿Por qué no me cuentas cómo andan las cosas por allí, Rafe? Tengo la sensación de que lo sabes por experiencia propia.

Capítulo 13

Heidi bajó la mirada hacia las hojas que tenía en la mano. Las notas que le había entregado Shane ocupaban tres páginas.

–Cuando muera, quiero reencarnarme en uno de tus caballos.

–No es la primera vez que me lo dicen –contestó Shane, acariciando a la yegua–. Soy de la opinión de que hay que tratar bien a los animales.

Heidi contempló los seis caballos que Shane había llevado al rancho. Eran preciosos. Su pelo resplandecía y bajo él se dibujaban los músculos de los animales. Tenían una mirada inteligente y curiosa y se habían mostrado suficientemente sociables cuando Shane había hecho las presentaciones.

–Estaré aquí unos días –dijo Shane mientras salía de uno de los cubículos y cerraba la puerta tras él–. Tendremos oportunidad de revisarlo todo. Y me aseguraré de que montes a todos los caballos antes de irme. Esos de allí son fáciles. No deberías tener ningún problema con ellos.

–No sé si me hace mucha gracia lo que acabas de decir –admitió Heidi mientras le seguía fuera del establo–. Estás insinuando que algunos de tus caballos son difíciles de llevar.

—Algunos son muy temperamentales —admitió—. Tengo un semental que no para de causarme problemas. Pero físicamente es perfecto y además es increíblemente inteligente.

—Eres un jugador. Te gusta arriesgar.

—Solo en lo que se refiere a los caballos. He invertido en él prácticamente todo lo que tengo, así que espero que sea un negocio con éxito.

—Mi imperio del queso está demostrando tener un gran potencial. Si este caballo funciona, podrás venir a trabajar para mí.

Shane se echó a reír.

—Te lo agradezco.

Estaban al lado del corral principal. A lo largo de los últimos días, el verano había ido llegando a Fool's Gold. El cielo era azul, la temperatura cálida. Era la clase de tiempo que le hacía desear estar con alguien. Pero el único compañero que parecía interesado en ella en ese aspecto había resultado ser un embustero. Era una pena que no se hubiera enamorado de Shane, pensó sombría. El hermano de Rafe era tan atractivo como él. Pero además, era simpático y amable. Y se sentía más segura cuando estaba a su lado. Principalmente porque no le hacía sentir el más ligero cosquilleo. No podía decir que hubiera mostrado ningún interés en ella, pero no era esa la cuestión. Incluso en aquel momento, y a pesar de lo mucho que la enfurecía lo que había hecho Rafe, continuaba deseándole.

Se decía a sí misma que ese sentimiento no tenía nada que ver con el amor. Era más inteligente que eso. Lo único que sentía era ese estúpido vínculo que las mujeres experimentaban después de haber hecho el amor con un hombre. Se le pasaría.

—¿Puedo preguntarte en qué estás pensando? —Shane la miró con atención—. Pareces enfadada.

—Me gustaría que tu madre no me cayera tan bien. De esa forma me resultaría más fácil lisiar a uno de sus hijos.

–Teniendo en cuenta que seguramente yo soy el hombre más amable que has conocido nunca, supongo que te refieres a Rafe. Te está amargando la vida, ¿eh? No puedo decir que me sorprenda.

–¿Lo hace muy a menudo?

–Para ser un hombre tan inteligente como él dice que es, más de lo que debería. A veces presiona demasiado. Otras, demasiado poco. Pero, generalmente, el problema es que siempre espera que la gente haga lo que él quiere.

Heidi estaba de acuerdo. Probablemente Rafe esperaba que no le importara que le quitara su casa. Y eso probablemente lo entendía. Era el hecho de que se hubiera acostado con ella cuando en realidad estaba proyectando construir casas en todo el rancho lo que realmente la enfurecía.

–¿Quieres contarme lo que ha pasado?

–La verdad es que no.

Shane dejó escapar un suspiro.

–Mejor, porque solo estaba intentando ser educado.

–Sí, claro. Ahora la culpa la tendrá tu madre.

Shane se echó a reír. La miró a los ojos.

–No sé lo que hay entre tú y Rafe, pero quiero decirte algo. Si permite que te alejes de él, es que es más estúpido de lo que pensaba.

–Gracias.

–De nada –Shane fijó la mirada por encima de la cabeza de Heidi–. Y hablando de hombres autoritarios, aquí lo tenemos. ¿Te gustaría fastidiarle de verdad? Pues ríete como si yo fuera el hombre más divertido que has conocido nunca. Se pondrá como loco.

Imaginar a un Rafe incómodo la alegró lo suficiente como para echar la cabeza hacia atrás y soltar una carcajada. Se enderezó y posó la mano en el brazo de Shane.

–Gracias –musitó.

–De nada –contestó él–. Entonces, ¿salimos a montar mañana?

Formuló la pregunta en voz bastante alta, como si quisiera que le oyeran.

—Por supuesto —contestó Heidi, esforzándose en parecer entusiasmada—. Lo estoy deseando.

—En ese caso, quedamos mañana. ¡Eh, Rafe! —Shane volvió a ponerse el sombrero—. Le estaba enseñando los caballos a Heidi. Y alguna que otra cosa.

—Sí, ya lo veo.

Fulminó a su hermano con la mirada y él le dirigió una mirada similar. Heidi podría haber utilizado aquel momento para alimentar su frágil ego, pero sabía que no tenía sentido. Shane estaba fingiendo y ella no tenía ni la menor idea de cuáles eran los sentimientos de Rafe. Ni siquiera estaba segura de que estuviera sinceramente interesado en ella.

—Bueno, supongo que será mejor que me vaya —dijo Shane, guiñándole antes el ojo a Heidi.

—Sí, será mejor.

Heidi los ignoró a los dos y continuó caminando hacia el cobertizo de las cabras.

Rafe no tardó en alcanzarla.

—Parece que te llevas muy bien con Shane.

—Sí, es muy amable. Me gusta. Y voy a ocuparme de sus caballos mientras esté fuera.

—Eso es mucho trabajo.

—Tengo tiempo y necesito el dinero. Quiero demostrarle a la jueza que estoy esforzándome para devolverle el dinero a tu madre —se detuvo en seco y se volvió hacia él—. Lo entiendes, ¿verdad? Seguro que eres capaz de comprender que esta es mi casa y no quiero marcharme de aquí. De entender lo mucho que Fool's Gold significa para mí. De lo importante que es pertenecer a un lugar, tener amigos. Supongo que todo eso tiene algún sentido para ti, ¿verdad?

Heidi esperó en silencio, le observó mientras él la miraba, esperando el mínimo gesto que pudiera indicarle que en realidad Rafe no estaba haciendo lo que ella pensaba. Que pudiera indicarle que se había equivocado con él.

–Sí, lo comprendo –contestó.

Le sostuvo la mirada con expresión bondadosa. Heidi no entendía cómo podía hacer algo así. Cómo podía fingir que le importaba y, al mismo tiempo, estar planificando la forma de quitarle todo lo que tenía. En realidad, no podía decir que Rafe le hubiera mentido. Pero sí había omitido una información fundamental. Heidi imaginaba que en su mundo, ganar siempre era una cuestión de matices. La letra pequeña de un contrato, la fuerza de una cláusula. Pero aquel no era solo un asunto legal y lo que estaba en juego le importaba más que cualquier otra cosa en el mundo.

–Una de las cosas que aprendí al viajar tanto de niña fue que las reglas siempre son diferentes. Rara vez son algo universal. Lo que en un lugar es considerado mentira, en otro se considera como una aceptable tergiversación de la verdad.

–¿Estamos hablando otra vez de los lugareños?

Heidi asintió.

–Tuve una amiga íntima durante toda mi infancia y mi adolescencia. Era la más guapa y, muchas veces, la más inteligente de las dos, pero no me importaba. Teníamos la misma edad y nos gustaban las mismas cosas. Excepto la universidad. Ella estaba decidida a ir a la universidad y yo estaba más que dispuesta a dejar los estudios en cuanto acabara la educación secundaria.

Tomó aire. En aquel momento se sentía tan frágil que no estaba segura de poder terminar aquel relato. Pero ya era demasiado tarde para detenerse.

–Me has hablado de ella –recordó Rafe–. ¿No es esa chica que consiguió ir a una buena universidad?

Heidi asintió.

–Estaba estudiando veterinaria. Pero entonces, apareció ese chico.

—Siempre aparece un chico, o una chica, Heidi. Eso no tiene nada que ver con ser o no un lugareño.

—En ese momento, sí tuvo que ver. Era un chico muy popular. Sus compañeras no se podían creer que se hubiera enamorado de Melinda. Juraba que la amaba y que quería casarse con ella. Ella le entregó su corazón y fue entonces cuando las cosas comenzaron a torcerse.

Se interrumpió. No sabía cómo contar todo lo demás.

—Llegó a casa para pasar el verano. Estaba distinta. Destrozada. Yo pensaba que cuando uno se enamoraba, era más feliz, que el amor le hacía a uno más fuerte. Pero no fue así. Me enteré entonces de que algunas de sus compañeras la estaban acosando. Le dejaban mensajes en el buzón de voz y le decían cosas horribles por teléfono. A él le presionaban para que la dejara, y lo hizo.

—Entonces es que ese chico no merecía la pena.

—Sí, para nosotros es fácil comprenderlo, pero para ella no fue tan fácil. Pero el acoso no terminó allí. Esas chicas querían castigarla. Siguieron asediándola incluso después de dejar la universidad —Heidi alzó la barbilla—. Terminó suicidándose. Lo consiguió después de dos intentos. La policía estuvo investigando, pero esas chicas hicieron un buen trabajo ocultando su rastro y no pudieron denunciarlas.

Rafe soltó una maldición.

—Lo siento.

—Yo también. Porque aprendí muchas cosas de esa época de mi vida. Sobre todo, aprendí que hay circunstancias que te convierten en alguien especialmente vulnerable a los otros.

—¿Qué quieres decir, Heidi?

Heidi quería decirle lo que sabía, decirle que ya no iba a seguir engañándola. Pero eso sería renunciar al mínimo poder que esa información le daba.

—Nada —contestó—. Perdona, tengo que ir a llamar a una amiga.

Corrió hacia la casa y subió al piso de arriba. Una vez a solas en su habitación, llamó a Charlie y a Annabelle para decirles que había decidido seguir adelante con el plan y aceptar su ayuda. Y rezó para que eso bastara para conservar su casa.

Dos días después, Rafe seguía sin comprender el misterio que rodeaba a Heidi. Se mostraba amable, pero distante. No había podido quedarse a solas con ella y aunque le habría gustado poder decir que le estaba evitando a propósito, no podía estar seguro.

En realidad, tampoco tenía nada concreto que decirle, pero se sentía como si estuviera alejándose de él y no tenía la menor idea de por qué.

Después de cenar se había ido con sus amigas, dejándole solo e inquieto. Había intentado entretenerse viendo la televisión con su madre y con Glen, pero no conseguía concentrarse en el programa. Había salido fuera y se había encontrado con Shane, que regresaba en aquel momento del establo.

—Estás controlando constantemente a tus caballos —comentó mientras se dejaba caer en una de las sillas de mimbre del porche, parte del mobiliario que habían llevado el día anterior.

—Están en un lugar nuevo para ellos después de haber hecho un viaje muy largo —contestó Shane, sentándose en un sofá frente a él—. He invertido en esos caballos hasta mi último penique. Sería una estupidez por mi parte no asegurarme de que están bien.

—Comprendido.

Rafe miró hacia el cielo con los ojos entrecerrados. Todavía no había salido el sol y el aire era cálido. Oía el canto de los grillos y el susurro del viento entre los arbustos. Sería una noche hermosa, la noche ideal para seducir a una mujer. Era una pena que la única mujer que le interesaba hubiera perdido el interés por él. Miró fijamente a su hermano. Sí, Heidi había perdido el interés por él justo en el momento en el que había aparecido Shane.

–¿Quieres que hablemos de ello, Rafe? –le preguntó su hermano–. ¿De lo que quiera que te tenga tan excitado?

Rafe arqueó una ceja.

–Todavía puedo contigo, te lo advierto.

–Tengo mis serias dudas, pero creo que los dos somos demasiado mayores como para intentar comprobar esa teoría. Quedaríamos ridículos rodando en el suelo.

–Estoy completamente de acuerdo contigo –puso las manos detrás de la cabeza–. Es Heidi.

–Me lo imaginaba.

–Es una mujer… complicada.

–También lo es la situación. Ninguno de vosotros sabe lo que va a pasar con el rancho.

–Lo sé.

–¿Es eso lo que te preocupa? ¿Lo que pueda pasar después con Heidi?

Era una pregunta para la que no tenía respuesta. Aunque esperaba ganar el caso, no le gustaba la idea de echar a Heidi. Ella pertenecía a aquel lugar, tenía allí una vida con sus malditas cabras. ¿Y eso qué significaba para él? ¿Que debería cambiar de planes y dejarle un espacio en su vida? Dejarle alguna hectárea y las cuevas podría ayudar, pero no sería suficiente. Las cabras necesitaban más terreno. Por lo que él tenía entendido, solo las tenía reunidas en invierno. Durante el resto del año dejaba que se movieran a su antojo por todo el rancho. Una vez construidas las casas sería imposible.

Un problema sin solución, pensó sombrío. Desde luego, no eran los que más le gustaban.

–¿Por qué has venido? –preguntó, principalmente para pensar en otra cosa–. Pensaba que te gustaba estar en Tennesse.

—Y me gusta, pero creo que ya es hora de que vaya pensando en montarme un rancho por mi cuenta. Estoy pensando en comprar algo de tierra.

—¿Aquí? ¿Y si no gano el juicio?

Shane se echó a reír.

—En ese caso, supongo que cambiaría el eje de la tierra y comenzaría a girar irremediablemente por el espacio —se encogió de hombros—. Me gusta Fool's Gold. Me gustaría instalarme aquí de todas formas.

—¿Y formar una familia?

—A la larga, sí.

Rafe miró a su hermano.

—¿Eso incluiría una esposa?

—Claro. ¿A ti no te gustaría tener una familia?

—Sí, claro que me gustaría.

—¿Por qué necesitas una casamentera?

—Porque no soy capaz de encontrar a la mujer adecuada por mis propios medios y no sé de qué manera podría evitar volver a hacer las cosas mal.

—Dímelo a mí.

Rafe esbozó una mueca.

—Lo siento. No pretendía sacar el tema.

—No te preocupes. Ya ha pasado mucho tiempo.

Era cierto, pero aun así, Rafe tenía la sensación de que Shane continuaba arrepintiéndose de su primer matrimonio. Shane se había enamorado locamente y le había entregado el corazón a una belleza salvaje que no conocía el significado de la palabra «fidelidad». Incapaz de compartir su cama con otros hombres, Shane la había dejado.

El matrimonio de Rafe había terminado de manera mucho menos espectacular, pero aquella ruptura continuaba afectándole. No echaba de menos a su mujer, claro que no, pero continuaba inquietándole el no haber averiguado en qué se había equivocado.

—Supongo que una profesional sabrá cómo hacer las cosas –dijo–. Nina me ha prometido que puede ayudarme a encontrar exactamente lo que estoy buscando.

–¿Y la crees?

–No confío lo suficiente en mí mismo como para pensar que puedo hacer las cosas bien.

Shane asintió lentamente.

–Me encantaría decirte que eres un idiota, pero no puedo. Yo tampoco he vuelto a confiar en el amor. Los dos necesitamos a una mujer sensata. Una mujer que sea también una amiga. Nada de grandes altibajos sentimentales.

Debería haber sonado perfecto, pero Rafe pensó en aquella posibilidad con una sensación de vacío en el pecho.

–Si a ti te funciona, avísame –le dijo a su hermano.

Shane se echó a reír.

–¿No te he convencido?

–Lo siento, pero no.

Shane se inclinó contra una de las paredes del establo.

–En serio, es muy inteligente.

Heidi había pasado las últimas dos horas confirmando que sabía todo lo que había que hacer para cuidar de los carísimos caballos de Shane. Ella estaba dispuesta a admitir que eran unos animales preciosos, ¿pero de verdad eran tan inteligentes como su orgulloso dueño proclamaba?

–No te creo.

Shane sacó una bolsa de plástico con unos trozos de manzana del bolsillo de su camisa.

–Wesley, ¿quieres un poco de manzana?

El caballo alzó y bajó la cabeza.

Heidi sonrió.

–Ha sido una coincidencia.

–Sabía que dirías eso –volvió a prestar atención al caballo–. ¿Cuántos pedazos quieres?

El caballo vaciló un instante, como si estuviera pensando la pregunta, después, golpeó dos veces la puerta de su cubículo.

–¿Dos? ¿Estás seguro?

El caballo asintió.

Heidi se echó a reír.

–De acuerdo, tú ganas. Estoy impresionada. Supongo que tienes mucho tiempo para poder entrenarlos.

–A veces el invierno se hace muy largo –admitió mientras le daba al caballo la manzana.

Shane se apartó a un lado.

–Siempre y cuando Wesley no espere de mí que le lea o que le enseñe matemáticas, nos llevaremos bien –le dijo Heidi.

–Estoy convencido.

–Tienes un seguro, ¿verdad?

Shane la miró de reojo.

–Muy graciosa.

Justo en ese momento llegó una furgoneta y sonó un claxon.

–Tengo un paquete para ti –dijo la mujer que había detrás del volante.

–¿Has estado de compras? –preguntó Shane.

–Algo así –contestó Heidi.

Sospechaba que el paquete contenía la pintura especial que Annabelle le había sugerido que comprara a través de Internet. La repartidora rodeó el vehículo y sacó una caja de la parte de atrás.

–Tendrás que firmar –le dijo.

Heidi se acercó a ella y garabateó su firma en una tablilla electrónica. Antes de que hubiera podido ir a por la caja, ya la había recogido Shane.

–¿Dónde quieres que la deje?

Heidi se despidió con un gesto de la furgoneta que se alejaba y señaló hacia el cobertizo de las cabras.

—Allí, por favor.

Al cabo de un par de días, Annabelle y Charlie irían a ayudarla a pintar las cuevas. Heidi sabía que no tenía otra opción, pero aun así, no se encontraba cómoda sabiendo que iban a fingir un hallazgo arqueológico. Al parecer no era una persona preparada para el delito, ni siquiera para la mentira.

Afortunadamente, Shane no preguntó por el contenido del paquete y lo dejó donde le había pedido sin decir una sola palabra. Volvieron a salir los dos.

—Probablemente debería sentirme culpable por financiar tus delitos.

Heidi abrió los ojos como platos y retrocedió instintivamente.

—¿Perdón?

¿Cómo habría podido averiguar lo que se proponía?

Shane la miró con el ceño fruncido.

—¡Era una broma! Sé el problema que tienes con el rancho y que estás intentando reunir el dinero que tienes que devolverle a mi madre. Con lo que estoy pagando saldarás parte de la deuda.

Heidi respiró y suspiró disimuladamente de alivio.

—¿Y te parece bien?

—¿Quieres que te sea sincero? La verdad es que no. Preferiría que mi madre se quedara aquí. Ella adora este rancho. Siempre le ha gustado. Y a mí también. Preferiría que fuerais capaces de encontrar una solución de consenso.

Heidi pensó en los planes que Rafe tenía para el rancho.

—A mí también me encantaría, pero creo que «consenso» no es la palabra preferida de tu hermano.

—Ya has tenido oportunidad de conocerle, ¿verdad?

Heidi sonrió.

—Más de una.

—En ese caso, sabrás que Rafe siempre está decidido a ganar. Es algo que viene de cuando éramos niños.

—Te refieres a que tuvo que hacerse cargo de la familia, por lo menos hasta el punto en el que un niño puede hacerse cargo.

—Así que ya conoces la historia.

—No del todo, conozco parte. Pero sé que tu hermano no es una mala persona.

—¿Solo un poco difícil?

—Digamos que sí.

Sentía la mirada de Shane sobre ella, pero no iba a decir nada más. Sus sentimientos hacia Rafe eran muy complicados. Si no estuviera planificando la construcción de una urbanización a espaldas de todo el mundo, le gustaría mucho más. Y si no hubiera hecho el amor con él, le resultaría mucho más fácil despreciarlo.

—Todo va a salir bien —le aseguró Shane.

—¿Puedes ponerlo por escrito?

Shane posó la mano en su brazo.

—¿Hueles eso?

Heidi inhaló. Llegó hasta ella el olor de la carne y la salsa de la barbacoa.

—¿Qué es?

—La cena. Mi madre está preparando sus famosas costillas. En cuanto las pruebas, todo te parece mucho mejor.

—Eres un hombre muy sencillo.

—Sé lo que me gusta.

—Una cualidad excelente —se mostró de acuerdo Heidi, pensando que era una pena que no sintiera ninguna atracción sexual por el hermano de Shane.

Enamorarse de él le habría hecho la vida mucho más fácil.

Heidi tenía que preparar una bandeja de queso feta antes de la cena. Acababa de colocar todo el equipo que iba a necesitar cuando apareció Rafe en la puerta.

—¿Necesitas ayuda?

Heidi quería decirle que no, que podía arreglárselas sola. Pero cometió el error de mirarle a los ojos antes de hablar, y descubrió que no era capaz de desviar la mirada.

Había algo especial en los ojos de aquel hombre, pensó. O quizá fuera el propio Rafe. Tenía algo que la hacía desear perderse en él, ser abrazada por él, ser amada por él. Y pensar que su abuelo la había educado para que fuera suficientemente inteligente como para no dejarse embaucar por ese tipo de sentimientos...

—Estoy haciendo feta —le explicó.

Rafe gimió.

—¿Por qué tiene que haber tantas clases de queso? ¿No puedes especializarte en una sola clase? Yo podría aprender a hacerlo.

A pesar de su confusión, del dolor en el pecho y de las dificultades que tenía para respirar cada vez que Rafe estaba cerca, se echó a reír.

—Aprender a hacer queso no forma parte de tu trabajo.

—¿Puedo ayudarte de todas formas?

—Claro

La había ayudado en otras ocasiones, así que Rafe fue directamente al fregadero para lavarse las manos sin necesidad de que ella se lo pidiera. Se las secó con mucho cuidado, se puso unos guantes de plástico y se reunió con ella en la mesa, en la que Heidi había colocado ya varios moldes.

—Este es el plan —comenzó a decir Heidi.

—¿Hay un plan? ¿No vamos a dejarlo todo al azar?

Heidi quitó los pesos de los moldes y los destapó. Rafe se inclinó hacia el primer molde.

—No impresiona mucho.

—Es queso. ¿Esperabas que se pusiera a cantar?

—Si lo hiciera, ganarías mucho más dinero. Solo era un comentario. ¿Qué hay que hacer a continuación?

—Antes de que empiece a curarse, hay que salarlo.

Rafe suspiró.

—¿Por qué será que sospecho que eso no consiste solo en echar un poco de sal por encima?

—Porque eres algo más que una cara bonita —Heidi señaló las bandejas que ya había dejado fuera y los enormes recipientes de agua con sal—. Necesitamos una solución salina de un porcentaje del veintitrés por ciento. Tendrán que permanecer en agua salada durante veinticuatro horas.

—¿Un veintitrés por ciento? ¿Hace falta tanta precisión?

—Si quieres encontrar el sabor adecuado, sí. Después hay que meter el queso en otra solución salina al catorce por ciento durante unos sesenta días. Tiene que estar a dieciocho grados y esa es la razón por la que utilizo la entrada de la cueva, que es donde hace más calor.

Rafe sacudió la cabeza.

—¿Cómo puedes acordarte de todos esos datos?

Heidi señaló la estantería que tenía encima de la cabeza, donde había alineadas varias libretas.

—He investigado, he asistido a cursos y he estropeado muchos quesos. En realidad esa es la mejor manera de aprender. Por lo menos fui suficientemente inteligente como para empezar con bandejas pequeñas, así no perdí mucho en el proceso.

Pasaron el queso de los moldes a las bandejas. Después Heidi y Rafe añadieron lentamente la salmuera. Cubrieron las bandejas con un trapo y se quitaron los guantes.

—¿Ya está? —preguntó Rafe.

—Ahora hay que esperar hasta mañana. Entonces los pondremos en recipientes individuales herméticos con la solución al catorce por ciento. Después los llevaré a las cuevas para que comiencen el proceso de curación.

—¿Y en sesenta días ya tienes el queso?

—Ese es el plan.

—Resérvame cinco contenedores —le pidió—. Y los pagaré al pormenor. Yo soy así de espléndido.

Heidi pensó en bromear con él, en decirle que cada contenedor le costaría veinte mil dólares, pero le resultó imposible pronunciar palabra. Probablemente porque acababa de darse cuenta de que, al cabo de sesenta días uno de los dos ya no estaría allí. Para entonces, la jueza ya habría dictado sentencia y, fuera esta cual fuera, uno de los dos tendría que marcharse.

Capítulo 14

–Así que Rafe tenía una bicicleta nueva que le había regalado la alcaldesa e iba con ella a todas partes –estaba contando Shane.

Estaban los cinco sentados alrededor de una vieja mesa de madera que Rafe y Shane habían sacado del establo. Los árboles de alrededor de la casa proporcionaban una agradable sombra y la brisa refrescaba el aire. Quedaban en la mesa restos de la cena. Las costillas que May había pasado toda la tarde cocinando, los macarrones con queso, la ensalada y la cerveza fría.

Heidi estaba tan preocupada por su plan de engañar al mundo con unas pinturas falsas que habría jurado que no podía probar bocado. Pero le había bastado probar lo que May había cocinado para que se le despertara un apetito voraz y había terminado comiendo de todo. En aquel momento, saciada y más relajada de lo que lo había estado en muchos días, se reclinó en la silla mientras escuchaba a los dos hermanos hablando del pasado.

–Me encantaba esa bicicleta –dijo Rafe, con los ojos entrecerrados–. Y tú me la robaste.

–La cambié por unas clases de equitación.

–Sí, pero no era tuya.

–Quería aprender a montar a caballo.

—A partir de ese momento las cosas fueron cuesta abajo –admitió May–. Un día los encontré peleándose en el establo. Rafe tenía un ojo negro y Shane sangraba por la nariz –miró a su hijo mediano–. No deberías haberle quitado la bicicleta.

—Ya lo dijiste entonces.

—¿Conseguiste que te la devolviera? –preguntó Heidi.

Rafe asintió.

—Sí.

—Pero, evidentemente, tú aprendiste a montar a caballo –le dijo a Shane.

—Sí. Nunca aprendí a montar bien en bicicleta, pero me doy por satisfecho.

Todo el mundo se echó a reír. Heidi vio que Glen alargaba la mano para tomar la de May. La pareja continuaba unida y si Heidi no conociera tan bien a su abuelo, habría jurado que estaban enamorados. Glen siempre había hecho todo lo posible para evitar las relaciones largas, pero con May era diferente. No venía ninguna señal de que estuviera deseando alejarse de ella.

—¿Os acordáis de cuando Clay trajo a casa ese perro viejo? –preguntó May. Se echó a reír–. No había visto un perro tan feo en mi vida. Él insistía en que era perfecto y quería que nos lo quedáramos –desapareció su sonrisa–. Por supuesto, no fue posible. Apenas podía dar de comer a mis hijos, no podía hacerme cargo de una mascota. Pero me habría encantado.

—Ahora puedes tener todos los animales que quieras –le recordó Glen.

—Sí, y tengo comida de sobra para ellos –May alzó su copa–. Por mis hijos, que hacen que me sienta orgullosa de ellos.

Heidi se unió al brindis.

Después de cenar, todos ayudaron a quitar la mesa. Heidi obligó a May a salir de la cocina, diciéndole que ya había trabajado bastante ocupándose de la cena. Era ella la que iba a encargarse de recogerlo todo. Glen y Shane se marcharon, pero Rafe se quedó con ella.

–Puedo hacerlo sola –le aseguró Heidi.

–Yo te ayudaré.

Trabajaron rápido. Heidi era en todo momento consciente de que estaba a su lado, ocupándose de recoger los platos recién enjuagados y metiéndolos en el viejo lavavajillas. Heidi limpió los mostradores mientras se preguntaba cómo iba a salir de allí sin tener que hablar. Algo que, en realidad, al final no iba a ser ningún problema, pensó con impotencia mientras Rafe esperaba a que se hubiera lavado y secado las manos para posar las manos en sus hombros y hacerla volverse hacia él.

Heidi pensaba que iba a preguntarle por lo que le ocurría o, siendo la clase de hombre que era, a exigirle que se lo dijera. Pero, en cambio, se inclinó hacia delante y la besó suavemente.

Podría haber resistido un asalto verbal, pensó Heidi mientras sentía la suavidad de los labios de Rafe sobre los suyos. Y si hubiera sido más insistente, habría podido mostrar su indignación. Pero aquella delicada presión era tan irresistible como el calor de sus manos. Rafe se enderezó para tirarle suavemente de una de las trenzas.

–Eres la única mujer que conozco que lleva trenzas.

–Ya sé que no es nada sofisticado –comenzó a decir Heidi, e inmediatamente deseó darse de bofetadas por haberlo admitido.

–A mí me gustan –la miró a los ojos–. Y también me gustas tú.

¿Lo suficiente como para renunciar a construir una urbanización en Fool's Gold? ¿Lo suficiente como para renunciar a Nina? ¿O como para admitir que buscar una mujer sensata era una idea estúpida?

–Si pudieras tener cualquier cosa que quisieras en este

mundo –comenzó a decir Heidi–, cualquiera: dinero, fama, dieciséis hijos que te adoraran... ¿qué elegirías?

Rafe vaciló.

–¿Puedo hacerte después esa misma pregunta?

–Claro, pero creo que ya sabes la respuesta. Quiero el rancho. Quiero pasar aquí el resto de mi vida. Quiero que este sea mi hogar.

Rafe dejó caer las manos a ambos lados de su cuerpo. No se marchó, pero no hizo falta que lo hiciera. Su gesto fue suficientemente elocuente.

Annabelle dejó los libros abiertos en el suelo. Charlie había llegado antes que ella y había colocado varios focos para iluminar la pared de la cueva. Heidi se estremeció y se subió la cremallera de su cazadora.

En la parte más profunda de la montaña las cuevas estaban siempre a diez grados. Apenas había aire y olía a cerrado, como si no circulara lo suficiente.

–¿Tienes frío? –le preguntó Annabelle.

–No. Pero nunca me había adentrado tanto en las cuevas. Me da un poco de miedo.

Y, además, le estaba entrando dolor de cabeza.

–No te preocupes –le dijo Annabelle–. Tengo mapas y un compás. No nos perderemos.

Sacó dos bolsas de plástico de la mochila y las abrió.

–La pintura es una mezcla especial. Encontré la receta en Internet. He mezclado la pintura que tú compraste con piedra molida, hierbas y hojas secas. Aunque parezca mentira, en mis estudios no me enseñaron a falsificar pintura para cuevas. Pero cuando esta se seque, parecerá muy antigua. El secreto consiste en pintar como lo hacían las mujeres Máa-zib.

Señaló los libros que había comprado.

–Aquí tenemos unos ejemplos que pueden darte alguna idea. No se trata de copiarlos. Eso sería muy peligroso.

–¿De verdad crees que podemos engañar a alguien? –preguntó Heidi mientras tomaba el pincel que Annabelle le ofrecía.

–No durante mucho tiempo, pero la cuestión consiste en ganar tiempo, ¿verdad? A no ser que hayas cambiado de opinión.

Heidi negó con la cabeza.

–Te agradezco que me estés ayudando. Y si al final sale mal, prometo que diré que la idea fue solamente mía.

–¿Entonces tú serás la única que vaya a la cárcel? –preguntó Annabelle–. Gracias, eres muy generosa. A la junta de la biblioteca no le haría mucha gracia lo que estoy haciendo.

–¿No les impresionarías con tu ingenuidad y tu talento? –preguntó Heidi.

–No creo que lo vieran de esa forma.

Annabelle estudió el dibujo de la fotografía. Heidi se acercó a ella.

–Estas pinturas relatan una historia –le explicó–. Pero nosotras no queremos algo tan elaborado. Mira esta. Habla de cómo sobrevivir a las dificultades en invierno, y hay toda una serie de reuniones en grupo. Seguramente celebraban las cosechas.

Pasó la página y las dos se quedaron mirando una silueta con una más que evidente erección.

–No estoy segura de qué va esta, pero creo que la obviaremos.

Heidi sonrió.

–Pero reconocerás que su actitud es admirable.

–¿Utilizar a los hombres para tener relaciones sexuales y mandarlos después a paseo? Sí, es un plan muy sensato. Los hombres solo sirven para causar problemas.

Pasó varias páginas más.

–Creo que lo mejor será reproducir un paisaje. Es más fácil para nosotras y generará más dudas en los que lo vean.

—¿Árboles, montañas y a lo mejor un cesto?

—Perfecto —contestó Annabelle y le tendió un palo con una esponja al final.

—Esto es...

—Tu pincel —Annabelle—. Las mujeres Máa-zib no podían acercarse a una tienda de pintura a comprar pinceles cuando sentían la necesidad de ser creativas.

—Bien pensado.

Heidi hundió el palo en la pintura. El líquido era más espeso de lo que esperaba y costaba igualar el trazo, pero suponía que esa era precisamente la gracia.

—No está mal —Annabelle inclinó la cabeza—. Yo había pensado en una escena de matrimonio, pero esas mujeres no se casaban.

Heidi estudió la estilizada silueta de una mujer.

—¿Podrías poner a un hombre marchándose? ¿O siendo expulsado del grupo?

—Supongo que sí. Siempre y cuando no tenga que dibujar la erección —fijó la mirada en el fondo—. Los hombres son más molestos que tener un grano en el trasero. ¿Pero entonces por qué nos gustan tanto? —se lamentó Annabelle.

—Es una cuestión de biología —contestó Heidi con un suspiro—. No podemos escapar al destino de nuestro ADN. Las mujeres son propensas a crear vínculos. Sobre todo después del sexo.

—Eso suena interesante.

Heidi comprendió que estaba hablando demasiado.

—Eh... lo digo en general. No me estoy refiriendo a ningún caso en específico.

—Ya, ya —Annabelle añadió más pintura a la pared—. Estar enamorado puede ser lo peor y lo mejor del mundo. ¿Cómo estás tú con Rafe?

Heidi se quedó con la boca abierta. La cerró con cuidado y estudió después la pared que tenía frente a ella.

—Yo no estoy enamorada de Rafe.

—Eso podría ser solamente cuestión de tiempo. Es evidente que te estás enamorando de él.

—A lo mejor un poco, pero estoy teniendo mucho cuidado —por lo menos, esperaba estar teniéndolo. Algunos días le resultaba difícil decirlo—. ¿Cómo lo sabes?

—Te enfadaste mucho cuando te enteraste de lo de las casas, pero también estabas herida. Te lo tomaste como algo personal, y eso quiere decir que teníais algún tipo de conexión.

—Eres buena —la alabó Heidi.

Annabelle se encogió de hombros.

—Los que pueden hacerlo, lo hacen. Los que no, se dedican a hablar y a especular sobre el tema.

Heidi suspiró.

—Estoy muy confundida con él y con todo lo que está pasando entre nosotros —decidió no contar que se habían acostado—. Odio tener que hacer todo esto —señaló las paredes de la cueva.

—¿Habéis llegado a algún tipo de acuerdo? ¿Crees que sería posible?

—A Rafe le gusta ganar. Le importa más que cualquier otra cosa.

—Y también es un hombre que se preocupa por las personas que forman parte de su vida. Mira cómo es con su madre. Es un hombre con corazón. A lo mejor deberías apelar a eso.

—Sí, podría intentarlo —respondió lentamente.

—Te diré lo que vamos a hacer. Haremos las pinturas, pero no llamaremos a nadie hasta que tú me lo digas, ¿qué te parece?

—Perfecto.

La próxima vez que piense en pasarse por la oficina,

avíseme para que me conecte a Internet y vea su fotografía. Quiero estar segura de recordar su aspecto.

Rafe se quedó con la mirada clavada en el mensaje que le había enviado su normalmente profesional secretaria. Salió de Internet y apagó el portátil.

Estaba dispuesto a admitir que llevaba tiempo sin pasar por la oficina. Mucho tiempo. Dante también andaba tras él, intentando conseguir que regresara a San Francisco y ocupándose de varios negocios que tenían entre manos. Rafe hacía todo lo que podía desde Fool's Gold, pero había algunos asuntos que requerían su presencia. Y en el caso de que él no estuviera dispuesto a ir, tendría que darle más responsabilidad a su socio.

Dante estaría más que encantado de atender aquellos asuntos. No había nada que el amigo y abogado de Rafe disfrutara más que los contratos y las negociaciones complicadas. Pero Rafe no quería retirarse del negocio. Había levantado su empresa de la nada y, normalmente, su trabajo le gustaba tanto como a su amigo. El problema era que en aquel momento todo parecía haber cambiado.

No podía explicar cuál era la diferencia. Una vez remodelado el establo, su madre le había puesto a planificar una posible ampliación de la casa. Rafe disfrutaba del trabajo físico más de lo que nunca habría creído posible. Había llegado a pensar en el valor de cabalgar por aquellas tierras en el silencio del amanecer, roto solamente por el canto de los pájaros y por el sonido de los cascos de los caballos. Diablos, ¡si hasta le gustaban las cabras de Heidi!

Se acercó a la ventana del cuarto de estar y fijó la mirada en el exterior. Él había odiado hasta la idea de vivir en Fool's Gold, rodeado por los fantasmas del pasado. Sin embargo, su vuelta le había enseñado que no había fantasmas y que nadie en Fool's Gold era responsable de lo que habían sufrido él y su familia. Si algo podía decir de sus vecinos, era que habían hecho todo lo posible para ayudarlos.

Miró hacia el establo, donde construiría la urbanización, e intentó imaginar las hileras de casas, los árboles bordeando las calles y los coches aparcados en las aceras. Le resultó imposible. Solo era capaz de ver unas ovejas viejas y algunas llamas. Las cabras de Heidi y un par de caballos de Shane.

Pero el progreso exigía cambios, se recordó a sí mismo. Cuando abrieran el casino, ganaría millones con aquellas casas. Las ovejas tendrían que buscar otro sitio en el que vivir.

Oyó un estruendo en la parte de atrás de la casa y corrió en aquella dirección. Encontró a Heidi apoyada contra la enorme mesa del vestíbulo, con el rostro pálido y la mirada perdida. Algunos cuencos de acero inoxidable se habían caído al suelo.

—¿Qué te pasa? —le preguntó mientras posaba la mano en su frente.

Heidi estaba ardiendo y empapada en sudor.

—Me encuentro mal —admitió—. Todo ha empezado a dar vueltas —miró los cuencos—. ¿Los he tirado yo?

—Estás enferma.

Heidi le miró fijamente.

—No, estoy bien —se llevó la mano al estómago—. No, creo que voy a vomitar.

—Vamos, Heidi, voy a llevarte a la cama.

—¡Pero tengo que cambiar a las cabras de pasto y llevar el resto del queso a la cueva!

—Yo me encargaré del queso y de las cabras —la rodeó con el brazo y la ayudó a cruzar la puerta.

Heidi se tambaleó ligeramente, pero cuando llegaron al pie de las escaleras, negó con la cabeza.

—No, no hace falta.

—Pero si no pesas nada —musitó Rafe mientras la levantaba en brazos y comenzaba a subir las escaleras.

Heidi gritó y le rodeó los brazos con el cuello.

—¿Qué estás haciendo? —gimió—. Estoy muy mareada, Rafe.

—Agárrate a mí. Ya casi hemos llegado.

Llegaron al cuarto de baño justo a tiempo. Heidi corrió a la taza del váter y se arrodilló.

—¡Vete! —gritó, moviendo frenéticamente la mano, y se volvió hacia la taza.

Rafe se volvió justo a tiempo.

Quince minutos después, Heidi salía del cuarto de baño pálida y temblorosa. Rafe la condujo a su habitación, la desnudó rápidamente y le puso el camisón. Mientras lo hacía, era consciente de la suavidad de su piel y de la forma de sus senos. Su cuerpo reaccionó tal como cabía esperar, pero lo ignoró. Podía tener algunos defectos, pero babear por una mujer con gripe no era uno de ellos.

La ayudó a meterse en la cama después de correr las cortinas y colocarle varias almohadas. Se sentó a su lado y le puso un paño húmedo en la frente.

—Pasarás un par de días malos —le dijo—. He hablado con mi madre, va a ir a la cuidad a hacer la compra. Comprará refrescos de jengibre y todo lo que necesita para preparar su famosa sopa de pollo —le sonrió—. Normalmente utiliza arroz en vez de fideos para que resulte más fácil retenerla.

—Me pondré bien —insistió Heidi con los ojos cerrados—. En cuanto deje de tener la sensación de que me estoy muriendo.

—No vas a morir. Intenta dormir.

—A lo mejor vuelvo a vomitar.

—Prometo no tener el cuarto de baño ocupado.

Heidi curvó los labios en una sonrisa.

—Gracias.

Rafe le dio un beso en la mejilla.

—Es lo menos que puedo hacer por una amiga.

—¿Somos amigos? —preguntó Heidi con voz somnolienta y apenas audible.
—Eso espero.

Heidi era vagamente consciente del paso del tiempo, principalmente porque unas veces miraba a la ventana y era de noche y otras había luz. Pasó las primeras veinticuatro horas vomitando todo lo que comía y deseando la muerte y las veinticuatro siguientes luchando contra la fiebre y deseando estar muerta. Después durmió durante lo que a ella le parecieron tres semanas.

Sabía que entraba y salía gente de la habitación, y también que alguien la examinó y le dijo que sí, que tenía fiebre y tenía que hidratarse. Después, siguió durmiendo.

Y durante todo aquel tiempo fue consciente de la cercanía de Rafe. May y Glen también se turnaban para estar a su lado, pero durante la mayor parte del tiempo contó con la fuerte presencia de Rafe. Le sentía lavarle la cara con un trapo húmedo y, a veces, sostenerle la mano. Le había llevado una televisión y le ponía el canal Casa y Jardín. Una de aquellas noches, Heidi se despertó y le encontró tumbado en su cama. Estaba completamente vestido, encima de las sábanas, pasándole un brazo por encima. Después de la sorpresa inicial, Heidi se acurrucó contra él y volvió a dormirse.

Abrió los ojos tiempo después y vio la luz que se filtraba en la habitación. Su intensidad indicaba que era bien entrada la mañana. Rafe tenía un aspecto inmejorable, se le veía fuerte y bronceado, con la camisa arremangada hasta los codos. Heidi frunció el ceño al ver dos moratones con la sospechosa forma de una pezuña en sus antebrazos.

—¿Qué te ha pasado? —le preguntó.

Rafe avanzó hacia ella y apoyó las almohadas contra el cabecero para que pudiera incorporarse. Heidi se incorporó y le acarició el brazo izquierdo. Todavía lo tenía hinchado.

Rafe suspiró.

–Atenea no quería moverse hacia otros pastos. Hemos tenido unas palabritas. O, mejor dicho, las he tenido yo. Ella se ha limitado a darme una coz.

–Vaya...

–No te preocupes. Yo se la he devuelto.

Heidi sonrió.

–Eso no es verdad.

–No, pero me habría encantado hacerlo.

–¿Has conseguido moverla?

–¿Tienes que preguntarlo?

–Tonta de mí.

Rafe se inclinó hacia delante y posó la mano en su frente.

–Estupendo. La fiebre ha desaparecido. ¿Crees que serías capaz de retener una sopa en el estómago?

Heidi se llevó la mano al estómago.

–Creo que sí. ¿Cuánto tiempo llevo fuera del mundo?

–Casi cuatro días.

–¡Pero es imposible! Nunca me había pasado nada parecido.

–La verdad es que nos tenías preocupados –admitió Rafe–. Llamamos al médico, pero nos dijo que te pondrías bien. Y tenía razón –se enderezó–. Voy a traerte algo de comer. A mi madre le va a hacer mucha ilusión saber que estás despierta. Insistirá en servirte medio litro de sopa, pero come únicamente lo que puedas. Confía en mí, tendrás mucha más esperándote.

Y se marchó.

Heidi se reclinó contra las almohadas. ¿Cuatro días? No recordaba demasiado bien lo que había ocurrido, pero no había sido agradable.

Se levantó de la cama y tuvo que apoyarse para no perder el equilibrio. Las piernas apenas la sostenían, pero consiguió ir al cuarto de baño. Después de estar a punto de soltar un grito al ver su reflejo en el espejo, se lavó la cara y los dientes y se cepilló el pelo. Estaba desesperada por darse una ducha, pero eso tendría que esperar. Todavía estaba demasiado débil.

Consiguió regresar a la cama sin desmayarse, pero una vez allí, estuvo temblando durante un par de minutos. Menos de un minuto después, apareció Rafe con una bandeja.

Heidi olió la sopa antes de verla, e inmediatamente le sonó el estómago.

–Pues todavía sabe mejor de lo que huele –le aseguró Rafe–. Mi madre nos hacía esta sopa cuando estábamos enfermos. Era lo único bueno de estar enfermo.

Además de la sopa, le había llevado unas tostadas y un vaso de agua fría. Heidi echó un vistazo a su comida y comprendió que estaba más sedienta que hambrienta.

El agua fría le entró muy bien. Después, comenzó con la sopa. Pero a pesar de sus buenas intenciones, apenas consiguió comer media docena de cucharadas antes de que la venciera el agotamiento.

Rafe dejó la bandeja encima de la cómoda.

–Volveré a traerte algo dentro de un par de horas. Y ahora deberías intentar descansar.

–Eso es lo que he estado haciendo durante todo este tiempo –contestó Heidi, aunque mantenía los ojos cerrados–. Dame un segundo y enseguida recuperaré las fuerzas.

–Sí, claro.

Había humor en su voz.

Heidi estaba casi dormida cuando sintió el roce de los labios de Rafe contra los suyos. Era muy agradable, pensó vagamente mientras se dejaba arrastrar por el sueño.

Rafe la había cuidado. Había estado a su lado cuando le había necesitado. Y mientras dormía, comprendió que no podía engañarle y fingir que el rancho había sido un importante asentamiento de los Máa-zib. Tenían que llegar a un acuerdo, encontrar una solución para su problema. Porque... Porque...

—Te quiero.

Al no recibir respuesta, abrió los ojos. Rafe se había marchado. Estaba sola.

Para cuando llegó la tarde, estaba ya a punto de enloquecer. May y Rafe habían insistido en que se quedara en la cama, pero ya no aguantaba ni un minuto más. Aquella mañana se había duchado, había estado viendo la televisión, se había comprado unas sandalias y una camiseta nueva a través de un canal de televisión y había comido suficiente sopa como para flotar un ejército.

A las cinco de la tarde ya se había levantado y puesto los vaqueros, que le quedaban grandes, por cierto. La culpa la tenía la dieta que había seguido durante la gripe, pensó mientras se ponía la camiseta. Debía de haber adelgazado por lo menos diez kilos. Si tuviera suficiente interés por la moda como para tener unos vaqueros pitillo, aquel sería el momento de ponérselo. Pero a ella no le interesaba la moda, pensó feliz, así que lo que tenía que hacer era volver a engordar.

Bajó las escaleras y descubrió encantada que ni se mareaba ni terminaba agotada. Oyó a May y a Glen en la cocina y siguió el sonido de sus voces.

—¡Te has levantado! —anunció su abuelo al verla.

Se acercó a ella, la abrazó y la condujo a una silla.

—Soy demasiado viejo para que me des esos sustos, Heidi.

—Lo siento —contestó, sonriéndole—. Ya estoy mejor.

Su abuelo la miró en silencio durante varios segundos.

—Tienes buen aspecto. ¿Querrás cenar con nosotros esta noche?

—Solo si es auténtica comida —se volvió hacia May—. Pero la sopa estaba deliciosa.

May se echó a reír.

–Te comprendo, al cabo de un par de días, cansa. Voy a hacer pasta. ¿Crees que podrás comerla?

–Por supuesto.

Mientras May se acercaba a la cocina, Glen puso a Heidi al tanto de todo lo que había ocurrido en el rancho. Mientras hablaba, puso otro servicio en la mesa. Heidi se dio entonces cuenta de que solo iban a ser tres.

–¿Y Rafe? –preguntó.

–No va a cenar con nosotros –contestó May–. Le ha llamado Nina y le ha dicho que ha encontrado la mujer perfecta para él. ¿No te parece emocionante? Estaba muy entusiasmado con esa cita. Ha salido hace una media hora –se interrumpió–. ¿No te ha dicho nada?

Heidi negó con la cabeza porque era incapaz de pronunciar palabra. ¿Rafe tenía una cita después de todo lo que había pasado entre ellos? ¿Qué pasaba con todo lo que habían vivido juntos? El sexo, las risas, las conversaciones… ¿Ella se había enamorado de él y él tenía una cita?

La cólera se fundió con el dolor en una combinación suficientemente incómoda como para hacerla sentirse tan mal como cuando tenía la gripe. Sintió la amenaza de las lágrimas, pero era consciente de que no podía arriesgarse a llorar delante de May y de Glen. Harían preguntas, y no podía compartir con ellos las respuestas.

–¿Cuándo estará la cena? –preguntó, esperando que su voz sonara normal.

–Dentro de unos quince minutos.

–Muy bien. Tengo que hacer una llamada. Quiero que Annabelle sepa que estoy bien.

–Por supuesto, cariño.

Heidi salió de la cocina y sacó el móvil. Salió afuera y marcó el número de su amiga.

–¡Hola! –la saludó Annabelle–. Me dijeron que estabas enferma. ¿Ya estás bien?

—Sí, estoy mejor —mejor y peor—. Ha llegado el momento. ¿Puedes ponerte en contacto con la persona que me dijiste?

Se produjo una pausa. Heidi le había pedido a Annabelle que esperara a que la llamara antes de anunciar el descubrimiento de las falsas pinturas rupestres y su amiga había estado de acuerdo. Pero eso había sido antes. Todo acababa de cambiar.

—Por supuesto —contestó Annabelle—. Haré ahora mismo esa llamada.

Capítulo 15

Rafe recorría el cuarto de estar de la casa de su madre con el teléfono en la oreja.

–No, no sé cómo puedo hablar más claro. No pienso ir a más citas, Nina.

–No estás siendo razonable –respondió Nina–. Dime qué le pasaba a la última mujer. Tenía todo lo que buscas: era una mujer inteligente, sensata, con éxito en el trabajo, pero interesada en hacer de madre. ¿Sabes lo difícil que es encontrar esa combinación? Además, era guapísima. Estás pidiendo la luna, te consigo la luna, ¿y ahora me dices que no te interesa?

–Este no es un buen momento.

La verdad era que últimamente su vida parecía haberse complicado. Dante estaba presionándole para que se ocupara de sus negocios y sabía que no podía permanecer indefinidamente en el rancho. Y estaba Heidi. Aparentemente, todo iba bien entre ellos, pero a veces, cuando la miraba, veía algo extraño en sus ojos. Si tuviera que ponerle un nombre, diría que era decepción.

Sabía que no tenía mucho sentido, pero no podía dejar de tener la sensación de que algo iba mal. Y lo último que necesitaba en una situación como aquella era tener otra cita.

—Si es por el dinero, envíame la cuenta —le respondió a Nina con firmeza—. Sé que has hecho un buen trabajo, Nina, y aprecio el esfuerzo. Estaré encantado de recomendar tus servicios a quien necesites. Pero ahora mismo no quiero salir con nadie.

—¿Hay alguien en tu vida?

—No —respondió rápidamente.

Pero al instante se preguntó si no estaría mintiendo.

—Dime qué no salió bien en esa cita, porque ella me asegura que fue increíble.

Rafe gimió. No quería decirle lo que no había salido bien. La verdad era que la mujer era estupenda. El problema era él. No, maldita fuera, no era él. El problema era Heidi. Él no quería salir con nadie que no fuera ella. No quería hablar de música, ni de política, ni de castillos ingleses. Quería hablar de quesos y de cabras y de los últimos rumores que corrían por Fool's Gold. Quería mirar a Heidi a los ojos, quería verla sonreír, quería oír su risa. Quería estar en su cama. La única noche que habían pasado juntos no había servido para aplacar su atracción hacia ella.

—Ahora tengo que colgar, Nina. Podremos seguir hablando cuando vuelva a San Francisco.

—¿Y cuándo piensas volver?

—No tengo ni idea.

Y sin más, colgó el teléfono y se lo guardó en el bolsillo de la camisa.

Tanto la señora Jennings como Dante querían recibir noticias suyas, pero iban a tener que esperar. Lo que necesitaba en aquel momento era un buen paseo a caballo con Mason. Aquello le despejaría la cabeza y le ayudaría a pensar.

Cruzó el cuarto de estar y abrió la puerta. Estaba dirigiéndose ya a las escaleras del porche cuando vio una furgoneta blanca con una antena parabólica en el techo entrando en la propiedad. No reconoció ni el nombre del canal ni el logotipo de los informativos locales. Segundos después entraba una segunda furgoneta, en aquella ocasión de una cadena de San Francisco afiliada a una importante red de comunicación.

Las puertas de ambas furgonetas se abrieron y salieron diferentes personas. Varios hombres con equipo de trabajo. Una mujer muy arreglada y un tipo también muy elegante caminaron hacia él.

–Estamos buscando a la propietaria del rancho –dijo la mujer. Miró su teléfono–. Heidi Simpson.

–Sí, soy yo.

Rafe miró por encima del hombro y vio que Heidi acababa de salir. La miró fijamente, intentando averiguar qué había cambiado. Iba vestida con vaqueros y botas, pero parecía más arreglada. Sí, en vez de camiseta llevaba una camisa, y se había maquillado. No tanto como la mujer de la televisión, pero más de lo habitual en ella. El pelo lo llevaba suelto y ondulado. Continuó observándola. Se había puesto pendientes. Y ella nunca llevaba pendientes.

–¿Qué está pasando aquí? –preguntó Rafe–. ¿Qué está haciendo aquí toda está gente?

La reportera pasó por delante de él.

–¿Es cierto? –preguntó–. ¿Es verdad que han encontrado algo?

–Sí, es verdad –contestó Heidi con una sonrisa–. Estaba buscando nuevas cuevas para curar el queso. Yo me dedico a hacer queso de cabra y lo curo en esas cuevas. Se me ocurrió ponerme a explorar y me perdí. Al final, me adentré en la cueva más de lo que lo había hecho nunca y fue entonces cuando lo vi.

Rafe se sentía como si acabara de meterse en medio de una película y no tuviera la menor idea de qué iba la historia.

–¿Viste qué? –preguntó.

Heidi le dirigió una mirada fugaz.

–Pinturas rupestres. Son increíbles. Pensé que debían de ser de los Máa-zib –se volvió hacia la periodista con los ojos abiertos como platos–. Eran mujeres mayas que emigraron a esta zona y estuvieron viviendo aquí durante siglos. El año pasado descubrieron un tesoro de objetos de oro. Tengo una amiga que ha estudiado a las mujeres Máa-zib y cree que la cueva podría haber sido utilizada en rituales sagrados. Este podría ser un gran descubrimiento.

La periodista asintió.

–Seguí lo ocurrido el año pasado. A nuestros espectadores les encantó, especialmente a las mujeres. ¿Podemos ver esas pinturas? –miró hacia la furgoneta–. Me gustaría traer a uno de los hombres conmigo para que pueda decirnos lo que necesitamos para grabar. Por supuesto, la luz es lo principal. ¿Será posible utilizar los focos sin dañar las pinturas?

–Estoy segura de que no habrá ningún problema –contestó Heidi.

–Magnífico.

La reportera regresó corriendo a la furgoneta. El otro periodista estaba hablando por teléfono, pero Rafe estaba seguro de que también él querría oír aquella historia tan sorprendente como increíble.

Miró a Heidi.

–¿Pinturas rupestres? Tú y yo hemos estado juntos en esas cuevas y no hemos visto ninguna pintura en las paredes.

Heidi metió las manos en los bolsillos y se encogió de hombros.

–Supongo que no nos adentramos lo suficiente. Hay unas pinturas maravillosas y algunos objetos. Seguramente era un lugar importante para la tribu. Annabelle cree que era un lugar sagrado.

–Sí, ya lo he oído. ¿Y quién demonios es Annabelle?

—Es una amiga mía. Es bibliotecaria.

Rafe pasó rápidamente del escepticismo al enfado.

—Sí, siendo bibliotecaria, seguramente es una experta.

Heidi alzó la barbilla.

—Pues sí, da la casualidad de que está especializada en estudios sobre los Máa-zib, así que se la puede considerar una experta.

—¿Y cuándo hiciste este milagroso descubrimiento?

—Ayer.

—¿Mientras te estabas recuperando de la gripe?

—Quería ir a ver cómo estaba el queso. Supongo que me desorienté.

—Sí, seguro que fue eso. ¿Y por qué no me lo mencionaste?

—Te habías ido. Tenías una cita.

La culpabilidad aplacó el enfado de Rafe, pero se negaba a dejar que eso lo distrajera de lo que verdaderamente estaba pasando allí.

—Lo que no entiendo es cuándo pudo venir Annabelle a ver las cuevas y, menos aún, cómo ha tenido tiempo de analizar esas pinturas.

—Es muy rápida.

—A no ser que esas pinturas se hayan añadido recientemente al patrimonio del rancho.

Heidi le miró directamente a los ojos.

—No sé de qué estás hablando.

—Muy bien —tomó aire—, ¿puedes explicarme cuál es el plan?

—No sé a qué te refieres. Supongo que ahora tendremos que conseguir que algún arqueólogo venga a estudiar el asentamiento. Tendrán que averiguar si hay más pinturas y estudiar las que se han encontrado. Si realmente este era un lugar sagrado, supongo que la situación cambia.

—Sí, tan sagrado como mi trasero —musitó Rafe.

Aquello era completamente falso. Lo que no entendía

era qué motivos podía tener Heidi para hacer una cosa así. ¿Por qué justo en aquel momento? Era imposible que se sintiera más amenazada que un mes atrás. La situación no había cambiado nada en absoluto.

A menos que hubiera descubierto sus planes...

No, eso era imposible, se dijo a sí mismo. La única persona que estaba al tanto de sus planes era Dante. No había enviado un solo correo electrónico sobre el tema. Heidi no podía saber nada de la urbanización. De modo que continuaba sin tener respuesta para sus preguntas: ¿por qué una cosa así y por qué en aquel momento?

—Ya estoy preparada —le dijo la periodista.

El periodista que estaba hablando por teléfono colgó.

—¡Eh, voy con vosotras!

La periodista elevó los ojos al cielo.

—Muy bien, pero procura mantenerte fuera de mi camino. Yo he llegado antes.

—Solo un minuto antes.

Heidi rodeó a Rafe.

—Perdona, tengo que irme con los periodistas.

Rafe la observó marcharse. En cuanto se quedó a solas, sacó el teléfono del bolsillo y buscó el número de Dante.

—No te vas a creer lo que está pasando —dijo en cuanto su amigo contestó—. Han encontrado unas pinturas rupestres en las cuevas.

Le explicó lo que había pasado con los periodistas y el supuesto carácter «sagrado» de las cuevas. Cuando terminó, Dante comenzó a reír a carcajadas.

—Tienes que admitir que por lo menos es original —dijo Dante.

—Y un infierno. Tenemos un problema y hay que solucionarlo.

Continuaron llegando furgonetas de diferentes medios

de comunicación. Durante los dos días siguientes, periodistas, cámaras y focos inundaron el rancho. Heidi montó un puesto para vender queso y May vendía botellas de agua y refrescos a dos dólares.

Rafe procuraba evitar a las dos mujeres que en aquel momento formaban parte de su vida. Decidió que aquel era un buen momento para regresar a San Francisco. Se encargaría de los problemas que tenía pendientes, firmaría documentos e intentaría pensar en lo que iba a hacer a continuación.

Cuando se vio por fin en su despacho, esperó a que le llenara la sensación de bienestar que había ido a buscar. Quería estar tranquilo. Aunque lo de la tranquilidad fuera un término muy relativo. Estaba de traje y detrás de un ordenador. Todo debería ser perfecto.

–¿Qué te pasa? –preguntó Dante, reclinándose en su silla. Parecía casi ofendido–. Son las mejores condiciones que hemos conseguido nunca. Me he dejado la piel para conseguirlas.

–Lo siento, ¿qué estabas diciendo? –Rafe dirigió una mirada fugaz al archivo que tenía frente a él–. ¡Ah, sí! Has hecho un gran trabajo.

Su amigo se llevó la mano al pecho.

–Espera un momento. No puedo aguantar la emoción. Creo que necesito un pañuelo.

Rafe se levantó, se acercó a los ventanales de su despacho y fijó la mirada en la bahía. Era un día perfecto, con el cielo completamente despejado y el sol reflejándose en el agua. San Francisco estaba en su mejor momento.

–El problema no eres tú –musitó.

Dante se echó a reír.

–Esto no es una cita, Rafe. Claro que el problema no soy yo. El problema es que no tienes la cabeza donde deberías tenerla.

Rafe miró a su compañero.

—¿Qué quieres decir?

—Ya me has oído. Tu cabeza no está en San Francisco. La tienes todavía en Fool's Gold. Así no me sirves para nada.

—Estoy perfectamente.

—Estás distraído. Estás molesto porque Heidi te ha sorprendido y eso no te gusta.

—Está mintiendo.

—Está siendo muy original. Deberías admirarla.

Rafe se volvió hacia Dante.

—Yo pensaba que confiaba en mí. Pensaba que teníamos...

Dante arqueó las cejas.

—¿Una relación especial? —soltó una maldición—. No me digas que te has acostado con ella...

—No es eso.

Pero era exactamente eso.

Rafe no terminaba de entender cuál era el problema. Estaba enfadado, eso era un hecho. Pero no conseguía entender por qué había hecho Heidi una cosa así. Ni por qué le molestaba tanto.

—Voy a volver —dijo, agarrando la chaqueta del traje del respaldo de la silla.

—Qué sorpresa.

—Te llamaré.

—Sí, eso dicen todas y nunca me llaman.

Rafe no se molestó en cambiarse. Se metió en el coche y se dirigió hacia el este. Cuando por fin llegó al rancho, encontró un enorme camión al lado del establo. Pero en aquella ocasión no era de ningún medio de comunicación y el animal que descendió pesadamente del trailer le dejó con la boca tan abierta como la de un dibujo animado.

—¿Qué demonios...?

—Así que tú también lo has visto —susurró Heidi, que apareció en aquel momento a su lado—. Estaba empezando a pensar que la gripe me había dejado alguna lesión cerebral.

Rafe se volvió para mirarla fijamente. Contempló sus ojos verdes, su boca llena y las trenzas, que había recuperado. Sintió un inmenso placer. Placer y deseo. Quería abrazarla, besarla, y quizá sacudirla para que entrara en razón.

–¿No vas a decirme qué está pasando aquí? –le preguntó.

–Yo tampoco lo sé.

Rafe volvió a fijar la atención en el elefante que estaba bajando del trailer.

–¿Hay alguna posibilidad de que sea alquilado?

Su madre salió en aquel momento de la casa.

–¡Ya está aquí! Mírala, ¿no te parece preciosa? –se detuvo al lado de su hijo.

Rafe observó a aquella increíble criatura que se había tumbado al lado del establo.

–Es un elefante, mamá.

–Sí, lo sé. Siempre he querido tener uno.

Heidi sacudió la cabeza.

–Eres increíble, May. Realmente sabes cómo hacer las cosas a lo grande. Estoy pensando que el doctor McKenzie va a tener que ponerse al día sobre las enfermedades de los elefantes.

–Nuestro veterinario es un hombre inteligente. Estoy convencida de que lo hará perfectamente.

Rafe se preguntó si el veterinario no terminaría deseando poner a su madre en manos de algún psiquiatra.

–¿Ya sabes dónde la vas a poner? –le preguntó Rafe a May.

–Por supuesto. Mientras estabas fuera, hemos construido un cobertizo para ella.

Rafe asintió. Se sentía como si estuviera intentando vaciar el océano con una cuchara.

—Supongo que los elefantes son animales caros.
—Sí, lo son, incluso cuando son viejos.
—Y también que todo el papeleo está listo y que incluso he firmado yo los documentos de compra.

Su madre apoyó la cabeza en su hombro.

Pero no los había leído, porque, al parecer, no terminaba de aprender.

—¿Mamá?
—¿Sí, cariño?
—¿De dónde estás sacando el dinero para comprar todo esto?
—Vendí mi piso
—¿El piso que yo te compré?

Era un piso perfecto, con unas vistas inigualables, en Pacific Heighs. Un piso que valía fácilmente un millón de dólares.

—Exacto.

May comenzó a caminar hacia el hombre que le había llevado el elefante. Heidi miró entonces a Rafe.

—Seguramente también has firmado el contrato de venta de la casa.
—Gracias por advertírmelo.

Heidi estaba acurrucada en la cama, leyendo. Era tarde y probablemente debería estar ya dormida, pero tenía la sensación de haber dormido mucho más de lo que necesitaba mientras estaba recuperándose de la gripe. Además, tenía muchas cosas en la cabeza y leer le servía para distraerse. Perderse en una novela romántica siempre la hacía sentirse mejor.

Una llamada a la puerta la hizo levantar la mirada del libro. El revoloteo de su corazón le indicó quién quería que fuera, pero la parte más sensata de su cerebro le recordó que sería mucho más seguro que fuera May a visitarla.

–Adelante.
Rafe abrió la puerta.
–¿Tienes un minuto?
Heidi asintió y dejó el libro en la mesilla de noche. Cambió de postura y se sentó con las piernas cruzadas en la cama. Rafe avanzó hacia la silla que había al lado de la ventana y se sentó.

Parecía cansado, pensó Heidi. Como si no hubiera dormido bien. A lo mejor había estado saliendo hasta tarde con mujeres atractivas durante los dos días que había pasado en San Francisco. Aquella posibilidad habría bastado para levantar una nueva oleada de indignación, pero tenía la sensación de que Rafe había pasado todo aquel tiempo trabajando. Por lo menos, eso esperaba, porque se descubrió a sí misma deseando abrazarle y decirle que todo saldría bien. Lo cual era una locura, puesto que él era el causante de todos sus problemas.

–¿Crees que es posible que le pase algo a mi madre? –le preguntó Rafe–. ¿Que esté sufriendo alguna clase de demencia?

La respuesta instintiva de Heidi fue echarse a reír, pero sabía que Rafe hablaba en serio.

–May es la persona más lúcida que conozco. Estoy segura de que no tiene ningún problema mental.

–Acaba de comprar un elefante –soltó una maldición y se pasó la mano por el pelo–. Dime una sola persona normal que no trabaje en un circo y que haya hecho algo parecido.

–Tu madre ya nos dijo que le gustaría que el rancho fuera un lugar para animales viejos. Nosotros dimos por sentado que se refería solamente a las llamas y a las ovejas, pero es obvio que ella tenía otra cosa en la cabeza.

–¿Y qué será lo siguiente?

–No creo que pueda haber nada más sorprendente que un elefante. En serio, ¿después de esto te sorprendería ver una cebra?

—La verdad es que no.

—Eso quiere decir que ya ha llegado al límite —inclinó la cabeza—. Te prometo que tu madre está bien. Por supuesto, tú harías otras cosas con tu dinero, pero en ese caso nunca habrías comprado el rancho.

Pensó en lo que May había dicho aquella tarde.

—Siento lo del piso, ¿era bonito?

—A mí me lo parecía. Ochenta metros cuadrados, dos dormitorios, dos cuartos de baño, y unas vistas espectaculares.

—Siempre has cuidado a tu madre. Estoy segura de que ella lo aprecia.

Rafe se encogió de hombros.

—Comencé a hacerlo muy temprano. Y ese tipo de cosas nunca se olvidan.

Lo que quería decir que se haría cargo de su madre durante el resto de su vida. Era algo que le gustaba, pensó Heidi. La consolaba saber que Rafe era una persona tan congruente. En muchos aspectos era un buen hombre. Pero entonces, ¿por qué estaba pensando en construir una urbanización sin decírselo siquiera?

Quería preguntárselo, decirle que aquella era la razón por la que había falsificado las pinturas rupestres, pero lo hecho, hecho estaba, y hablar de ello no iba a cambiar la situación.

—Lo siento —le dijo en cambio.

—Yo también.

Heidi dudaba de que estuvieran disculpándose por lo mismo, pero no le importó.

—Mi madre me ha dicho que los elefantes necesitan compañía.

Heidi esbozó una mueca.

—¿Piensa comprar otro?

—No. Pero quiere intentar acercarlo a los animales que ya tenemos, para ver si hace amistad con alguno de ellos.

Quería saber si te importaría que le presentáramos a Atenea. Y, por cierto, es una elefanta.

—¿La elefanta tiene nombre?

Rafe soltó el aire que estaba reteniendo. Su expresión cambió. Parecía un hombre a punto de ser lanzado a los tiburones.

—Se llama Priscilla.

Heidi apretó los labios, haciendo un esfuerzo para no estallar en carcajadas.

—¿En serio?

—¿Crees que puedo inventarme una cosa así?

Heidi sentía la risa bullendo en su interior y al final ya no pudo aguantar. Rio hasta que tuvo que tumbarse en la cama, y después se sentó para tomar aire.

—¿Priscilla? Me encanta. May es capaz de haberla comprado solo por su nombre.

—Dice que la compró porque en las fotografías parecía muy triste.

Heidi se secó las lágrimas.

—Me lo imagino. Y sí, puede presentarle a Atenea. O a cualquiera de las cabras —se echó a reír—. Tu madre es la mejor. ¡Me encanta!

Rafe se acercó a ella sin previa advertencia. Se levantó de la silla que había al lado de la cama para alcanzarla.

Heidi no estaba segura de quién empezó, pero en el momento en el que se encontró en sus brazos, ya no le importó. Rafe posó la boca sobre sus labios y la besó profundamente.

Presionaba sus labios contra los suyos reclamándola con el hambre de un hombre al que le había faltado el alimento durante mucho tiempo. Su deseo la encendió y se zambulló por completo en aquel placer líquido que bañaba su cuerpo. Heidi entreabrió los labios para él y recibió su lengua con entusiasmo.

Rafe la bajó a la cama y se estiró a su lado. Heidi cambió de postura para poder sentir todo su cuerpo. Comenzó a explorar con las manos, dibujó el contorno de sus brazos, la línea de sus hombros. Sentía sus fuertes músculos moverse bajo sus dedos.

Rafe la hizo tumbarse de espaldas en la cama y la miró fijamente.

–Eres preciosa.

–Glen siempre me ha dicho que no me crea nunca lo que te dice un hombre cuando está excitado.

Rafe esbozó entonces una sonrisa lenta y sensual.

–Entonces, volveré a decírtelo mañana por la mañana.

–A lo mejor te creo entonces.

–¿Y ahora qué crees?

–Ahora creo que me deseas.

–Es un buen principio –musitó Rafe, antes de comenzar a cubrirle de besos el cuello.

El calor de su boca provocaba pequeñas explosiones de placer a lo largo de la piel de Heidi. Se sentía constreñida por la ropa y ansiaba saber lo que iba a pasar a continuación. Quería algo más que la delicada danza de la excitación. Le quería dentro de ella, amándola con pasión, con fuerza, hasta que no le quedara más remedio que perder el control. Quería enloquecer.

Tras decidir que un mensaje directo, aunque no fuera verbal, era la mejor opción, se estiró y se desabrochó el cinturón. Rafe alzó la cabeza y se la quedó mirando fijamente.

–¿Me estás sugiriendo que siga?

–Te estoy sugiriendo que vayas a buscar los preservativos y vuelvas para desnudarme.

–Una mujer con un buen plan. Algo digno de respeto.

La besó rápidamente y salió del dormitorio. En el tiempo que Heidi tardó en apartar las sábanas, ahuecar las almohadas y comenzar a tirar del dobladillo de la camiseta, Rafe regresó.

Se quitó las botas y los calcetines. La camisa y los vaqueros los llevaba ya desabrochados.

«Un hombre que escucha», pensó Heidi feliz mientras caminaba hacia él. Un ejemplar difícil de encontrar.

Tomó la caja de preservativos que Rafe llevaba en la mano, la dejó en la mesilla de noche y se quitó la camiseta. Con la mirada de Rafe clavada en ella, se desprendió de los vaqueros. Vio tensarse un músculo de su barbilla, le vio apretar los puños, y advirtió la presión de su erección contra la tela de los calzoncillos.

Heidi no se consideraba especialmente atractiva o sexy. Se consideraba una mujer bastante normal. Pero en aquel momento, con Rafe respirando cada vez más rápido y viendo sus pupilas dilatadas, se sentía la criatura más atractiva del planeta.

Alcanzó el broche del sujetador, pero tuvo cuidado de apretar los brazos con fuerza para que no se le cayera. Una vez desabrochado, lo agarró por el centro y tiró ligeramente, exponiendo parte de sus senos. Rafe siseó.

Heidi no tenía plan para el resto del striptease, pero no tardó en descubrir que no importaba. Antes de que se hubiera podido quitar siquiera el sujetador, lo alcanzó Rafe por ella. Se lo quitó de entre los dedos, inclinó la cabeza y se apoderó de uno de los pezones. Lamió y succionó como un hombre desesperado. Jugueteó con el otro seno con los dedos y después le apretó suavemente el trasero.

Aquel asalto cargado de sensualidad hizo que Heidi se arqueara contra él, provocando así el contacto de sus genitales. De la suavidad contra la dureza.

Explotó un deseo hambriento dentro de Heidi y sintió que empezaba a perder el control. Posó la mano en la barbilla de Rafe para hacerle alzar la cabeza y lo besó. Mientras hundía la lengua en su boca, presionó la mano contra su vientre. Con movimientos lentos, la deslizó en el interior de sus calzoncillos y acarició su impresionante erección.

Trazó círculos alrededor de la punta, sintiendo la aterciopelada suavidad que revestía su flexible dureza.

La excitaba acariciarle de una forma tan íntima. Sentía en la sangre los latidos de su corazón y comenzaba a crecer el anhelo entre sus piernas. Los preliminares estaban siendo perfectos, pero en aquel momento quería algo más. Le quería a él.

—Rafe —susurró, y le mordisqueó el labio inferior.

Aparentemente, aquella fue la señal que Rafe había estado esperando. Sin previa advertencia la levantó en brazos y la dejó sobre la cama. Le quitó las bragas, se quitó los vaqueros y los calzoncillos al mismo tiempo y se tumbó entre sus piernas.

Se inclinó como si pretendiera besarla en su rincón más íntimo, pero Heidi posó las manos en sus hombros para detenerlo.

—Quiero sentirte dentro de mí —le suplicó—. Solo eso. Por favor.

La indecisión oscureció la mirada de Rafe. Heidi apreció su preocupación por hacerla llegar al orgasmo. Otra cualidad excelente en un hombre.

—Ya estoy preparada —susurró—. Confía en mí.

Rafe se enderezó y tomó un preservativo. Cuando se lo puso, Heidi alargó la mano y le guio a su interior.

Rafe la llenó con una lenta y firme embestida. Heidi se arqueó contra él, tomando todo lo que le ofrecía y sintiendo su cuerpo estremecerse con un placer que alcanzó hasta la última de sus terminales nerviosas. Aquello era lo que quería, pensó mientras tomaba aire. Era lo que realmente necesitaba.

Abrió los ojos para enfrentarse a su mirada.

—No te contengas —le rodeó la cintura con las piernas, dando así más énfasis a sus palabras—. Por favor...

Rafe posó los brazos a ambos lados de su cuerpo. Heidi apoyó las manos en sus hombros y presionó ligeramente para urgirlo a continuar.

Rafe retrocedió y volvió a empujar otra vez. Salía y se hundía, moviéndose cada vez más rápido. Repitió aquel movimiento una y otra vez. Heidi cerró los ojos mientras se perdía en las sensaciones provocadas por el ritmo de su encuentro.

Con cada uno de aquellos movimientos sentía palpitar su vientre en respuesta. Sus músculos se tensaban. Se movía junto a Rafe, instándolo a hundirse más en ella y arqueándose para tomarlo todo, prolongando aquella danza sensual mientras iba incrementándose el ritmo de su respiración. Su piel estaba cada vez más sensible. Hasta la última célula de su cuerpo parecía pendiente de aquel punto de contacto, de la sensación de Rafe en el interior de su cuerpo. Ficción y fantasía. El acto primigenio de la unión de los cuerpos.

La velocidad aumentó hasta hacer que Heidi terminara jadeando. Los músculos comenzaron a temblarle por la tensión, pero no tardaron en relajarse.

El orgasmo comenzó a media embestida. Rafe se hundió hasta el final arrastrándola en aquel movimiento. Heidi se cerró sobre él. Mientras experimentaba la liberación del clímax, le acariciaba deseando que aquello nunca terminara. Tembló y gritó, y los gemidos de Rafe no tardaron en unirse a los suyos mientras le sentía estremecerse. Rafe continuó moviéndose dentro de ella hasta que se quedó callada. Después giró sin soltarla en la cama.

Heidi fue abriendo los ojos lentamente y le descubrió observándola. Le acarició la cara, palpando su barba, y deslizó los dedos por su brazo.

–¿Qué voy a hacer contigo? –preguntó.

–Una pregunta milenaria.

Rafe se inclinó hacia delante y la besó.

–¿Te importa que me quede esta noche?

–En absoluto.

Rafe curvó los labios en una sonrisa.

—¡Esa es la clase de chica que me gusta!

Aquellas palabras deberían haberla hecho feliz. El problema era que, en lo que a Rafe se refería, quería más. Lo quería todo. Quería que la amara.

Pero todo deseo que estaba fuera del alcance de una persona, solo servía para hacerla infeliz. Era algo que había oído muchas veces mientras crecía. De modo que, aquella noche, quizá lo mejor fuera soñar con las posibilidades que aquella relación le abría y dejar que el futuro se encargara del resto.

Rafe se despertó poco antes del amanecer al oír los camiones entrando en el rancho. Inmediatamente fue consciente de varias cosas al mismo tiempo: estaba desnudo, estaba en la cama con Heidi y tenía una erección. Tres hechos igualmente interesantes, particularmente porque podía aprovecharlos todos al mismo tiempo. Desgraciadamente, el ruido que llegaba desde el exterior era cada vez mayor.

Heidi se sentó en la cama y se frotó los ojos.

—¿Qué es eso? —preguntó.

—Estaba a punto de ir a averiguarlo.

Rafe se levantó de la cama, se puso los vaqueros y se acercó a la ventana.

Hacia el este se adivinaba una ligera luz plateada. La noche era clara y probablemente habría sido también silenciosa si no hubiera sido por el sonido del motor de los camiones y los pitidos de uno de ellos mientras daba marcha atrás para dejar pasar al resto.

Heidi se acercó a él al tiempo que se cerraba la bata. Clavó la mirada en el camión más grande y sonrió.

—¡Ya está aquí!

—¿Quién? O mejor dicho, ¿qué?

Heidi le abrazó y corrió a por su ropa.

—¡La feria!

Capítulo 16

Heidi salió a toda velocidad por la puerta de atrás de la casa, bajó los escalones y voló a los brazos de sus amigos. La abrazaban por todas partes, iba pasando de brazo en brazo, sin estar muy segura de quién la abrazaba, pero sintiéndose a salvo y querida cada segundo.

–¡Mírala! ¡Tan guapa como siempre!

–¿Pero has crecido? ¿No eres demasiado mayor para seguir creciendo?

–Te he echado de menos, Heidi.

–¿Qué tal se te da eso de vivir siempre en el mismo lugar? ¿Estás preparada ya para volver a la feria?

La última pregunta la formuló Harvey, el amigo de Glen, que la retuvo un poco más entre sus brazos.

–¿Estás bien? –le preguntó Heidi al anciano.

Harvey asintió.

–La semana pasada fui a revisión. El cáncer ha desaparecido.

Todos los problemas a los que se enfrentaba le parecieron insignificantes a Heidi ante aquella respuesta.

Volvió a abrirse la puerta de atrás y salió Glen seguido por May, que miraba nerviosa a su alrededor.

–¡Mis amigos y mi familia! –exclamó Glen, abriendo los brazos.

Se interrumpió y le hizo un gesto a May para que se acercara a él.

—No os lo creeréis, pero creo que he encontrado a la mujer de mi vida.

—¡Has tardado mucho en encontrarla! —gritó Harvey.

Glen se echó a reír.

—Amigos, os presento a May Stryker. May, esta es mi familia.

Heidi cruzó los brazos sobre el pecho y se estremeció en el frío de la mañana. Por supuesto, no tenía ganas de entrar en casa. Contemplar aquella reunión era casi tan divertido como formar parte de ella.

Madame Zoltan, conocida también como Rita, se acercó a ella.

—Me alegro de verte.

Heidi la abrazó.

—Me encanta que hayáis venido. Os he echado mucho de menos.

—No tanto como para volver con nosotros.

—Me gusta vivir siempre en el mismo sitio.

Rita, que de joven era pelirroja natural, arqueó sus perfectamente depiladas cejas.

—Así que te has convertido en uno de ellos...

—En realidad no, pero me gusta la estabilidad. Siempre he deseado vivir en una casa sin ruedas.

—Ahora ya la tienes.

Heidi esperaba que tuviera razón. Pero todavía no habían dictado sentencia y la jueza podía hacerlo en su contra. Aun así, gracias al crecimiento de las ventas, su cuenta bancaria estaba aumentando a un ritmo constante. Si al final declaraban aquellas cuevas como un lugar sagrado de los Máa-zib, tendría muchas cosas a su favor.

Rita la agarró del brazo.

—Y dime, ¿quién es ese chico?

Heidi siguió el curso de su mirada y vio que Rafe acababa de salir de la casa. Permanecía en el porche, alto y sexy con los vaqueros y la camisa. Heidi se descubrió deseando acercarse a él y presentarlo como alguien muy importante para ella.

–Es el hijo de May. Está pasando aquí una temporada –Heidi pensó en las circunstancias que le habían llevado al rancho–. Es una situación complicada.

–Las mejores siempre lo son –Rita la miró–. ¿Es una relación seria?

–Para él no –contestó Heidi, sin querer darle mucha importancia–. Ojalá pudiera decir lo mismo de mí.

Su amiga le apretó cariñosamente el brazo.

–¿Quieres que le adivine el futuro y le diga que mañana se va a despertar convertido en rana?

–Aunque estoy segura de que te encantaría, me temo que él no te creería.

Rita le sonrió.

–Pues es una pena. Adoro a los crédulos.

–¿Cuánto tiempo pensáis quedaros por aquí? Sé que las fiestas duran todo el fin de semana.

–Estaremos solo cuatro días. Será una parada corta. Volveremos a ponernos en marcha el martes por la mañana.

–En ese caso, habrá que hacer rápidamente la visita –bromeó Heidi.

Rita señaló hacia las cabras, que observaban todo con interés desde el lugar en el que estaban recogidas.

–¡Mira qué chicas tan maravillosas! ¿No piensas presentármelas?

–Claro que sí. Hasta te dejaré ordeñarlas si te apetece hacerlo.

–No creas que vas a engañarme para que me ocupe de tus tareas, señorita. Ya me enredabas lo suficiente cuando eras más pequeña.

–¿De verdad?

—Claro que sí, siempre lo conseguías.

Lo que Rafe sabía sobre ferias cabría en una taza de té, y, aun así, quedaría espacio para la crema. Teniendo eso en cuenta, no terminaba de entender cómo había terminado sumándose a aquel plan. Pero el caso era que allí estaba, ayudando a un puñado de tipos a los que no conocía a descargar material y a montar puestos.

Normalmente las atracciones de los feriantes se instalaban en aparcamientos o zonas asfaltadas de los parques. Rafe sabía lo suficiente sobre construcción como para que no tuvieran que explicarle por qué. El terreno era plano y el asfalto proporcionaba un buen soporte. Había cerca de una docena de atracciones, incluyendo una enorme noria. Las casetas con los juegos, o como quiera que se llamaran, iban a colocarlas a lo largo de la calle principal y los vendedores de comida se pondrían al otro lado, lo que supondría que habría tráfico de peatones para todo el mundo.

—¿Sabes siquiera lo que estás haciendo?

Rafe desvió la mirada del tornillo que estaba apretando y descubrió a Heidi mirándole. Al verla, sintió que se tensaban sus entrañas y que el calor descendía hacia las regiones más bajas de su cuerpo.

—Sé apretar un tornillo.

—Solo asegúrate de que eres consciente en todo momento de que estás formando parte de la casi sagrada tradición de llevar la diversión a millones de personas de todo el mundo.

Rafe se levantó y se acercó tanto a Heidi que esta tuvo que alzar la cabeza para mirarle.

—¿Debo comprometerme a algo o leer algún manual? ¿Estoy obligado a seguir algún código ético?

—Siempre hay algún código ético, pero no creo que tú lo sigas.

—Yo soy un hombre honesto.

Heidi soltó un bufido burlón.

—¡Eh! —protestó Rafe—. ¡Claro que sí!

—Ya veremos —palmeó uno de los laterales de la caseta—. ¿Sabes que van a poner aquí?

—No.

—Los dardos. Colocarán globos a lo largo de un tablero, la gente intentará pincharlos tirando dardos.

—¿Y si gana?

—Puedes conseguir un fantástico animal de peluche y presumir de tus éxitos.

—Parece un buen premio.

La risa chispeaba en los ojos verdes de Heidi. A Rafe le gustaba verla sonreír. Parecía feliz y emocionada al tener la feria tan cerca.

—¿Por qué no me has presentado a tus amigos?

Heidi retrocedió un paso.

—¿Por qué dices eso? Ya has conocido a todo el mundo.

—Claro, porque me los ha presentado Glen. ¿Tienes miedo de lo que pueda pensar la gente?

—No, no es eso. Todos los trabajadores de la feria estamos muy unidos. No hay secretos entre nosotros. Los cotilleos corren a toda velocidad. Si te hubiera presentado, habrían comenzado a hacer todo tipo de preguntas y a dar por sentadas muchas otras cosas. No sabía si te sentirías cómodo en esa situación.

—Heidi, acerca de lo que pasó anoche... —respondió Rafe, bajando la voz.

Heidi negó con la cabeza.

—Soy una mujer adulta, Rafe. Yo también quería hacerlo. No me sedujiste ni nada parecido. No tienes por qué sentirte culpable.

—No me siento culpable. Pero quiero asegurarme de que estás bien.

—Claro que estoy bien. ¿Y por qué no hablamos de cómo te sientes tú?

—Soy un hombre. Se supone que lo de expresar mis sentimientos no forma parte de mi mapa genético.

—¿Rafe? ¡Por fin te encuentro! He estado buscándote por todas partes.

Rafe se volvió y vio a una mujer rubia, alta, delgada y elegantemente vestida caminando hacia él. Si hubiera habido una pared cerca, se habría golpeado la cabeza contra ella.

—Hola, Nina —la saludó en cambio.

Su casamentera puso los brazos en jarras.

—Has estado evitándome.

—No tenía nada más que decirte.

—Pero yo sí —Nina le dirigió a Heidi una sonrisa—. Creo que no nos conocemos. Soy Nina Blanchard, la mujer que le está buscando esposa a Rafe.

—Heidi Simpson —contestó Heidi—. Me alegro de conocerte. No sabía que ibas a venir a Fool's Gold.

—Yo tampoco —respondió Rafe.

No sabía a qué se debía aquella aparición, pero estaba seguro de que no iba a gustarle.

—He venido en un impulso —admitió Nina. Le sonrió a Heidi—. Rafe está siendo muy difícil.

—No me sorprende —contestó Heidi—. Puede llegar a ser muy cabezota. Si quieres que te haga caso, vas a tener que ponerte seria.

—¡Eh! —Rafe se interpuso entre ellas—. A lo mejor deberíais dejar de hablar de mí.

Heidi se encogió de hombros.

—Yo pensaba que te gustaba ser el centro de atención.

—Pues te equivocas —agarró a Nina del brazo—. Vamos a tomar un café —miró a Heidi—. Ya me encargaré de ti más tarde.

Heidi sonrió, en absoluto arrepentida e incluso casi un poco orgullosa de su actuación.

—Si crees que eres capaz...

Rafe llevó a Nina a una cafetería situada en una esquina, le compró un café con leche desnatada y salieron a sentarse a una de las mesas de la terraza.

–¿Qué demonios estás haciendo aquí? –le preguntó cuando Nina terminó de remover el edulcorante que había añadido al café.

–Ya te lo he dicho. Has estado evitándome.

–Te dije que quería prescindir de tus servicios. Te pagaré todo lo que haga falta, pero no quiero que continúes consiguiéndome citas.

–¿Es por Heidi?

–¿Qué? ¡No, es por un montón de cosas!

Pero Nina no parecía muy convencida.

Cuando la había visto en su oficina, Rafe le había calculado algo más de cuarenta años. Pero a la luz del sol, eran más visibles las arrugas que rodeaban sus ojos y le sumó varios años más. En cualquier caso, la edad no suponía ninguna diferencia. Su presencia continuaba molestándole.

–Te dije que te encontraría una esposa y pienso hacerlo.

–Ahora mismo no quiero una esposa.

–Por Heidi.

Rafe suspiró.

–¿No te he dicho ya que no?

–No te creo. He visto cómo la mirabas –se inclinó hacia él–. ¿Te has acostado con ella?

–Eso no es asunto tuyo.

–Eso significa que sí. Rafe, conozco a mucha gente interesante en mi negocio. Sé que tú no eres la clase de hombre que necesita los servicios de una agencia matrimonial, pero, aun así, me has contratado.

–Cometí un error y no quiero volver a equivocarme.

–Así que estás buscando a la esposa perfecta.

–El amor no me interesa –principalmente porque no creía en él.

Lo que había sentido por su primera esposa se había desvanecido con el tiempo. Shane y su exesposa se habían casado estando locamente enamorados, pero, aun así, ella le había engañado con todo el que había podido. Si el amor existía, lo hacía en un mundo en el que también habitaban el dolor y la traición. Prefería, por lo tanto, encontrar a alguien de quien pudiera considerarse amigo. Alguien que deseara lo mismo que él y que compartiera sus objetivos y sus valores. A lo mejor no era tan romántico, pero para él, tenía mucho más sentido.

–Tienes miedo –le dijo Nina con firmeza–. Tienes miedo de enamorarte de verdad porque no sabes cómo podría llegar a afectarte.

–No tienes ni idea de lo que estás hablando –le espetó–. No me conoces tan bien como piensas.

–Te conozco lo suficiente. Y sé que te hiciste cargo de tu familia cuando tu padre murió teniendo solo, ¿cuántos? ¿Ocho o nueve años?

La prensa había publicado datos sobre su pasado en algunas ocasiones. Suponía que Nina había hecho su propia investigación.

–No actúo pensando en algo que viví siendo tan niño –respondió con firmeza.

–A lo mejor no, pero es evidente que te influye. Fuiste testigo de lo que le ocurrió a tu madre y almacenaste esa información. Cuando te tocó a ti, elegiste a la que considerabas que sería la esposa perfecta. Diste los pasos que creías adecuados, saliste con ella y terminasteis casándoos. Pero supongo que no estabas enamorado. No estabas dispuesto a arriesgar unos sentimientos tan intensos.

–Gracias por venir –le dijo Rafe, y se levantó dispuesto a marcharse.

Nina se levantó y le interceptó el paso.

–Déjame imaginar... En la época en la que conociste a tu primera esposa, alguien cercano a ti también comenzó una relación. Pero la suya fue una relación diferente. Intensa, salvaje. Y como esa relación había llegado a asustarte, decidiste ir en la otra dirección.

Rafe se negaba a decir nada, pero no podía dejar de pensar en Shane. Nina tenía razón. Shane había conocido a Rachel un año antes de que Rafe se casara. Se habían amado con pasión desde el primer momento. Shane hablaba siempre de lo maravilloso que era estar enamorado, explicaba que Rachel lo era todo para él. Rafe había intentado advertirle de que tuviera cuidado, pero Shane se negaba a escuchar.

Se dijo a sí mismo que lo de Nina eran meras suposiciones. Llevaba mucho tiempo en el negocio y había aprendido algunos trucos. Aquel era uno de ellos. A lo mejor tenía parte de razón. Era cierto que había sido demasiado receloso. Pero eso no significaba que no fuera capaz de hacer funcionar razonablemente bien una relación.

–No creo que tenga nada de malo el querer estar seguro de algo –dijo por fin.

Nina sonrió con tristeza, como si supiera por experiencia propia de lo que estaba hablando.

–Te equivocas. La seguridad no tiene nada que ver con el amor. La única forma de estar verdaderamente enamorado es entregar el corazón. Ofrecerlo y ponerse en una situación de vulnerabilidad. Darlo todo sin saber si será suficiente. Amar es colocarse desnudo delante del mundo y gritar: «¡Mirad, esto es lo que soy!», y esperar después a ser aceptado.

–En ese caso, no me interesa.

–Merece la pena –le animó Nina–, te lo prometo. Si encuentras a una persona adecuada, es algo absolutamente increíble. Y estoy diciendo «una persona», no «la persona». Hay muchas, y a veces, podemos encontrar la magia la segunda o la tercera vez. Tú todavía no la has encontrado.

–Tampoco la necesito.

—Sí, claro que la necesitas. Por lo menos por una vez en tu vida, Rafe. Arriesga tu corazón.

Rafe negó con la cabeza.

—¿Ya hemos terminado?

—No, pero puedes marcharte. Ahora soy una mujer con una misión. Quiero verte felizmente casado.

Rafe reprimió un gemido.

—Ahora mismo lo último que necesito es casarme.

—No te preocupes. Puedo esperar.

A primera hora de la tarde, Rafe ya estaba deseando salir corriendo y gritando por las montañas que rodeaban Fool's Gold. Había conseguido escapar de Nina, pero solo para continuar preparando la feria. El juego de dardos que había ayudado a montar le había obligado a inflar después cientos de globos. Un tipo alto y esquelético que se había presentado a sí mismo como Ham, le había dado tres enormes cajas vacías y le había dicho que quería verlas llenas de globos. Después había señalado una caja vacía y un compresor de aire. Le había dado a Rafe una palmada en la espalda y había desaparecido. Rafe había decidido entonces que ya había tenido más que suficiente.

Aun así, había seguido trabajando, inflando globos, atándolos y guardándolos en las cajas. La mañana había dado paso a la tarde. El sol se elevaba en el cielo, el calor aumentaba y las calles se llenaban de gente.

Para las tres de la tarde tenía los dedos entumecidos de tanto retorcer los globos. Prefería con mucho dedicarse a arreglar la cerca o a controlar el ganado. Por lo menos eran tareas que le gustaban. Y que podía hacer en solitario. Porque junto a aquella caja de globos interminable, habían llegado muchas visitas.

Harvey, el amigo de Glen que acababa de superar el cáncer, se había pasado por allí para hablar de su buena salud y de cómo la generosidad de Glen le había salvado literalmente la vida. Cuando Rafe le había respondido que ese dinero se lo había quitado a su madre y que Glen había mentido para conseguirlo, no había parecido muy impresionado. Le había comenzado a hablar del estado de la sanidad el país, había vuelto a contarle numerosas anécdotas sobre Glen y, antes de marcharse, le había advertido que todo el mundo estaba pendiente de él.

A continuación, se había presentado una mujer pelirroja de mediana edad con un vestido largo y holgado.

–Tú debes de ser Rafe –le dijo–. Yo soy Madame Zoltan, pero puedes llamarme Rita –le recorrió con sus ojos verdes–. Agradable, sí, muy agradable.

Rafe no sabía a qué se refería, y decidió que era preferible no preguntar.

–Me alegro de conocerte –contestó, y continuó con los globos.

–Así que estás con Heidi.

Rafe aminoró la presión con la que sujetaba el globo que tenía en la mano y el globo en cuestión salió volando mientras se desinflaba. Fue cayendo después en un zigzag y terminó en la acera. Un niño corrió hasta él, lo recogió del suelo y salió disparado como una flecha.

–Necesito beber algo –musitó Rafe.

Y no se refería a la botella de agua que le había llevado Harvey.

Rita sonrió.

–Es una mujer maravillosa, pero supongo que eso ya lo sabes. ¿Puedo?

Alargó la mano hacia la de Rafe. Él le permitió sujetársela y ella se inclinó sobre la palma. Con unos dedos largos y fríos, fue recorriendo las líneas de su mano hasta acariciar la base del pulgar.

–¿Voy a conocer a una misteriosa desconocida que cambiará mi vida para siempre? –le preguntó Rafe.

–No, no es tan fácil. Eres un hombre complicado –señaló una de las líneas–. Muy cariñoso, aunque intentas esconder esa parte de tu carácter. Te gusta cuidar de las personas que tienes a tu alrededor.

Era la segunda vez en un día que una persona a la que apenas conocía le hablaba como si recibiera mensajes directos desde el cielo. Rafe apartó la mano.

–Encantado de conocerte –dijo con firmeza, y agarró otro globo.

–Estás intentando deshacerte de mí –Rita parecía más divertida que enfadada–. Muy bien. Entiendo la indirecta. Pero antes quiero decirte que para conseguir lo que tu corazón desea, tendrás que estar dispuesto a dar un salto al vacío. Tendrás que permitirte ser vulnerable.

Rafe recordó al instante lo que le había dicho Nina aquella mañana sobre que estar enamorado era como desnudarse ante el mundo. ¿Se habrían reunido todas las mujeres de la zona aquella mañana y habrían decidido que aquel día iban a torturarle?

–Merece la pena –le aseguró Rita.

–Me alegro de saberlo.

Rita sonrió y se marchó.

Rafe se la quedó mirando durante un par de segundos, e inmediatamente fue a por otro globo. Cerca de una hora después, ya prácticamente había terminado cuando vio a Charlie caminando hacia él. Llevaba el uniforme de los bomberos de Fool's Gold y Rafe tardó varios segundos en reconocerla.

–Charlie.

–Sí, soy yo. He venido a...

Rafe alzó las dos manos y retrocedió un paso.

–No pienso hablar de mi pasado ni de si estoy saliendo con Heidi. No te permito leerme la palma de la mano, preguntarme por mi madre ni hablar de nada relacionado con ningún aspecto de mi vida futura o presente.

Charlie arqueó las cejas.
—¿Estás bien?
—No, vete.
Charlie apretó los labios como si estuviera disimulando una sonrisa.
—Si insistes, pero en algún momento tendré que revisar la caseta. Forma parte de la normativa contra el fuego.
—Ahora no. Vete, por favor. Deja de hablar sobre mí. Finge que nunca me has conocido.
Charlie se echó a reír.
—Sinceramente, no entiendo qué puede ver Heidi en ti.
—Creo que te estabas yendo.
Charlie todavía se estaba riendo cuando se marchó.

El grupo que conformaban aquellas seis personas al final se dividió entre arqueólogos y periodistas. Heidi se llevó la mano al bolsillo trasero del pantalón, en el que había guardado las notas que Annabelle le había dado, y deseó recordar todos los puntos importantes. Hablar en público, aunque fuera delante de tan poca gente, no era la idea que tenía de pasar un buen rato. Por supuesto, ella era la única culpable de aquella situación, y haría bien en recordárselo.

Se había acercado a las cuevas antes de que empezara el recorrido para dejar unas linternas. Las repartió y se adentraron en la cueva. La oscuridad de las paredes parecía tragarse la luz y la temperatura iba descendiendo notablemente a cada paso.

—La parte delantera de las cuevas ha sido utilizada durante décadas —explicó—. Durante cientos de años, quizá. Cuando compramos el rancho el año pasado, supe que sería la zona perfecta para curar el queso. Cuanto más se adentra uno en la cueva, más baja la temperatura. La más baja es de unos diez grados.

—¿Has encontrado oro? —preguntó una de los periodistas.

—No. Sé que encontraron un tesoro en las montañas. Supongo que era allí donde almacenaban ese tipo de cosas. El hallazgo de las pinturas nos está llevando a preguntarnos si esta cueva podría ser una especie de lugar sagrado.

—¿Pero no han encontrado ningún objeto de oro? —volvió a preguntar la periodista.

Una de las arqueólogas la fulminó con la mirada.

—El valor intrínseco de este tipo de hallazgos no viene determinado por si brillan o no brillan.

—Mi audiencia está mucho más interesada en el oro que en unas cuantas paredes pintadas.

—A lo mejor habría que educar mejor a la audiencia.

—O empezar a vivir en el mundo real.

Heidi se aclaró la garganta.

—Como iba diciendo...

Las dos mujeres se volvieron hacia ella.

Heidi forzó una sonrisa.

—No podemos saber exactamente qué es lo que tenemos aquí. Sabemos que es algo valioso, por supuesto. Algo importante para Fool's Gold. Siempre ha habido relación entre este lugar y los Máa-zib. Era una cultura matriarcal y aquí tenemos muchas mujeres de gran fortaleza.

Sí, suficientemente fuertes como para resolver sus problemas sin tener que recurrir al engaño, pensó sombría. Mujeres que actuaban en vez de mentir. Contestó a varias preguntas y se dirigió después hacia la cueva en la que estaban las pinturas. Mientras veía cómo fotografiaban y estudiaban aquella supuesta muestra de arte primitivo, comprendió que había cometido un error.

Aquello no era propio de ella. Se había pasado toda su vida intentando hacer las cosas bien. Y en aquella ocasión, cuando estaba en juego todo lo que realmente le importaba, había engañado y había mentido. Incluso en el caso de que Rafe hubiera tenido miles de citas, debería haber hablado con él y haber llegado a alguna clase de compromiso. Debería haber hablado con May y haber encontrado una solución que fuera buena para todos. Pero había puesto toda aquella maquinaria en funcionamiento y no sabía cómo detenerla. Lo único que cabía esperar era que todo el mundo hubiera podido abandonar el tren antes de que se produjera el terrible choque, y que aquel duro golpe no terminara destruyendo todo aquello que apreciaba.

Capítulo 17

–Hace rato que no veo a Nina –comentó Heidi.

Rafe se acercó y se detuvo en medio de la acera. Caminaban ríos de gente a su alrededor.

–Hagamos un trato –le propuso–. Si no hablas de Nina, te invitaré a todo lo que quieras.

–Me gustaría pensar que mi silencio vale algo más que eso. Pero creo que me conformaría con tres viajes en la noria y un algodón de azúcar.

–Hecho.

Un niño pequeño llegó corriendo y tropezó con Heidi. Rafe le hizo apartarse de la acera y adentrarse en un callejón situado al lado de una tienda de deportes.

–No le he pedido a Nina que viniera –la miraba a los ojos mientras hablaba, como si quisiera estar seguro de que le creía.

–No he dicho lo contrario.

–Sencillamente, ha aparecido de pronto.

–Sí, te creo –sonrió–. Parecías muy sorprendido cuando la has visto.

–No sabes hasta qué punto. Le había dicho que ya habíamos terminado. Que quería prescindir de sus servicios.

Heidi estudió aquel rostro familiar: los ojos oscuros, las líneas marcadas de su mandíbula. Parecía diferente últimamente. Más bronceado e incluso más fuerte. Con aquella camisa de algodón y los vaqueros, era un hombre como otro cualquiera. No era Rafe Stryker, un peligroso hombre de negocios.

Pero aun así, continuaba siendo tan peligroso como siempre. Y no solo por el caso que tenían pendiente en los tribunales, sino porque podía hacerle mucho daño a un nivel emocional. El hecho de que supiera que no iba a salir con más mujeres seleccionadas por Nina era una noticia buena y mala al mismo tiempo. Por una parte, no tendría que pensar que estaba saliendo con otras mujeres. Pero, por otra, eso la animaba a creer que ella era el motivo de que no lo hiciera. Que la quería, que estaban juntos y que no iba a terminar con el corazón destrozado.

–Es una mujer muy decidida –añadió–. Supongo que no quiere perder un cliente. Por eso ha venido hasta aquí.

–No te preocupes, no pasa nada –insistió Heidi.

Rafe la miró a los ojos.

–Quería asegurarme de que lo supieras.

Le tomó la mano y entrelazó los dedos en los suyos. La suya era una mano fuerte y segura. Parecía capaz de protegerla del peligro. Caminaron juntos en medio de la multitud que abarrotaba la feria el viernes por la tarde.

Fool's Gold era una ciudad que adoraba las fiestas. Se celebraban diferentes acontecimientos a lo largo del año, desde la llegada del verano hasta la cosecha o las fiestas más tradicionales. Y durante las semanas en las que el calendario oficial no ofrecía nada que celebrar, inventaban sus propias fiestas.

La gente de la ciudad salía a disfrutarlas y llegaban turistas de todas partes. Los hoteles tenían reservas hechas con meses de antelación. Tanto a grupos de amigos, como a parejas y familias, les gustaba disfrutar de aquel ambiente amistoso y de la continua diversión.

–Acerca de lo de la noria... –comenzó a decir Rafe.

Heidi negó con la cabeza.

–Era una broma. No necesito montar en la noria.

–¿Quién ha hablado de necesidad?

–Tú dijiste que te gustaba más el Waltzer.

–Sí, cuando era pequeño. Ahora no me parece tan atractivo.

Compraron churros, porque tomar el postre antes de la cena era algo importante en una feria. Mientras estaban esperando a que les sirvieran la bebida, Heidi saludó a una de sus amigas.

–Es Nevada Hendrix –dijo, y se echó a reír–. Nevada Janack, quiero decir. Estaba en la obra del casino.

–Adonde fuimos a buscar a Atenea.

Heidi le observó fijamente mientras hablaba, preguntándose si le daría alguna pista sobre sus verdaderos planes, pero Rafe se limitó a asentir.

–Un proyecto impresionante.

Nevada y Tucker se acercaron a ellos.

–¡Me encanta que venga la feria! –exclamó Nevada, después de que se saludaran–. Es muy divertido. Dakota se ha llevado a Hannah a la noria. Será la primera vez que monte en toda su vida. Finn está intentando arreglárselas con la cámara y el bebé, así que tendremos que ir a ayudarle –abrazó a Heidi–. Casi no nos vemos. Tendríamos que comer juntas esta semana.

–Me encantaría.

Una vez les sirvieron las bebidas y Nevada y Tucker se hubieron ido, Heidi se volvió hacia Rafe.

–Dakota, Nevada y Montana son trillizas idénticas. Se enamoraron el año pasado y se casaron durante las vacaciones. Dakota estaba preocupada porque no pudiera tener hijos, así que adoptó una niña. Más o menos por esa misma época, se quedó embarazada, y ahora tiene dos hijos. Montana está embarazada y a punto de dar a luz cualquier día. Y supongo que Nevada será la siguiente.

Heidi fue consciente de la melancolía que reflejaba su propia voz. Siempre le habían encantado los niños y quería tener sus propios hijos.

Cuando era más joven ese era exactamente el plan: un marido e hijos. Después del suicidio de Melinda, ya no estaba tan segura de que debiera arriesgarse a enamorarse. Probablemente porque Glen siempre le había dicho que el amor era para estúpidos. Y como su corazón no parecía haber tenido nunca gran interés en nadie, no se había preocupado por ello.

Sin embargo, la aparición de Rafe la tenía muy confundida. Rafe decía que quería casarse y tener hijos, pero sin enamorarse. Ella no cumplía ninguno de los requisitos que hacían falta para convertirse en su esposa. Lo que significaba que no era una posible candidata. ¿Qué pasaría si al final ella había encontrado al hombre de su vida y, sin embargo, ella no era la mujer de la vida de Rafe?

—Ahora que he ayudado a poner en marcha una feria, me merecen más respeto —comentó Rafe.

Un tema de conversación poco arriesgado, pensó Heidi.

—Sí, aprender a montar y a colocar las atracciones es toda una ciencia. Hay que tener en cuenta el tráfico de personas, el precio y la cantidad de gente que puede montar en una hora.

—¿El precio cambia de atracción en atracción?

Heidi asintió.

—Sí, sería más fácil que todas valieran lo mismo, pero algunas son más populares que otras. Por supuesto, esas son las más caras. Pero influyen también otros factores, como la cantidad de personas que pueden montar en una determinada cantidad de tiempo.

Señaló la noria.

—Hay dieciséis cabinas, y en cada una caben dos personas. Si se da bien el día, estamos hablando de unas cuatrocientas personas en una hora.

—¿Tantas?

Heidi asintió y se volvieron hacia las sillas voladoras.

—¿Ves esos columpios?

—Son de una sola persona.

—Pero hay ciento treinta y dos. En esa atracción pueden montar novecientas personas por hora.

—Es una gran diferencia.

—Exacto. La mayor parte de las atracciones se mueven entre esas dos cifras. Además, hay que conseguir que la gente entre y salga con total seguridad. Evitar que los viajes sean demasiado cortos y que la gente se sienta engañada y, al mismo tiempo, que no duren una eternidad. La feria tiene que ganar dinero y también la población en la que se instala.

—¿Trabajabas en las atracciones cuando eras niña?

—Sí, hacía de todo. Atracciones, juegos, puestos de comida...

—¿Y cuidabas cabras?

Heidi sonrió.

—Tuve mi primera cabra siendo una niña, sí.

—¿Y no echas de menos esa vida?

—Hecho de menos a la gente, pero me gusta estar siempre en el mismo lugar. ¿A quién no le gustaría vivir en Fool's Gold? —se encogió de hombros—. Excepto a ti, claro.

—No está tan mal —admitió—. Ahora que no dependo de la bondad de mis vecinos para sobrevivir, me gusta mucho más —vaciló un instante—. ¿Conoces a Raúl Moreno?

—¡Claro! Está casado con Pia. Tienen unas gemelas.

Rafe se echó a reír.

—Sí, y también era un gran quarterback. Estamos hablando de fútbol americano.

Heidi le empujó suavemente.

—Ya sé lo que es un quarterback. Y entiendo de fútbol más que lo suficiente como para poder entenderte.

—No estaba seguro. Como eres una chica y todo eso...

—Yo pensaba que te gustaba que fuera una chica.

Rafe volvió a apartarse de la acera principal para adentrarse entre dos edificios. Seguía habiendo mucha gente a su alrededor, pero era un lugar más íntimo. Y más agradable, pensó Heidi cuando Rafe inclinó la cabeza para besarla.

—Me gusta que seas una chica —musitó contra sus labios.

—A mí también.

Podría perderse en él, pensó Heidi. Pero el precio a pagar sería demasiado alto.

—¿Y por qué me has preguntado por Raúl?

—¡Ah, sí! —la condujo de nuevo entre la gente—. Está empezando a montar un campamento en las montañas para niños de ciudad con pocos recursos. Tiene grandes planes. La idea es magnífica y el programa muy ambicioso. Pero también hay niños de pueblos más pequeños o que viven aislados en granjas que necesitan ayuda. ¿Qué se puede hacer con ellos?

—¿Estás pensando en algo en concreto?

—No lo sé. He sido una persona con suerte y regresar aquí me ha hecho pensar en ello. No en todas partes los vecinos pueden cuidar de los suyos como lo hizo en Fool's Gold la gente que nos cuidó a mí y a mi familia. Odiaba ser pobre y que la gente nos diera cosas, pero sin esas cestas de comida y esos regalos, no habríamos podido celebrar las fiestas. La alcaldesa me compró mi primera bicicleta. Denise Hendrix nos regalaba ropa. Tenía muchos hijos, y, aun así, pensaba en nosotros. Me pregunto cuántas Denise Hendrix y Mayor Marsha hay en el mundo.

—Me sorprende.

—Me sorprendo a mí mismo. Todavía no he hecho nada. Pero he pasado las dos últimas semanas dándole vueltas a esa idea.

Heidi preferiría que no lo hubiera hecho. Por supuesto, quería ayudar a la gente, pero al oírle hablar de esa manera le gustaba todavía más. Y no necesitaba ayuda en ese aspecto.

—Ya basta de ese tema —dijo de pronto Rafe, y le dio un beso en la frente—. Estoy empezando a pensar en perritos calientes, ¿te apetecen?

—Me parece perfecto.

La noche del sábado, Heidi estaba acurrucada en la vieja caravana de Rita. Se recordaba a sí misma ayudando a su amiga a tapizar el sofá con una tela de flores. Nelson, el gato gris y blanco de Rita, permanecía en la alfombra, atusándose.

Rita sirvió dos copas de brandy y le tendió una a Heidi.

—Me acuerdo de estar haciendo esto mismo cuando cumpliste veintiún años —recordó Rita—. Fue una noche muy divertida.

—Melinda estaba con nosotras. Su cumpleaños era cuatro meses antes que el mío y le encantaba bromear diciéndome que ella podría beber alcohol antes que yo.

—Ninguna de vosotras era muy amiga de fiestas. Y tampoco teníais grandes problemas por culpa de los chicos.

—Éramos unas santas —respondió Heidi alegremente, mientras bebía un sorbo—. Deberían habernos puesto una placa.

—Todavía la echas de menos —Rita dejó la copa en su lugar—. No necesito poderes paranormales para averiguarlo. Lo veo en tus ojos cuando hablas de ella.

—Era mi mejor amiga.

Heidi intentó combatir la sensación de traición que la asaltaba cuando hablaba de Melinda. Estaba segura de que si hubiera sido un accidente habría podido asimilarlo. Pero Melinda había actuado de forma deliberada y en más de una ocasión. Se había quitado la vida, dejando tras ella a familia y amigos.

—¿Por qué no fuimos suficiente para ella? —preguntó con los ojos llenos de lágrimas—. Todos la queríamos. Él solo era un hombre. No merecía la pena.

—¿Alguno de nosotros tenemos el poder que tiene Rafe para hacerte daño?

No era una pregunta que Heidi quisiera contestar. Glen podía enfadarla, frustrarla. Podía hacerla desear tirarle algo a la cabeza, como cuando se había enterado de que le había quitado ese dinero a May. Pero no, no podía hacerle sufrir tanto. Su amor era absoluto y ella había confiado en él durante toda su vida. Pasara lo que pasara, se tenían el uno al otro.

—No quiero enamorarme de él —admitió.

—Tú no eres como Melinda.

Heidi tomó aire. Pensar en su amiga reavivaba sus miedos más profundos.

—Eso tú no lo sabes. ¿Y si también a mí me rompen el corazón? ¿Y si no soy capaz de soportar el dolor? Melinda tenía muchos motivos para seguir viviendo.

—Ella nunca fue muy fuerte. Tú eras la roca en la que ella se apoyaba en vuestra relación.

—Debería de haber ido con ella a la universidad. Podría haber evitado que esas chicas se metieran con ella. O, a lo mejor, que le diera tanta importancia.

—Sabes que eso no es cierto. Melinda llevaba la tristeza con ella incluso antes de que le rompieran el corazón. Tú no eres como ella, y Rafe no tiene nada que ver con el chico del que se enamoró.

—No le conoces, no lo sabes.

—Te conozco a ti y le he visto. Es un buen hombre. Está un poco confundido con algunas cosas y no quiere arriesgar sus sentimientos, pero cuando lo hace, es un hombre leal. Es un hombre bueno.

Y extraordinariamente bueno en la cama, se recordó Heidi, pero no quería seguir por ahí.

−No me quiere. Está buscando una esposa perfecta. Tiene una lista de requisitos y yo no cumplo ninguno de ellos.

−Se está protegiendo a sí mismo, intentando no sufrir. Es lo que haría todo el mundo −Rita bebió un sorbo de brandy−. Rafe quiere lo que todo el mundo quiere. Pertenecer a alguien. No dejes que te gane el miedo. Aférrate a lo que tú eres, incluyendo en ello tu fuerza.

−Quiero hacerlo, pero estoy asustada.

−La verdadera valentía se demuestra enfrentándose al miedo.

−¿No puedo salir corriendo?

Rita sonrió.

−Ese no ha sido nunca tu estilo. Haz lo que tengas que hacer y sobrevivirás.

La madre de Rafe tenía varios planos extendidos sobre la mesa de la cocina. Rafe reconoció en ellos el contorno del rancho. La casa y los edificios que la rodeaban apenas estaban bosquejados. Se habían marcado varios lugares con nombres de animales. Prefirió ignorar las anotaciones que mencionaban un camello y dos cebras.

−Mira en lo que hemos estado pensando −dijo Mary, levantándose de la silla prácticamente de un salto−. Casas para que los feriantes pasen aquí el invierno.

−¿Qué quieres decir? −preguntó Rafe.

Pensó inmediatamente en las casas que él pretendía construir. Casas que podría vender a los futuros trabajadores del casino y del hotel.

−Las caravanas son muy frías en invierno −contestó Glen, palmeando con aire ausente el trasero de May.

Rafe se concentró en los planos e hizo todo lo que estuvo en su mano para anular su visión periférica.

−No estamos pensando en nada particularmente grande. Un par de dormitorios, cocina y cuarto de estar, baño y una habitación para la lavadora. En total, ¿cuánto? ¿Unos cincuenta metros cuadrados? Si dejamos suficiente espacio entre ellos, cabrían perfectamente las caravanas. Sería como un pueblo pequeño.

May señaló algunos puntos en el mapa.

–En verano podríamos alquilarlos como casas de veraneo. De esa forma obtendríamos algunos ingresos. Imagínate lo maravilloso que sería para algunas familias poder alquilar una casa en un lugar como este durante una semana. Incluso podríamos construir un par de ellas con tres dormitorios.

–Desde luego, soy un hombre afortunado.

–¿No te gusta la idea? –su madre parecía sorprendida ante aquella posibilidad.

–Es interesante.

Pero no era en absoluto lo que tenía en mente. Aun así, si tenía en cuenta los planos de su madre, todavía quedaría espacio más que suficiente para su urbanización. A lo mejor no podía construir tantas viviendas como en un principio había pensado, pero podría llevar a cabo parte de su proyecto.

–¿Quieres que te prepare un proyecto? –le preguntó.

May asintió.

–Si no te importa...

Glen se levantó.

–Le prometí a Heidi mover las cabras. Atenea parece estar un poco batalladora últimamente, así que tardaré en volver –le dio un beso a May en la mejilla, saludó a Rafe con la cabeza y salió.

Cuando se fue, May se volvió hacia Rafe.

–No te gusta.

–No es eso. Pero me ha sorprendido. No se me había ocurrido pensar en alojamientos de veraneo, pero, ¿por qué no?

Una vez se le había ocurrido la idea, dudaba de que su

madre estuviera dispuesta a renunciar a ella. Y era preferible trabajar con May que contra May.

May se movió en la silla.

–Crees que soy una madre terrible.

–¿Qué?

A May se le llenaron los ojos de lágrimas.

–Y tienes razón. ¿Sabes qué día es hoy?

Rafe tardó varios segundos en recordarlo.

–¡No eres una madre terrible!

–No la he llamado. Debería haberlo hecho, pero nunca sé qué decirle. Se muestra tan distante... Y sé que es culpa mía.

–No es culpa tuya.

–Es mi hija. Deberíamos estar más unidas. Tú y yo estamos muy unidos.

–Porque no me dejarás escapar.

Esperaba que su madre sonriera al oírle, pero continuaron rodando las lágrimas por sus mejillas.

Rafe se levantó, rodeó la mesa, tiró de May para que se levantara y la abrazó.

–Llámala –le propuso–. Felicítala por su cumpleaños.

–¿No sería más normal que tuviera ganas de hablar con ella? ¿No debería echarla de menos? No, eso no puedo decirlo. La echo de menos, pero también estoy algo confundida. ¿Tú crees que nos odia? Tú tampoco hablas nunca con tu hermana.

–Si lo hiciera, sería para regañarla.

Evangeline había sido una gran decepción. Tenía un gran potencial. Podría haber sido una gran bailarina. Había sido aceptada en la Escuela Julliard y había renunciado al segundo año. Siete años atrás, cuando su negocio todavía estaba creciendo, Rafe había invertido en ella hasta su último penique. Pagar cincuenta mil dólares de matrícula había sido un exceso, pero no quería que su hermana tuviera que preocuparse por el dinero. Así que lo había pagado todo y le había ido pasando una generosa mensualidad para que pudiera salir con sus amigos y hacer todo lo que pudiera necesitar hacer una chica de diecisiete años.

Pero Evangeline había abandonado y nunca había explicado por qué. Rafe se había enterado cuando la escuela de baile le había devuelto el dinero de la matrícula y había anunciado que su hermana había dejado de ser su alumna.

–Está completamente sola –musitó May–. Es su cumpleaños y está sola.

Rafe abrazó a su madre mientras ella lloraba. No sabía qué hacer para solucionar aquel problema. Si hubiera estado Shane allí, probablemente le habría dicho que la culpa era suya. Y quizá fuera cierto. A lo mejor esperaba demasiado de sus hermanos. Pero, maldita fuera, Evangeline podría haber llegado muy lejos. Sin embargo, al igual que Clay, había elegido el camino más fácil. Se había alejado de sus sueños, y eso era algo que Rafe nunca podría perdonarle.

–Deberías llamarla –repitió–. Te sentirás mejor, y probablemente ella también.

May se apartó y se secó las lágrimas. Pero continuaba teniendo una mirada triste. Suspiró.

–Eso es algo que tenemos en común tú y yo. No luchamos por lo que es verdaderamente importante para nosotros. En seguida nos hieren el orgullo y cuando alguien se aleja de nosotros, le dejamos marchar.

Aquella afirmación le hizo sentirse incómodo.

–Yo no hago eso.

–Sí, lo has hecho con Evangeline y con Clay. Y a lo mejor lo hiciste también con tu primera esposa. No conozco los detalles suficientemente bien como para estar segura. Pero algún día tendrás que ponerte en pie y luchar por lo que quieres. Y yo también. Pero antes tengo que averiguar lo que es.

Salió de la cocina. Rafe se la quedó mirando fijamente,

sin estar muy seguro de lo que pretendía decir. Él sabía luchar. Su empresa era una prueba de ello. Había comenzado desde cero y había conseguido una empresa que valía millones.

Pero en el fondo, sabía que su madre no estaba hablando de dinero. Ella estaba hablando de arriesgar el corazón. Clay le había desilusionado, Evangeline también, y por eso los había sacado de su vida. Había sufrido una desilusión en el amor y se negaba a arriesgar otra vez su corazón. No era un hombre que perdonara fácilmente.

Siempre se había considerado un hombre fuerte, pero a lo mejor estaba equivocado.

Heidi señaló la pintura de las cuevas. Rita alzó la linterna y soltó una carcajada.

—Son maravillosas. Has hecho un trabajo perfecto. A mí me habríais engañado por completo.

Heidi suspiró.

—Desgraciadamente, no es a ti a quien tenemos que convencer. Los expertos ya han venido a verlas. No sé durante cuánto tiempo podremos prolongar el engaño.

Rita estudió su rostro.

—No estás contenta con lo que has hecho.

—Ya lo sé. Cometí un error. Había decidido no hacerlo, pero me enfadé, me sentí dolida y decidí seguir adelante. Y fue como tirar una piedra por una cuesta. Una vez la empujas, ya no hay manera de dar marcha atrás.

Posó la mano en la fría e irregular pared de la cueva.

—Debería haber hablado con Rafe. Debería haber intentado arreglar las cosas. En cambio, decidí engañar a toda la ciudad. Cuando todo se descubra, no me perdonarán.

—Creo que estás siendo un poco dura contigo misma.

—Lo que hice no está nada bien.

Rita se inclinó y le dio un beso en la frente.

–Mi dulce niña. Siempre has tenido mucho carácter.

–No el suficiente. En caso contrario, habría encontrado otra manera de hacer las cosas.

–Procura tranquilizarte. Lo hecho, hecho está y ahora lo único que tienes que hacer es intentar resistir la tormenta. A lo mejor no es tan terrible como tú crees.

–Espero que tengas razón.

–Casi siempre la tengo. Vamos, enséñame todo lo demás.

Heidi la condujo al interior de las cuevas. Doblaron la esquina sin ser conscientes de la presencia de la periodista que las seguía entre las sombras. Y tampoco la vieron salir corriendo para contar al mundo lo que acababa de descubrir.

Capítulo 18

Rafe permanecía en el centro de la cocina, sintiendo cómo crecía la furia dentro de él. No miraba a Heidi, no podía mirarla después de lo que había hecho. Sabía que estaba a punto de decir algo que no debería. Algo de lo que los dos se arrepentirían.

Lo había sospechado durante todo aquel tiempo, pero que se hubiera sabido de aquella manera... Estaba furioso, y no entendía del todo por qué.

–Estoy segura de que si Heidi nos lo explicara... –comenzó a decir May, pero no parecía muy segura.

Glen se debatía entre las dos mujeres, sin estar muy seguro de hacia dónde debería inclinarse su lealtad.

Heidi se apoyaba en el mostrador de la cocina, quizá en un intento de buscar apoyo, o quizá para poner más distancia entre ellos. Rafe no estaba seguro de cuál era la respuesta, pero tampoco le importaba.

En las noticias de la mañana habían divulgado la historia de las falsas pinturas rupestres de Fool's Gold. La periodista había oído personalmente a Heidi confesándolo todo. Parecía haberle proporcionado un inmenso regocijo poder decir que Heidi les había traicionado a todos ellos.

Comprendió entonces que era ese el motivo de su enfado. No el hecho de que Heidi hubiera intentado ganarle, sino el que no hubiera confiado en que él...

Maldijo en silencio. ¿En que él qué? ¿Cuidaría de ella? Él pretendía construir una urbanización en el rancho. No debería confiar en él. Pero quería que lo hiciera. Y por eso estaba tan molesto.

–Me has mentido –dijo por fin.

Heidi alzó la barbilla con un gesto de orgullo.

–Sí, te he mentido. He intentado poner a la jueza a mi favor para asegurarme de que no pudieras llevar a cabo tus planes.

May se hundió en la silla de la cocina.

–¡Oh, Heidi, no lo entiendo! Yo pensaba que nos llevábamos bien. Pensaba que te gustaba tenerme aquí.

–Y me gusta –respondió Heidi, fulminando a Rafe con la mirada–. El problema no eres tú. Es tu hijo. Porque yo creía lo mismo que tú, May. Que estábamos consiguiendo hacer funcionar las cosas y que todo se solucionaría. Pero después me enteré de algo que Rafe estaba haciendo a mis espaldas. Tiene planes para el rancho. Quiere construir una urbanización para los trabajadores del casino.

La voz de Heidi se tornó amarga.

–No te preocupes. Por lo que vi, dejará espacio para tus animales, y podrás conservar la casa. Pero el resto del terreno se convertirá en una urbanización y Glen y yo tendremos que marcharnos de aquí.

Rafe volvió a maldecir para sí. No tenía la menor idea de cómo lo había averiguado Heidi, ni qué era lo que realmente había visto.

May miró fijamente a su hijo.

–¿Rafe? ¿Eso es cierto? ¿Piensas construir casas y echar a Heidi de aquí? ¿Pero cómo se te puede ocurrir hacer una cosa así?

–No he hecho nada –se defendió Rafe–. Lo único que he hecho ha sido esbozar algunos planos.

Heidi replicó al instante.

—¡Eso no es cierto! Has hecho llamadas y averiguaciones sobre las ordenanzas de urbanismo. Te has puesto en contacto con el Ayuntamiento casi en secreto.

—Eso tú no tienes forma de saberlo.

—No, no tengo forma de saberlo —admitió Heidi—, pero te conozco y sé que son los pasos más lógicos. ¿O me equivoco?

Los tres miraron fijamente a Rafe. Glen y Heidi estaban enfadados, pero May estaba dolida. Tenía los ojos llenos de lágrimas.

—Sí, le pedí a Dante que hiciera algunas llamadas —reconoció Rafe—. Pero no he hecho nada más.

—¿Y qué me dices de Heidi? —insistió su madre—. ¿Pretendías que se fuera? ¿Y las cabras? ¿Dónde se suponía que iban a ir las cabras?

Era una pregunta que no podía contestar.

—Mamá, a ti te engañaron desde el primer momento. Yo solo quería lo mejor para ti.

—¡Oh, por favor! —replicó Heidi, elevando los ojos al cielo—. Sí, estoy segura de que a tu madre le encantará tener cientos de casas a solo unos metros de la suya. O carreteras cortando este rancho que adora. Todo este terreno salvaje convertido en un aparcamiento. Esto no lo has hecho por ella. Lo has hecho para ganar dinero y para poder quedarte con el rancho.

—¡Eso no es cierto!

—Entonces, ¿a qué ha venido todo eso? ¿Y por qué no nos has dicho lo que pensabas hacer? Yo no sabía cómo detenerte así que, sí, pinté las cuevas y engañé a todo el mundo. Me equivoqué y, si quieres saber la verdad, ha sido un alivio que me hayan descubierto. Aceptaré las consecuencias de mis actos —tragó saliva—. Pero yo solo estaba intentando proteger mi casa y asegurarme de que Glen y yo podríamos quedarnos aquí.

Se volvió hacia May.

–Debería haber hablado contigo. Ese ha sido mi error y lo siento. Pero cuando me enteré de lo que Rafe pensaba hacer, me asusté mucho. Y estaba muy dolida. Tú has sido muy buena y cariñosa con nosotros desde que llegaste –tomó aire–. Lo siento, May.

A May le temblaban los labios.

–Te comprendo –miró fijamente a su hijo–. ¿Por qué no me dijiste nada? Tuviste la oportunidad perfecta para explicármelo cuando Glen y yo te hablamos del proyecto de las casas para los veraneantes.

May le dirigió a Heidi una mirada fugaz.

–Tu abuelo y yo estuvimos pensando en la posibilidad de construir viviendas en parte del terreno. Suficientes como para que los feriantes pudieran pasar aquí el invierno. En verano, podríamos alquilarlas a familias que quisieran venir a Fool's Gold.

Una solitaria lágrima descendió por la mejilla de Heidi.

–Me encantaría que lo hicieras.

Rafe se sentía cada vez más incómodo. La situación estaba escapando a su control y no sabía cómo iba a acabar.

–Aun así, Heidi nos engañó –apuntó–. Nos engañó a todos.

–¡Y tú también! –le reprochó su madre–. Rafe, jamás habría aceptado que se construyera una urbanización en el rancho. En algunas hectáreas, a lo mejor. En la zona más alejada de la casa y más próxima al casino. Pero no mucho más. Y jamás permitiré que eches a Heidi y a las cabras de su casa. Tú te estabas haciendo cargo de todo, como siempre has hecho. Y parecías saber qué era lo mejor para todos.

Se levantó.

–Sé que parte de esto es culpa mía. Me apoyé demasiado en ti cuando solo eras un niño. Y ahora eres capaz de arrollar a cualquiera.

Rafe sentía que el suelo se movía bajo sus pies mientras se convertía en el centro de atención.

–Espera un momento –comenzó a decir.

–No, no quiero seguir hablando de esto.

May abandonó la cocina y Glen la siguió.

Rafe se acercó a la mesa y sacó una de las sillas.

–¿Estás contenta? –le preguntó a Heidi.

–Por supuesto que no. No era esto lo que yo quería.

–¿Y qué era lo que querías?

–No perder mi casa. Pensé en hablar contigo, en intentar razonar contigo, pero... –sacudió la cabeza–. Tenías que ganar. Siempre tienes que ganar. Me cuesta creer que tu madre te hablara de su proyecto y no le contaras lo que tenías planeado –le miró con los ojos entrecerrados–. Seguro que ya estabas buscando la manera de hacer las dos cosas. De construir las casas que ella quería y utilizar el terreno extra para levantar la urbanización.

Rafe no tenía manera de contestar a aquella acusación. Principalmente porque era cierto.

–Ya entiendo –continuó diciendo Heidi con voz queda–. Y déjame imaginar, tampoco había sitio para mí en tus planes, ¿verdad?

Rafe cambió de postura, sintiéndose culpable e incómodo.

–Heidi... –comenzó a decir.

–No –le interrumpió–. No vas a poder convencerme de que no es verdad. Para ti, solo soy una chica con la que te acuestas. Nada más. Ni te importo ni te importa lo que pueda llegar a pasarme. Estarías encantado con poder echarme de aquí.

–Eso no es cierto.

–Muy bien, demuéstramelo. Demuéstrame cómo encajaba en tus planes. Dime qué parte del rancho habías dejado para mí.

Rafe se levantó.

—No había entrado en tantos detalles —le aseguró.
—No tienes nada.
Heidi se le quedó mirando fijamente durante largo rato. Rafe esperaba que gritara, que se enfadara, pero permanecía en silencio, con la mirada cada vez más triste.
—Me equivoqué —dijo al final con voz queda—. Lo admito. Hice lo que hice para proteger mi casa. Y aunque sé que no está bien, por lo menos es una razón que puedo aceptar sin sentirme miserable. Tú hiciste lo que hiciste por dinero. Ignoraste a todo el mundo, salvo a ti mismo. Tu madre tiene razón. Intentas imponer tu voluntad sobre todo el mundo sin preocuparte de las consecuencias. El motivo por el que no sentiste nada cuando terminó tu matrimonio es que no te importa nadie, salvo tú mismo. Lo de utilizar una casamentera es una buena idea, Rafe. Pero asegúrate de que Nina le explique a tu futura esposa que el hombre con el que se va a casar no tiene corazón.

Rafe siempre había pensado que tenía un agradable control sobre su propio mundo. Entendía las normas, las consecuencias y jugaba a ganar. Pero durante los últimos dos días, había perdido completamente el control. Heidi les había mentido a él y a su madre, había engañado a toda una ciudad y había sido descubierta por una periodista. Pero no había sido ella el blanco de las acusaciones de todo el mundo, sino él el que había terminado convertido en el malo de la película.
Su madre le había pedido que abandonara el rancho y se alojara en un hotel. No había vuelto a ver a Heidi. Glen no le hablaba y cuando se cruzaba con algún conocido en Fool's Gold, le miraban con furia.
—Realmente te odian —comentó Dante divertido mientras estiraba las piernas frente a él.
Estaban sentados en el bar del Ronan's Lodge. Rafe ha-

bía reservado una suite y Dante se había reunido con él para terminar de perfilar algunos detalles de distintos negocios. Al cabo de un par de días regresarían a San Francisco. No tenía ningún motivo para quedarse en Fool's Gold. Ya nadie le quería cerca.

La situación era excesivamente patética para quedarse allí, pensó sombrío, mientras alargaba la mano hacia su whisky.

–Es un ejemplo interesante de la conducta humana –continuó diciendo su socio–. Técnicamente, ha sido Heidi la que ha violado las normas. Ha engañado a todo el mundo. Lo único que has hecho tú ha sido explorar la posibilidad de construir una urbanización. Sin embargo, ahora eres tú el malo.

–Gracias por el resumen.

Dante miró a su alrededor.

–Me gusta estar aquí.

–Eres un tipo repugnante.

–A lo mejor. Pero me gusta esta sensación de comunidad. Heidi es la mujer guapa e indefensa a la que ha hecho sufrir un constructor grande y malo.

–Yo no he construido absolutamente nada.

–Pero podrías haberlo hecho. Y tus pecados habrían sido mucho mayores. Respeto ese sentido de la lealtad.

–Espero que respetes también la falta de beneficios. Porque va a ser imposible construir nada en esta zona.

–En el terreno de tu madre, no. Pero es posible que encontremos otros solares. Al fin y al cabo, el casino continuará necesitando trabajadores.

Rafe negó con la cabeza.

–No, gracias. Por mi parte, ya he terminado con Fool's Gold.

Debería de haber hecho caso a las primeras impresiones. No debería haber vuelto jamás.

–En ese caso podría encargarme yo de investigar las posibilidades.

—Tú mismo.

Rafe comenzó a decir algo más, pero le interrumpió el sonido de unos pasos que se acercaban. Miró a su alrededor y vio a Shane caminando hacia él. Su hermano no parecía muy contento.

—Será mejor que nos preparemos —musitó Rafe.

Dante y él se levantaron cuando Shane llegó a su lado.

—Has vuelto —dijo Rafe.

—Es evidente.

—Te presento a Dante Jefferson, mi socio.

Dante y Shane se estrecharon la mano.

—Encantado de conocerte —dijo Dante.

—¿Eres tan estúpido como mi hermano? —preguntó Shane.

Dante esbozó una mueca.

—No, en absoluto.

—Estupendo —Shane se volvió hacia Rafe—. ¿En qué demonios estabas pensando?

Rafe se hundió en su butaca. Conocía suficientemente bien a su hermano como para saber que Shane en realidad no quería una respuesta.

—Sabías que quería traer aquí mis caballos —continuó acusándolo Shane. Se sentó frente a él y le miró con los ojos cargados de furia—. He hecho una oferta por unos terrenos que están junto al rancho. Me dedico a la cría de caballos, Rafe. No puedo tener una urbanización al lado de mi casa. Incluso había hablado con mamá sobre la posibilidad de dejar terreno para pastos. Pensábamos cultivar forraje e introducir también otros cultivos. ¿Qué demonios se te pasó por la cabeza para intentar acabar con un proyecto como el nuestro?

—En realidad, no puede decirse que hiciera nada —señaló Dante—. Lo único que hizo fue esbozar algunos planos y mantener un par de conversaciones.

—Creo que deberías mantenerte al margen de esto —le advirtió Shane.

Dante alzó las dos manos.

–¡Solo era un comentario!

–No me dijisteis nada de vuestros planes –le dijo Rafe.

Le sorprendía que Shane y May hubieran tomado tantas decisiones sin contar con él.

–No quería que nadie me dijera por qué no iban a funcionar.

Rafe frunció el ceño.

–Yo no te habría dicho nada. Sabes perfectamente lo que haces en lo que se refiere a los caballos.

–Caramba, gracias. Te agradezco tu aprobación, pero tendrás que perdonarme por no esperar que me apoyaras. Si no recuerdo mal, me estuviste persiguiendo para que fuera a la universidad a pesar de que yo no tenía el menor interés en estudiar. Cuando cumplí dieciocho años y me fui a trabajar a un rancho, me dejaste muy claro que si fracasaba, la culpa sería únicamente mía. Que no estabas de acuerdo con mi decisión y que si las cosas me salían mal, no contara contigo.

Rafe esbozó una mueca.

–No pretendía que sonara así. Solo quería lo mejor para ti.

–Creo que no eras tú el que tenía que decidirlo.

–Tienes razón.

–Demasiado tarde –Shane se inclinó hacia él–. Lo haces continuamente, Rafe. Te entrometes en todo, opinas, exiges que se actúe como tú quieres. No preguntas, decides. No te interesa lo que podamos opinar los demás. Supongo que no nos consideras suficientemente inteligentes como para decidir por nosotros mismos.

–Eso no es cierto.

Rafe se descubrió preguntándose una vez más desde cuándo se habría convertido en el malo de la película.

–Claro que es cierto. Hace años que no hablas con Clay o con Evie. Y la culpa no es de ellos. Crees que están desperdiciando sus vidas. Es verdad, Rafe, reconozco que trabajaste duramente para mantenernos a todos y lo apreciamos. Pero el precio que hemos tenido que pagar es demasiado alto. Esperas que nos pongamos a tus órdenes a cambio de lo que hiciste y eso es algo que ninguno está dispuesto a hacer.

Shane se levantó.

–No vas a construir una urbanización en el rancho. La idea de mamá y de Glen de construir unas casas de veraneo es magnífica, pero no voy a permitir que se construya nada más. Nada de urbanizaciones. Nada. El resto del rancho se quedará para los caballos y para la granja. ¿Lo has entendido?

Rafe asintió.

Shane se marchó.

Rafe volvió a reclinarse en su asiento.

–Tienes suerte de ser hijo único.

–¡Oh, no estoy tan seguro! No me importaría haber tenido un hermano o dos –Dante dio un sorbo a su whisky–. ¿Y ahora qué?

–¡Y yo qué sé! Pienso irme de aquí dentro de un par de días. Me aseguraré de que los obreros acaben el establo y de que mi madre tenga todo lo que necesita. Después, regresaré a San Francisco.

Dante arqueó las cejas.

–A nadie le sorprendería que dejaras que tu madre se encargara de hablar con los obreros.

–Probablemente debería hacerlo.

Pero no lo haría. Cuidar de su madre y de sus hermanos era algo natural en él. Aunque nadie se lo agradeciera.

Pensó en lo que le había dicho Shane. Que intentaba imponer su opinión y decidir por los demás. Aunque su hermano tenía razón, Rafe quería protestar, quería decirle que había hecho las cosas lo mejor que había podido. Los había criado a los tres, había cuidado de su madre. Había sacrificado muchas cosas, se había esforzado para que pudieran disfrutar de la infancia mientras él se preocupaba por su futuro.

Las cosas habían cambiado con el tiempo, pero con diez, dieciséis o veinte años, no había sabido hacerlo mejor.

Quería hablar con Heidi. Contarle lo que le había dicho Shane y oír su opinión. Su consejo, quizá. Heidi siempre era capaz de ver las dos partes de un problema. Ella sabría qué hacer en una situación como aquella.

Pero Heidi le estaba evitando y dudaba seriamente que quisiera saber nada de él en el caso de que llegaran a encontrarse. Todavía estaba enfadada.

La echaba de menos. A veces había resultado violento vivir en la misma casa que su madre y Glen, pero también había sido divertido. Había disfrutado conociéndola, averiguando sus diferentes estados de ánimo, intentando descubrir lo que le hacía sonreír. Echaba de menos el sonido de su voz, su risa, y la emoción que le producía el mero hecho de que entrara en una habitación.

Heidi sería la persona a la que más echaría de menos cuando se marchara. Gracias a ella había comprendido que ya no quería una esposa perfecta. Lo que él quería era...

¿A Heidi? ¿Amor?

La idea de estar con ella le emocionaba y aterraba en igual medida. Heidi nunca aceptaría una relación basada únicamente en los valores compartidos y en la amistad. Ella entregaría su corazón e insistiría en recibir lo mismo. No habría red ni un lugar en el que esconderse. Y si alguna vez le abandonaba, él ya nunca sería el mismo.

La posibilidad de estar con ella, de poner tantas cosas en juego, le resultaba excesiva. Apartó aquel pensamiento de su mente y se recordó a sí mismo que tenía que controlar la situación. Que era así como había sobrevivido durante todos aquellos años, como había conseguido cuidar de todos los que le rodeaban. Que renunciar al control era arriesgarlo todo.

Y eso no lo haría jamás.

Heidi colocó las pastillas de jabón secas y envueltas en papel en las cajas que tenía frente a ella. Estaba preparando su primer envío a China. Llevaría las cajas a la oficina de correos esa misma tarde. Las cargarían en un barco, navegarían hacia el este y, al cabo de unos cuantos meses, sabría si había conseguido irrumpir en el creciente mercado asiático.

Era un gran paso para su negocio, un paso que debería hacerle feliz. El problema era que, últimamente, nada era capaz de alegrarla. Todo era tristeza. Los feriantes habían salido hacia su próximo destino y la casa y el rancho parecían vacíos. Hacía días que no veía a Rafe y odiaba lo mucho que le echaba de menos. Se sentía demasiado avergonzada como para acercarse a Fool's Gold a ver a sus amigas, aunque había recibido mensajes telefónicos de apoyo.

La verdad era que su vida estaba hecha un desastre, y la culpa la tenía solo ella.

—¿Estás bien? —preguntó May, que entró en aquel momento en el vestíbulo.

—Estoy cansada —admitió Heidi. Dejó los jabones y se volvió hacia su amiga—. Los últimos dos días han sido muy duros. ¿Y tú cómo estás?

—Intentando superar lo ocurrido.

Heidi hundió las manos en los bolsillos de los vaqueros y volvió a sacarlas. May y ella habían llegado a considerarse amigas, pero continuaban evitando el tema más importante de todos.

—Siento lo que hice —le dijo Heidi—. Y me alegro de que

me descubrieran. No soy una persona a la que se le den muy bien los delitos.

May sonrió.

—Me alegro de oírlo. En cuanto a la disculpa, estás más que perdonada. Y entiendo por qué hiciste lo que hiciste. Rafe no te dejó otra opción.

—Rafe y yo tenemos una relación complicada.

Por supuesto, no iba a admitir que se había acostado con él. May podía ser encantadora, pero también era la madre de Rafe.

—No sabía cómo hablar con él, pero debería haber intentado hablar contigo.

—Ojalá lo hubieras hecho —admitió May—. Podríamos haber llegado a un acuerdo. Nunca he querido haceros ningún daño ni a ti ni a Glen.

Heidi suspiró. Estaba a punto de decir que a lo mejor todavía estaban a tiempo cuando aparcó un coche delante de la casa. Era uno de los coches del Departamento de Policía de Fool's Gold.

—¿Qué está pasando aquí? —dijo May, y salió por la puerta de atrás.

Heidi la siguió. La jefa de policía comenzó a caminar hacia ellas.

—Señora Stryker —saludó con un asentimiento de cabeza—. Heidi...

—Hola.

Heidi tenía un nudo en el estómago. Rita le habría dicho que era una premonición. Evidentemente, la jefa de policía no iba a informarle de que le había tocado la lotería.

—Heidi Simpson, tienes que presentarte ante la jueza Loomis —su expresión de firmeza se transformó en una de compasión—. Solo para que lo sepas, está enfadada. No llegues tarde.

Heidi tomó el sobre y tragó saliva.

—¿Sabe lo de las pinturas?
—Lo sabe todo.

La última vez que Heidi había visto a la jueza, ella estaba siendo testigo del juicio y era Glen el que estaba sentado al lado de Trisha Wynn. En aquel momento, Heidi estaba al lado de la abogada. A pesar de que estaba sentada, temblaba de los pies a la cabeza.

—No debería ni hablarte —la regañó Trisha en voz baja mientras esperaban a que la jueza apareciera—. ¿Cómo se te ocurrió una idea tan estúpida? ¿Por qué no hablaste conmigo?

—No lo sé. Solo fue una reacción.

—Espero que ese refrán que dice que Dios ayuda a los tontos sea cierto.

—Yo pensaba que lo que decía el refrán era que Dios no perdonaba a los estúpidos.

—¿Ahora pretendes corregir mi inglés?

—Lo siento.

—¡Todos en pie!

Heidi se levantó, pero tuvo que agarrarse a la mesa para no desmayarse. Jamás en su vida había estado tan asustada. La última vez había podido centrar toda su preocupación en Glen y en lo que podría pasarle. En aquel momento era a ella a la que la jueza quería ver. Y estaba en una situación mucho peor. Cuando la jueza relacionara lo que había hecho con lo que había hecho su abuelo, pensaría que eran una familia de ladrones y delincuentes.

La jueza ocupó su lugar y les ordenaron que se sentaran. Heidi se aferraba al borde de la silla, con la espalda recta y las manos apretadas.

La sala estaba llena. Intentó no volverse. No quería saber quién había ido a presenciar aquella humillación pública. Sabía que May y Glen estaban allí. Y que también sus amigas habían ido a ofrecerle su apoyo. Estaba menos segura de si estaría también Rafe. A lo mejor se había ido ya a San Francisco. O a lo mejor había ido al juicio para regodearse de su éxito.

La jueza se puso las gafas y estudió el documento que tenía delante de ella. Heidi se dijo a sí misma que debía intentar respirar.

La jueza alzó la mirada y se quitó las gafas.

–Señorita Simpson.

Heidi se irguió.

–Estoy profundamente desilusionada con usted, señorita Simpson. Creo que hablé muy claro cuando usted y su abuelo estuvieron en el juzgado la última vez. Esperaba que hubieran llegado a un acuerdo con la familia Stryker, pero veo que no es ese el caso.

A Heidi empezaron a temblarle los labios y tuvo que hacer un enorme esfuerzo para no llorar.

La jueza se interrumpió.

–¿Puede darme alguna explicación?

–No, Su Señoría. Yo también estoy decepcionada con mi conducta. Cuando descubrí que el señor Stryker pensaba construir una urbanización, perdí la cabeza. Estaba enfadada, me sentía traicionada y herida. Lo único que he querido en toda mi vida ha sido tener un hogar, un lugar al que pertenecer. Creía haberlo encontrado aquí, en Fool's Gold. Tengo a mi abuelo, a mis amigas, las cabras, el rancho...

Tomó aire.

–Cuando Harvey enfermó y Glen le quitó el dinero a la señora Stryker, fui consciente de que podía perder todo aquello que amaba. Usted me dio una segunda oportunidad y yo le estaba muy agradecida. He estado ahorrando dinero para pagar a la señora Stryker. He expandido mi negocio. May y yo hemos trabajado muy a gusto las dos juntas. Ella ha comprado animales y ha hecho muchas mejoras en el rancho. Cuando me enteré de lo que se proponía Rafe debería haber ido a hablar con ella.

–Pero no lo hizo.

Heidi negó con la cabeza.

–Aunque comprendo su desesperación al descubrir lo que el señor Stryker pensaba hacer, hay una gran diferencia entre hacer y planear algo –argumentó la jueza–. Usted decidió actuar, señora Simpson. Engañó deliberadamente a esta ciudad a la que dice adorar. Ha estafado a la gente a la que quiere. Una vez más, Fool's Gold se ha convertido en motivo de burla en todos los medios de comunicación, algo que las personas que hemos vivido aquí durante toda nuestra vida no apreciamos en absoluto.

Una lágrima resbaló por la mejilla de Heidi. Se la secó con el dorso de la mano.

–No hay excusa para su conducta. Se ha faltado al respeto a sí misma, ha faltado al respeto a la comunidad con la que convive y a este tribunal.

–¿Su Señoría? –May se levantó y le hizo un gesto con la mano.

–Sí, señora Stryker.

–Por favor, no se enfade con Heidi. Yo no estoy enfadada, y creo que tendría más motivos que usted. Creo que podremos llegar a un acuerdo. Compartiremos el rancho. No quiero que tenga que perder su casa.

Las lágrimas siguieron rodando por sus mejillas. Heidi no podía creer que May estuviera defendiéndola, ofreciéndose a ayudarla.

–Me temo que esa es una decisión que no puede tomar usted –respondió la jueza–. La señorita Simpson debe sufrir las consecuencias de sus actos –se volvió hacia Heidi–. La fiscal ha estado planteándose la posibilidad de imputarle cargos, pero al final ha preferido no hacerlo. Así que no irá a la cárcel.

A Heidi estuvieron a punto de flaquearle las rodillas.

No había pensado en ningún momento que la cárcel fuera una opción.
–Sin embargo, con excepción de las cuevas en las que cura el queso y la media hectárea que las rodean, el rancho Castle Ranch pasa a ser propiedad de la señora Stryker.
La jueza golpeó con el martillo.
–Se levanta la sesión.

Capítulo 19

Heidi estaba sentada en una mesa del bar de Jo con las manos alrededor de un refresco bajo en calorías. Charlie y Annabelle estaban con ella, intentando mostrar su compasión. En realidad, eso era más cosa de Annabelle. Charlie era más partidaria de la acción y pensaba que deberían encontrar a Rafe y castigarle. Pero era un poco vaga en cuanto a los detalles del castigo.

–Él no ha tenido la culpa –dijo Heidi con firmeza, decidida a no quejarse.

Había tomado una decisión y, tal como había dicho la jueza, estaba sufriendo las consecuencias. El sonido del martillo todavía resonaba en sus oídos. Había salido corriendo en cuanto había oído la sentencia. Huyendo de Glen y de May, que le gritaban que esperara. Huyendo de todos, porque no era capaz de enfrentarse ni a ellos ni a lo que había hecho.

–Rafe no hizo nada –continuó diciendo–. Tenía algunas ideas, algunos planes, pero no los había llevado a cabo.

–Porque no tuvo tiempo –gruñó Charlie–. Le daría una buena paliza.

Heidi no estaba segura de que pudiera. Charlie podía ser fuerte, pero Rafe tenía los músculos endurecidos por el trabajo en el campo. Y era hombre, lo cual significaba que partía con una fuerza superior.

La angustia parecía afilar las delicadas facciones de Annabelle.

—Yo tengo la culpa. Fui yo la que te animó a fingir ese hallazgo y te ayudé a pintar las cuevas. Si no me hubiera entrometido, habrías hablado con Rafe y nada de esto habría ocurrido.

—Hasta yo sé que todo esto no fue culpa tuya —musitó Charlie.

—Tiene razón —dijo Heidi—. No culpo a nadie, salvo a mí misma. No me gustaba lo que estaba haciendo, pero lo hice de todas formas. Fui yo la que tomó la decisión final porque estaba dolida. Rafe se había ido a una cita sin decírmelo.

Sus dos amigas se la quedaron mirando fijamente.

—Y eso significa... —Annabelle contuvo la respiración—, que te estabas acostando con él.

Charlie abrió los ojos como platos.

—¡Imposible!

—Posible —respondió Heidi—. No pude evitarlo.

—Está muy bueno —dijo Annabelle con un suspiro—. Echo de menos el poder salir con un hombre guapo. De hecho, si tengo que ser sincera, ni siquiera me acuerdo de la última vez que me acosté con uno. O con alguno, aunque no estuviera tan bueno. Para mí el sexo ya es como un recuerdo lejano. Creo que la última vez que lo hice fue un martes.

Charlie se inclinó hacia ella.

—No estamos hablando de ti.

Annabelle pestañeó.

—¡Oh, lo siento! —posó la mano en la de Heidi—. Así que si lo juntamos todo, no solo has perdido tu casa, sino también al hombre del que estás enamorada.

Charlie se enderezó.

—¿Le quieres? ¿Y desde cuándo? ¿Por qué yo no sé nada de esto?

Heidi empezó a decir que no estaba enamorada, pero ya había mentido demasiado.

—No estoy segura de cuándo empezó, pero sí, estoy enamorada. Estaba demasiado asustada como para confiar en mí misma o en lo que me decía el corazón. Me preocupaba no ser suficientemente fuerte en el caso de que lo perdiera todo —tomó aire—. Y esta mañana lo he perdido absolutamente todo. Mi casa, mis planes de futuro y mi orgullo. Pero por lo menos he aprendido algo acerca de mí misma. Ahora sé que soy fuerte y que sobreviviré a este fracaso. Tengo mis cabras y mi negocio.

Irónicamente, y gracias a Rafe, su negocio iba mejor que nunca. Tenía productos en el extranjero y estaba empezando a vender en tiendas especializadas de Los Ángeles y San Francisco.

—Tardaré algunos años en conseguir el dinero que necesito, pero con el tiempo, compraré otra tierra.

—¿Entonces no te vas a ir? —preguntó Annabelle con ansiedad.

—No. Sé que pertenezco a este lugar.

Quería continuar en Fool's Gold. Aquella ciudad se había convertido en su hogar.

—¿Y qué vas a hacer con él? —quiso saber Charlie.

Heidi asumió que su amiga se refería a Rafe.

—No lo sé. Él piensa marcharse, si es que no se ha ido ya.

—Esta mañana estaba en el juzgado. No parecía muy contento.

—No entiendo por qué. Está consiguiendo todo lo que quería —Heidi intentó luchar contra su desesperación—. May debe de estar muy afectada. No es la clase de persona que se regodea en una victoria. Pero Rafe no tendrá tantos reparos como ella. Superará cualquier sentimiento de culpa.

Además de otros muchos sentimientos. Porque, sinceramente, no sabía lo que había significado su relación para él. Sabía que ella no era lo que Rafe buscaba. Y que, incluso en el caso de que hubiera sido capaz de hacerlo, ella jamás se habría obligado a cambiar para encajar en el molde de perfecta madre y esposa.

Jo se acercó a la mesa con una hoja de papel.

—No sé por qué todo el mundo cree que me gusta ir entregando mensajes —le tendió la nota a Heidi—. Toma.

Heidi miró el pedazo de papel. Había unas anotaciones sobre diferentes casas en alquiler. Figuraba el número de dormitorios, el barrio en el que estaban y el precio del alquiler.

Al lado de cada una había alguna nota.

Dile a Heidi que no hace falta pagar fianza. Ella es como de la familia.

Tiene dos dormitorios grandes. Es perfecta para Heidi y para su abuelo.

Tiene un jardín enorme. Magnífico para tener mascotas. Y no me importaría que utilizara las cabras para cortar el césped.

Heidi alzó la mirada hacia Jo.

—No lo entiendo.

—Se ha corrido la voz. Todo el mundo sabe lo que ha pasado esta mañana en el juzgado. Necesitas una casa en la que alojarte y estamos ayudándote a conseguirla —se encogió de hombros—. Es bastante fácil de entender.

Heidi abrió la boca y la cerró. La gratitud barrió cualquier sentimiento de vergüenza.

Jo señaló la lista.

—La casa con el jardín grande es magnífica. Tiene la cocina arreglada y está en una calle muy tranquila. Es la que está más cerca del rancho. ¡Ah! Y también ha llegado esto.

Dejó tres enormes chapas encima de la mesa y se marchó.

Annabelle y Charlie se hicieron cada una con una chapa. Heidi tomó la tercera, se la quedó mirando fijamente y leyó: *Yo apoyo a Heidi*.

Por segunda vez en pocos minutos volvió a sentirse confundida.

−¿Esto qué es?

Charlie ya se estaba poniendo su chapa.

−Se están formando dos bandos, el de Heidi y el de Rafe. Pero supongo que nadie será tan estúpido como para ponerse la chapa de Rafe.

Annabelle se llevó la chapa al vestido y la movió de derecha a izquierda.

−¿Hacia dónde suele mirar la gente?

−Si quieres que la vean las mujeres, póntela a la izquierda. Si quieres que la vean los hombres, en cualquiera de tus pechos.

−Muy graciosa −Annabelle se colocó la chapa a la izquierda y la palmeó−. Me gusta.

Heidi parpadeó pensando en lo que la aparición de aquellas chapas implicaba. Alguien se había tomado la molestia de asegurarse de que supiera que la querían. Seguramente solo se las pondría un puñado de gente, pero ver incluso una ya le parecía increíble.

−No me lo merezco −susurró, mientras se ponía la chapa.

−Eso es verdad −dijo Charlie alegremente−. Pero con nosotros no tienes nada que hacer. Somos como las malas hierbas del jardín. Cuando uno cree que se ha deshecho de ellas, vuelven a crecer.

Heidi permanecía sentada en la camioneta mirando su casa. Era bonita, tenía el tejado nuevo y estaba recién pintada. Había flores a lo largo del camino de la entrada y los arbustos estaban perfectamente podados. Era una casa con encanto. Imaginaba que tendría suficiente agua caliente y que todos los electrodomésticos estarían en condiciones. Como casa de alquiler, era perfecta.

Pero no era eso lo que ella quería.

Ella quería estar en el rancho, esperando poder terminar de lavarse el pelo antes de que se acabara el agua caliente. Quería pelearse con la lavadora, enfadarse al ver la pintura ligeramente descascarillada y oír los crujidos del porche cuando caminaba por él. Quería ver a los animales abandonados que May había recogido, quería ver a los caballos de Shane y ver el sol ponerse sobre la delicada silueta de Priscilla.

A pesar de que se había prometido ser fuerte, se sentía como una auténtica fracasada. Pero aquellas eran las consecuencias de sus actos. Y suponía que cuanto antes lo aceptara, mejor.

Miró el reloj. Había llegado varios minutos antes de la cita que tenía para ver la casa. A lo mejor podía dar un paseo y mirar el jardín mientras esperaba.

Cuando estaba saliendo de la camioneta, aparcó tras ella una camioneta más grande que la suya. Vio aparcar a su abuelo y caminar hacia ella.

—¿Qué estás haciendo aquí? —le preguntó.

Glen se acercó a ella y la abrazó.

—Me han dicho que estabas aquí y he venido a ver la casa.

—¿Quién te ha llamado?

—Una de tus amigas.

Heidi le devolvió el abrazo. Inhaló su familiar esencia y revivió los recuerdos vinculados a aquel hombre que había sido prácticamente su única familia durante toda su vida.

—Pero tú no vas a venir a vivir conmigo —le advirtió. Retrocedió—. Tú vas a quedarte con May. Os he visto juntos, Glen. Tú has estado con muchas mujeres. Con muchas más de las que me atrevo siquiera a imaginar.

Glen sonrió.

—Nunca quise darte detalles.

—Y te lo agradezco. Pero tienes que admitir que sientes algo especial por May. Que realmente la quieres.

—Sí, pero tú eres mi nieta. No voy a quedarme con ella cuando tú lo has perdido todo por mi culpa.

Heidi volvió a abrazarlo con fuerza.

—La culpa la he tenido yo. Creo que si no lo hubiera fastidiado todo, podríamos haber conseguido una sentencia más favorable. O podríamos haber llegado a un acuerdo con May. Tú solo querías ayudar a Harvey. Y prefiero que las cosas hayan salido como lo han hecho y que Harvey esté vivo a lo que podría haber pasado.

Glen le dio un beso en la frente.

—Eres una buena persona, Heidi. Te quiero y no voy a dejarte.

Heidi sintió su cariño, su apoyo, y eso le dio fuerzas. Retrocedió un paso y sonrió.

—A lo mejor ya va siendo hora de que empiece a vivir por mi cuenta. Tengo veintiocho años. Creo que deberíamos arriesgarnos.

Glen le acarició la mejilla.

—Llevas años cuidando de mí. No creas que no lo he notado. El problema no es que empieces a vivir por tu cuenta. El problema es que vas a vivir sola.

—A lo mejor ya va siendo hora para eso también —le tomó la mano—. Glen, no pierdas a May por mí. Es una mujer maravillosa. Has tardado décadas en enamorarte. ¿Por qué vas a separarte ahora de ella?

—También estuve enamorado de tu abuela... —comenzó a decir Glen.

—¡Oh, por favor! La dejaste embarazada y te casaste con ella. Eso no fue un auténtico amor. Nunca has querido admitirlo, pero yo siempre he sabido la verdad. Al final tuviste la suerte de que te dejara. En caso contrario habrías sido muy desgraciado.

Glen sonrió.

—Siempre has sido una chica muy inteligente.

—Así que ahora, escúchame bien. Voy a alquilar esta casa para vivir yo sola. Tú vas a volver con May. Insisto en ello. E incluso en el caso de que no quisieras volver, no te dejaría vivir aquí. Así que tendrías que buscarte otra casa.

—No es fácil negociar contigo.

—Dímelo a mí.

Rafe paseaba por Fool's Gold. Era fin de semana y celebraban otra de sus ferias. En aquella ocasión no había atracciones de feria, aunque sí muchos puestos en los que vendían todo tipo de cosas: joyas, móviles, miel ecológica. Lo de la miel ecológica le costó entenderlo. Al fin y al cabo, ¿la miel no la hacían las abejas? ¿Y las abejas no eran ya de por sí ecológicas?

Continuó avanzando, embebiéndose de los sonidos y las imágenes que le rodeaban. Del olor de las barbacoas y las hamburguesas. Estaba rodeado de gente, pero jamás se había sentido tan solo.

Llevaba días evitando las llamadas de Dante. Su amigo quería saber cuándo pensaba volver a la oficina. Una pregunta razonable, teniendo en cuenta que Rafe había prometido regresar una semana atrás. Sin embargo, por razones que no conseguía explicar, no había sido capaz de dar el paso final, de hacer las maletas y marcharse.

Sabía que estaba esperando algo, pero no podía averiguar qué. Su madre no le hablaba y hacía días que no veía a Heidi. Lo más cerca que había estado de ella había sido a través de una de esas malditas chapas que llevaban montones de mujeres. Hasta entonces, solo había visto un tipo con la chapa de apoyo a Rafe. Era un hombre con barriga cervecera que le había saludado alzando el pulgar y le había dicho que había hecho un buen trabajo. ¡Como si tuviera algo de lo que sentirse orgulloso!

Se metió en la librería y estuvo echando un vistazo a las novelas de acción que había en una de las mesas. Había también varias novelas de misterio, entre ellas una de Liz Sutton con una enorme pegatina que la anunciaba como escritora local.

–Es muy buena –dijo la alcaldesa, que apareció en aquel momento al lado de Rafe–. Liz tiene toda una serie ambientada en San Francisco. Te gustará. En sus primeros libros siempre había alguna víctima que se parecía a tu amigo Ethan.

–¿Por qué a Ethan?

–Tuvieron algunos problemas en el pasado. Ethan puede contarte los detalles. Pero al final todo se arregló.

–¿Ethan no está casado ahora con Liz?

La alcaldesa sonrió.

–Como te he dicho, al final todo se arregló. El amor hace las cosas a su manera.

Una mujer de unos treinta años que llevaba una de las chapas de apoyo a Heidi, saludó a la alcaldesa y fulminó a Rafe con la mirada antes de salir de la librería.

Marsha se dirigió a una zona con sillones situada a un lado de la librería.

–Supongo que estás siendo víctima de muchas reacciones parecidas últimamente –comentó mientras Rafe se sentaba en una mullida butaca frente a ella–. La gente tiene muy mala opinión sobre ti.

–Yo no tuve nada que ver con la decisión de la jueza. No quería que Heidi perdiera su casa.

–¿Vas a construir todas esas casas para el casino?

Rafe se encogió de hombros.

–Probablemente. Y siempre que mi madre esté de acuerdo. La casa está a nombre de los dos, pero es propiedad suya. Todo el mundo me desprecia porque creen que le quité la casa a Heidi. Pero no es cierto. Además, independientemente de la opinión que tenga la gente sobre mí, será necesario construir viviendas.

–Sí, pronto tendremos que admitirlo –le miró con firmeza–. Creo que tu corazón estaba donde debía estar, pero que tus acciones se adelantaron un poco.

–¿Por eso no te has puesto la chapa de Heidi?

–Pensé que era preferible para todo el mundo que no me pusiera del lado de nadie –le observó atentamente–. He aprendido a no interferir. Lo aprendí con una dura lección, como lo son todas las verdaderamente importantes –se interrumpió–. Mi hija murió hace varios años.

–Lo siento –dijo Rafe automáticamente, sin estar muy seguro de por qué se lo estaba contando.

–La tragedia fue mucho más que el hecho de que muriera a una edad relativamente temprana. Porque no fue entonces cuando la perdí. La perdí muchos años antes, cuando era una adolescente. Le exigí mucho. Esperé más de lo que habría sido razonable. Es posible que sea una alcaldesa medianamente buena, pero fui una madre difícil. La controlaba demasiado. A lo mejor era porque tenía miedo, o porque pensaba que eso era el amor. En vez de enfrentarse a mí, se marchó siendo todavía una adolescente.

–¿Llegasteis a reconciliaros?

–No. Al final la encontraron, pero no quería tener nada que ver conmigo. Tenía una hija, mi única nieta, a la que no conocí durante años. Entonces aprendí una dura lección.

–¿Si quieres a alguien tienes que permitir que sea libre?

Marsha sonrió.

–En parte. Pero también aprendí que a quienes amamos y quienes nos aman nos definen como personas. ¿Tú a quién quieres, Rafe?

La pregunta le sorprendió y le hizo moverse incómodo en su asiento.

–A mi familia.

–¿Y también a esos hermanos con los que no te hablas?

–¿Cómo sabes que tengo dos hermanos con los que no me hablo?

–Tengo una red de información que haría avergonzarse a la propia CIA. La gente habla y yo escucho. Todavía no es demasiado tarde para ti. Con ellos o sin... –se interrumpió–. Pero esto puede arreglarse. Estoy segura de que volverás a pertenecer a Fool's Gold.

–Este no es mi hogar.

–Claro que sí. Tu hogar está allí donde están las personas a las que quieres. Nos gustaría que formaras parte de nuestra comunidad –sonrió–. Siempre podrás contar con nosotros. En cuanto a esas casas que quieres construir, tengo unas tierras que podrían interesarte.

–¿Esto es un soborno?

–Te estoy ofreciendo un trato que podría beneficiarnos a los dos. Deberías respetarlo.

–Llamaré al Ayuntamiento para pedir una cita –esperó un instante–. ¿No vas a preguntarme por Heidi?

–No, todavía no estás preparado. Cuando lo estés, no tendré que preguntar.

Rafe se echó a reír.

–Me gusta que seas tan misteriosa.

–A mi edad, no me queda más remedio que intentar disfrutar de los placeres más sencillos.

Rafe metió el equipaje en el coche. Debería haberse ido de la ciudad días atrás, pero hasta hacía solamente unos minutos, no sabía adónde ir. Tenía por fin una dirección y estaba preparado para el viaje. Dante ya le había enviado todo la documentación que le liberaba de la posesión del rancho.

Se metió en el Mercedes, pero antes de que hubiera podido encender el motor, aparcó detrás de él una camioneta que le bloqueó el paso. Bajó de ella una mujer que caminó lentamente hacia el coche.

Rafe reconoció inmediatamente a Charlie, la amiga de Heidi, y supo que había ido a recordarle su promesa de no hacer sufrir a su amiga.

Salió del coche y se preparó para el enfrentamiento.

Charlie medía unos centímetros menos que él. Era una mujer de huesos anchos. Tenía una buena musculatura y una actitud más que temible. Rafe no sabía si estaba en condiciones de ganar una pelea contando ella con tantas ventajas. Pero al fin y al cabo, tampoco le importaría mucho que Charlie le diera un buen puñetazo. Bajo ningún concepto le pondría la mano encima a una chica.

–¿Te vas? –preguntó Charlie.

Se oía de fondo el motor de la camioneta.

Rafe asintió.

–No te has despedido de nadie.

–Heidi no quiere verme.

–Por lo visto, es la primera vez que está demostrando tener un poco de sentido común en lo que a ti concierne –respondió Charlie y se cruzó de brazos–. ¿Por qué Heidi no es suficiente para ti? ¿Qué necesitas que ella no tenga?

–Nada –respondió con sinceridad–. Nada en absoluto.

–No me obligues a hacerte daño –gruñó Charlie.

–No estoy burlándome. Estoy diciendo la verdad. Esto no tiene nada que ver con Heidi, es un asunto mío. Hay algo que tengo que hacer. Tengo un asunto pendiente. Cuando lo haya resuelto, volveré.

Charlie curvó los labios con una sonrisa.

–¿Y por qué debería creerte?

–No tienes por qué creerme. Tú estás del lado de Heidi. Si hago algo mal, permitiré que vengas a por mí y me destroces.

—Una invitación muy interesante. ¿Pero por qué voy a tener que esperar hasta que vuelvas?

—Porque te estoy diciendo la verdad.

Charlie musitó algo para sí.

—¿Por qué no seremos lesbianas todas las mujeres? La vida sería mucho más sencilla. Por lo menos la mía.

—Pero los hombres nos divertiríamos mucho menos.

—No son los hombres los que me preocupan.

Rafe avanzó hasta donde estaba Charlie, posó las manos en sus hombros y le dio un beso en la mejilla.

—Confía en mí.

—Estás intentando fastidiarme, ¿verdad? –preguntó Charlie, y le apartó.

Por un momento, Rafe habría jurado que Charlie había retrocedido cuando la había besado, pero se dijo a sí mismo que eso eran imaginaciones suyas.

Charlie le fulminó con la mirada y regresó a su vehículo. Después de retirar la camioneta para que Rafe pudiera marcharse, esperó, como si estuviera dispuesta a seguirle, a asegurarse de que iba a cumplir su palabra.

A Rafe no le importó. Ya no tenía nada que esconder.

Capítulo 20

Cuando la gente pensaba en Los Ángeles, normalmente pensaba en los parques, las playas o en Beverly Hills. Pero aquella ciudad, que había crecido de forma tan desproporcionada, tenía otros muchos lugares que visitar, muchos de ellos tranquilas zonas de clase media. Algunos barrios eran recordados más por lo que habían sido años atrás que por lo que eran. Habían ido declinando poco a poco y sus edificios estaban en un estado bastante más que lamentable.

Rafe detuvo el coche delante de un edificio de apartamentos de dos pisos y estudió el descuidado césped y las palmeras de la acera. Tenía un par de ventanas con papel de aluminio a modo de cortinas y un coche en el garaje. Miró la dirección que llevaba en el móvil, miró de nuevo el edificio y supo que había encontrado el lugar que buscaba.

Se suponía que las cosas no tenían que haber sido así, pensó con amargura. Que debería haber hecho un mejor trabajo para proteger a aquellos de los que se consideraba responsable. Se preguntó si Evangeline estaría de acuerdo con él.

Salió del coche y lo cerró. Ver el Mercedes en medio de aquella silenciosa calle le hizo recordar con pesar su inmensa riqueza. Cruzó el jardín, subió las escaleras que conducían al segundo piso y llamó a la puerta del apartamento doscientos veinte.

Le abrió una rubia de busto abundante y le sonrió.

–¡Hola! Debes de haberte perdido, porque no vienen muchos tipos como tú por este barrio. Por supuesto, no me estoy quejando.

Llevaba unos pantalones cortos, una camiseta recortada, maquillaje para cinco mujeres y las uñas de los pies pintadas de naranja.

–He venido a ver a Evangeline.

La rubia le miró haciendo un puchero.

–¿No te valgo yo? ¡Soy mucho más divertida!

–No, gracias.

La rubia le invitó a entrar con un gesto y se volvió para cerrar la puerta.

–¡Evie, ha venido un tipo a verte! Si no le quieres, ¿puedo quedármelo yo?

Le dirigió a Rafe una provocativa mirada mientras hacía la pregunta.

La puerta del dormitorio se abrió.

–¿Un hombre? No espero a...

Hacía años que Rafe no veía a su hermana. Era alta, delgada, tenía la complexión de una bailarina. A diferencia de los otros hijos de May, tenía los ojos verdes y el pelo de color miel. Pero Rafe reconoció a su madre en la forma de su rostro.

Su expresión estaba más cerca de la resignación que de la emoción, y no era extraño, teniendo en cuenta su última conversación. En realidad, ni siquiera había sido una conversación, recordó. Él había gritado y su hermana no había dicho una sola palabra. Después se había ido y no había vuelto a verla hasta ese momento.

–¿Qué estás haciendo aquí? –le preguntó.

–¿Le conoces?

—Es mi hermano mayor.

La rubia se le quedó mirando fijamente.

—Aun así, sigo sin estar interesado.

—¿Por qué no?

—Hay otra persona en mi vida.

O, por lo menos, esperaba que la hubiera. Muy pronto. Pero antes tenía que enmendar algunos errores del pasado.

—¿Puedo invitarte a un café? –le preguntó a Evangeline.

Sospechaba que le habría gustado decirle que no, pero también que no quería arriesgarse a tener una conversación con él delante de su compañera de piso. Asintió y desapareció en el dormitorio. Segundos después volvió a aparecer con un bolso de bandolera. A diferencia de la rubia, llevaba unos vaqueros largos y una camiseta que cubría todo su cuerpo. Se puso unos mocasines.

—No tardaré mucho –dijo mientras seguía a Rafe hasta la puerta.

No hablaron mientras se dirigían hacia el coche. Rafe ya había localizada una cafetería cerca y condujo directamente hasta allí. Entraron, pidieron los cafés y un par de bizcochos y se sentaron en una mesa situada en una esquina.

Rafe miró a su hermana, fijándose en las definidas líneas de su rostro. Evangeline siempre había sido delgada. Era su constitución natural y el baile había acentuado aquella delgadez. Pero en aquel momento estaba casi cadavérica, y había algo extraño en sus ojos. ¿Recelo? ¿Desesperación?

—¿Tienes dinero suficiente para comer? –preguntó Rafe, sin poder reprimirse.

Evangeline le miró arqueando las cejas.

—¿De verdad quieres que empecemos así esta conversación?

—No, lo siento –bebió un sorbo de café–. Me alegro de verte.

Evangeline se reclinó en su asiento.

–¿Por qué has venido?

–He estado pensando en ti y quería saber cómo te iba.

–Podías haber llamado.

–Quería verte.

–¿Por qué? Hace tiempo que no estamos en contacto.

Rafe quería decirle que había sido ella la que se había marchado, la que había desaparecido. Él había ido tras ella... Bueno, en realidad, le había pedido a su secretaria que hablara con ella. Evangeline le había pedido que se mantuviera al margen de su vida. Esas habían sido las palabras exactas. Y él había obedecido. Se decía a sí mismo que su hermana regresaría en cuanto estuviera preparada para ello. Que sabría dónde encontrarle. O dónde encontrar a Shane y a Clay.

Lo que había decidido ignorar era que solo tenía dieciocho años. Que había abandonado la Escuela Julliard sin ninguna formación y sin ninguna experiencia en el mundo real. Y que él había permitido que lo hiciera porque le resultaba más fácil que tratar con ella. Había ingresado unos miles de dólares en una cuenta y, a través de su secretaria una vez más, le había dicho que fuera a verle en cuanto necesitara más dinero. Evangeline había sacado el dinero y había cerrado la cuenta al día siguiente.

–¿Cómo estás? –le preguntó Rafe.

–Bien.

–¿Continúas bailando?

Evangeline le fulminó con la mirada.

–¿A qué has venido? ¿Qué quieres?

–Hablar contigo. Recuperar el contacto. Somos una familia.

–No, somos parientes. Una familia es un grupo de personas que se preocupan las unas de las otras. Que cuidan los unos de los otros. Yo tengo una madre que me ignoró prácticamente desde que nací y un hermano mayor que se ha pasado toda la vida criticando todas las decisiones que tomaba. Supongo que mi verdadera familia la forman Shane y Clay.

Se levantó.

–Gracias por venir a verme.

–Espera –Rafe también se levantó–. Por favor.

Evangeline se le quedó mirando fijamente.

–¿Por favor? ¿Eres capaz de pronunciar esa palabra sin convertirte en polvo? Yo pensaba que no podías.

Rafe era consciente de su enfado y lo comprendía, pero lo que más le molestaba era la tristeza que encerraban aquellas palabras. La profunda sensación de que Evangeline estaba completamente sola en el mundo.

–Por favor, quédate unos minutos más.

Evangeline se sentó con desgana en la silla y Rafe se sentó frente a ella.

–Lo siento –comenzó a decir lentamente–. Me equivoqué al alejarme de ti. Me equivoqué al no escucharte y al no intentar comprenderte. Eras una niña y te di la espalda.

–Y mamá también.

Rafe asintió.

–Sí, mamá también.

Rafe siempre había pensado en su hermana fijándose únicamente en los problemas que causaba y en su absoluta entrega a la danza. Jamás se le había ocurrido ver las cosas desde su perspectiva. Había sido el fruto inesperado de una noche pasada con un desconocido. Sus hermanos y él habían nacido en el seno de una pareja que se amaba. Habían formado parte de esa familia de la que Evangeline había hablado. Pero ella había crecido siendo el recuerdo constante del dolor que habían sufrido tras la muerte de su padre. Sabiendo que estaba de más.

A May le había molestado la presencia de Evangeline desde el primer momento. Una mujer que adoraba a sus hijos había mantenido a su única hija a distancia. Rafe estaba entonces demasiado ocupado siendo el hombre de la casa como para preocuparse por una niña. Shane y Clay habían sido los únicos padres para ella, y ellos mismos solo eran unos niños.

—Tu cumpleaños fue hace pocas semanas —dijo Rafe—. Pensé en ti.

—¿Pensaste en mí? ¿De verdad? —abrió los ojos como platos—. ¡Oh, Rafe! Ahora me siento mucho mejor. ¡Saber que te tomaste la molestia de pensar en mí! No sé cómo agradecértelo.

—Maldita sea, Evie.

Su hermana volvió a levantarse.

—¡Vete al infierno! No quiero tener ningún contacto contigo. No te necesito. A lo mejor te necesité en otro momento de mi vida. Pero no estuviste a mi lado. Y mamá tampoco. Tuve que arreglármelas sola —le miró con los ojos entrecerrados—. No sé lo que quieres, pero ya es demasiado tarde. No me interesa.

—No quiero nada.

—¿Entonces por qué estás aquí?

—Porque sé que me equivoqué. Porque quiero que seamos una familia otra vez.

—Nunca hemos sido una verdadera familia.

—Pues seámoslo ahora.

Evangeline se volvió para marcharse.

Rafe se levantó.

—Te necesito.

Evangeline se detuvo, pero no le miró.

Rafe rodeó la mesita que los separaba y se colocó frente a ella.

—Te necesito —repitió—. Fui un estúpido. En ningún momento te pregunté por qué habías dejado la escuela. Qué te había pasado. Jamás me tomé la molestia de averiguar dónde estabas o a qué te dedicabas. ¡Ni siquiera te enseñé a montar en bicicleta cuando eras una niña!

—Me enseñó Shane —susurró Evangeline.

—Me alegro. Evangeline, tienes razón, quiero algo. Quiero llegar a conocerte. Dame tu número de teléfono y quédate con el mío. Podemos intentar hablar por lo menos dos veces por semana. Yo volveré y saldremos a cenar. Me gustaría que empezáramos poco a poco.

—No confío en ti —admitió Evangeline.

—Me parece justo. Yo tampoco confiaría en mí.

Evangeline se le quedó mirando durante largo rato. Parecía estar viendo lo más profundo de él, descendiendo hasta el interior de su alma. Rafe esperaba que fuera generosa en su valoración, porque dudaba seriamente de que él pudiera ganar ningún punto basándose en sus propios méritos.

Al final, Evangeline regresó a la mesa y se sentó.

—Dame tu número de teléfono. Pero yo no te daré el mío.

Rafe se echó a reír.

—De acuerdo.

—Y no puedes salir con Opal.

—¿Quién es Opal?

—Mi compañera de piso.

Rafe pensó en la rubia y alzó las manos mientras se sentaba enfrente de su hermana.

—No te preocupes, no tengo ningún interés en Opal.

—Y no quiero preguntas. Yo te iré contando lo que quiero que sepas. No quiero que intentes indagar en mi vida ni juzgar lo que he hecho.

—De eso, ya puedes ir olvidándote —respondió Rafe, y tomó su café con leche—. Haré todas las preguntas que considere necesarias.

Evangeline curvó ligeramente la comisura de los labios, aunque intentaba parecer aburrida.

—En ese caso, no te contestaré.

—Muy bien. Siempre has sido muy cabezota.

—No creo que me conozcas lo suficiente como para decir cómo soy.

Rafe ignoró aquella pulla.

—¿Y a qué te dedicas ahora, Evangeline?

—Soy neurocirujana. Y en mi tiempo libre piloto aviones y resuelvo crímenes.

—Eres una persona ambiciosa. Eso me gusta. ¿Y hay algún hombre en tu vida?

Evangeline elevó los ojos al cielo.

—No. ¿Y tú, Rafe? ¿Continúas casado? ¿Ya ha nacido algún pequeño futuro empresario?

—No estoy casado.

La fachada de indiferencia de Evangeline cayó en aquel momento. Se inclinó hacia su hermano.

—¿Qué pasó?

Rafe fue testigo del instante en el que Evangeline recordó que se suponía que no debía importarle. Volvió a adoptar una expresión de aburrimiento.

Pero Rafe decidió aprovechar aquella muestra de interés y le contó la verdad.

—Nos divorciamos hace años. Pero ahora hay otra mujer que me está volviendo loco.

—En ese caso, ya me cae bien.

—Estoy seguro de que te encantaría. Se dedica a criar cabras y a hacer queso, y cuando sonríe es como si saliera el sol.

Su hermana se le quedó mirando fijamente.

—Parece que tienes problemas serios.

—Sí, yo también estoy empezando a pensarlo.

Heidi volvió al zaguán con la leche fresca y encontró a May esperándola. Llevaba días haciendo todo lo posible para evitarla. Entraba en el rancho casi a escondidas y dejaba algo de leche para no tener que enfrentarse a ella.

Pero los pedidos se acumulaban y tenía que hacer queso, de modo que tuvo que regresar a la casa y verse cara a cara con la madre de Rafe.

—Buenos días —la saludó mientras dejaba la leche en la mesa.

May puso los brazos en jarras.

—En cuanto termines aquí, pasa por la cocina. Esta vez no vas a marcharte del rancho sin decirme nada, ¿está claro?

Glen había sido un abuelo cariñoso. Había preferido dejar la disciplina para otros. Aun así, Heidi reconoció aquel tono de acero con el que May le estaba diciendo que más le valía no tener que someterse a las consecuencias de desobedecer.

—Sí, señora —musitó sin poder reprimirse.

—Estupendo.

May desapareció de nuevo en la cocina.

Heidi vertió la leche en las botellas, las guardó en el refrigerador y lavó los cubos. La esterilización tendría que esperar, se dijo a sí misma. Era preferible terminar cuanto antes con aquella conversación.

Tenía un plan. Aunque todavía había sido incapaz de firmar el contrato de alquiler, se había prometido hacerlo en cuanto acabara en el rancho. La cocina era suficientemente grande como para trabajar en ella y uno de los dormitorios sería perfecto como despacho.

El precio del alquiler era mucho más bajo que la hipoteca del rancho y podría ahorrar una buena cantidad al mes. En dos o tres años, dependiendo de cómo fuera el negocio, podría comprar otro terreno y empezar desde cero.

Se detuvo en la puerta de la cocina. Rafe se había ido. No tenía que prepararse para verle. Y aunque le resultaba difícil enfrentarse a May, en cuanto lo hiciera, podría continuar adelante con su vida. Comenzar a superar lo ocurrido. Rita tenía razón, era una mujer fuerte. A diferencia de Melinda, a ella jamás se le había ocurrido quitarse la vida. Por mucho que le doliera estar enamorada de Rafe y saber que el suyo no era un amor correspondido, con el tiempo lo superaría.

Entró en aquella cocina que le era tan familiar.

–Ya he terminado –dijo.

–Estupendo.

May le hizo un gesto para que se sentara con ella. Había varios documentos encima de la mesa.

Heidi suponía que tendría documentos que firmar. La decisión que había tomado la jueza implicaba que May pasaba a ser la responsable de la hipoteca y de todo cuanto tuviera que ver con el rancho.

Se sentó.

–Quiero decirte que siento lo que hice. Siento haber falsificado esas pinturas. Debería haber hablado contigo, May.

May suspiró.

–Yo también lo siento. Pero estaba tan absorta en la relación que tenía con tu abuelo que no era capaz de pensar en nadie más. Y ahí estabas tú, sufriendo tu propia crisis delante de mí sin que me diera cuenta. No sabes lo mal que me siento.

–El amor puede llegar a absorbernos por completo.

May le dirigió una mirada cómplice.

–Tú has pasado por una situación parecida, ¿verdad?

Heidi no quería hablar de ello, pero no se le ocurría la manera de distraer a May. Suponía que señalar hacia la ventana y exclamar: «¡Oh, un elefante!», no funcionaría.

De modo que eso la dejaba en la inmadura actitud de tener que ignorar lo obvio.

–Le dije a Glen que sería un estúpido si llegaba a perderte por culpa de todo esto. Espero que vayas a decirme que me ha hecho caso.

May sonrió y le mostró la mano. En ella brillaba un brillante diminuto.

–Me ha propuesto matrimonio y he aceptado.

Heidi se quedó estupefacta.

–Felicidades, me alegro mucho por ti –estaba sorprendida, pero también feliz–. Supongo que Glen se ha pasado la vida esperando a que llegaras.

–Eso es lo que él dice. ¡Oh, Heidi, estoy tan contenta! Estaba muy enamorada de mi primer marido y cuando lo perdí, me prometí que no volvería a enamorarme nunca más. Y no lo hice. Creo que fui muy tonta. El amor es un tesoro, un regalo. Y ya sé que parezco una tarjeta de felicitación parlante, pero es que soy increíblemente feliz.

Heidi le apretó la mano.

–Me alegro mucho por ti. ¿Cuándo es el gran día?

–Nos casaremos en secreto. Probablemente vayamos al lago Tahoe y nos casemos allí. No quiero una ceremonia lujosa –palmeó los documentos que tenía encima de la mesa–. Pero no era de eso de lo que quería hablarte. Tenemos que hablar sobre el rancho.

–No hay mucho de lo que hablar.

–Estás completamente equivocada. Hay muchas cosas de las que hablar.

May le tendió un extenso documento.

–Después tenemos que ir al notario para terminar de una vez por todas con todo esto.

–¿Qué es eso?

May sonrió.

–Como sabes, Rafe ha sido el que ha firmado conmigo toda la documentación sobre el rancho durante todos estos años. Eso significa que la mitad de la propiedad le pertenece a él –le palmeó la mano–. Y él quiere darte su parte.

Heidi se alegró de estar sentada, porque sintió que estaba a punto de desmayarse.

–No lo entiendo.

–Quiere que te quedes la mitad del rancho. Y yo también –los ojos de May se llenaron de lágrimas de felicidad–. Espera hasta que lo veas.

Buscó otro documento y lo dejó encima de la mesa. Hay muchas cosas que hacer.

Le mostró unos planos del rancho y las carreteras que lo rodeaban.

–A final se harán las casas de alquiler.

Heidi se inclinó hacia delante y vio aquellos precisos dibujos.

–¿Quieres seguir adelante con el proyecto? –preguntó.

May asintió.

–Casas para los feriantes en invierno y para los turistas en verano. He estado haciendo números y los ingresos serán impresionantes. Rafe asumirá el coste de la construcción a modo de préstamo y le iremos pagando con lo que vayamos ganando –sonrió de oreja a oreja–. No viene nada mal tener un hombre rico en la familia.

–No, por lo visto no –musitó Heidi.

May se echó a reír y volvió a concentrarse en el plano.

–Aquí es donde dejaré a mis animales. Y estos son los terrenos que ha comprado Shane para sus caballos. Glen y yo nos construiremos una casa aquí, porque me temo que vamos a ser una de esas parejas irritantemente felices a las que nadie tiene por qué soportar por las mañanas.

Miró a Heidi.

–Y eso significa que esta casa será tuya, querida, además del resto del rancho. Tendrás espacio más que suficiente para tus cabras. Espero que me dejes utilizar el establo. He oído decir que el frío es muy perjudicial para las cebras. Y, evidentemente, tendremos que construir un recinto especial para Priscilla.

Heidi permanecía en la silla, demasiado esperanzada como para atreverse siquiera a respirar. El hecho de haber recuperado lo que creía perdido para siempre le resultaba increíble, pero más todavía el que se lo hubiera devuelto Rafe. Necesitaba creer desesperadamente que lo había hecho porque la quería, pero no podía estar segura.

–Glen y yo estamos pensando en hacer varios cruceros en cuanto llegue el otoño –continuó explicándole May–. Principalmente por Europa. ¿Sabías que tu abuelo baila maravillosamente bien? Estoy deseando sacarle a la pista de baile. Nos pasaremos la noche bailando. Nos perderemos gran parte del proceso de construcción del rancho, pero espero que, hasta que terminen, nos permitas alojarnos aquí cuando estemos en Fool's Gold.

–Por supuesto.

La cabeza le daba vueltas de tal manera que todavía no era capaz de leer el contrato. Veía las palabras borrosas.

–May, ¿por que estás haciendo esto? Podrías haberte quedado con todo.

–Nunca quise tenerlo todo, Heidi. Quería una casa. Llegar hasta aquí ha sido maravilloso. He encontrado mucho más de lo que nunca había esperado. En cuanto a lo de darte la mitad del rancho, eso ha sido cosa de Rafe.

Rafe, que en realidad nunca era lo que parecía, comprendió Heidi. Tras una fachada de fría confianza en sí mismo, se escondía un corazón amable y generoso.

–¿Ha vuelto a San Francisco? –preguntó.

–Sí, y no estoy segura de cuándo piensa volver.

May lo decía preocupada, como si temiera que a Heidi pudiera afectarle aquella información.

–¿Puedes decirme dónde está su oficina? –le preguntó.

–Sí, por supuesto. ¿Vas a ir a verle?

Heidi asintió.

Al igual que May, había visto cumplido uno de sus mayores deseos. El miedo y la necesidad de protegerse a sí misma habían estado a punto de arrebatarle un final perfecto. Pero todo estaba ya mucho más claro.

Rafe y ella eran muy parecidos. Los dos cuidaban de las

personas que tenían cerca. Los dos urgían a los otros a hacer las cosas mejor, a conseguir todo aquello que querían. Pero bajo aquellas palabras se escondía el miedo. El miedo a ser rechazada. El miedo a sufrir.

Había perdido a sus padres siendo solo una niña y aunque Glen la había querido mucho, siempre había sentido aquel vacío. Tenía miedo a amar y a perder otra vez. No era un miedo consciente, sino un temor oculto. Después, el suicidio de Melinda había consolidado su convicción de que el amor implicaba la pérdida de la forma más devastadoras.

Rafe también había sufrido las consecuencias del amor y la pérdida. Su padre no solo había muerto, sino que su desaparición había desgarrado la infancia de Rafe. Le había obligado a crecer demasiado rápido. Aquellas heridas nunca habían sanado.

Tras el fracaso de su primer matrimonio, Rafe había visto confirmados todos sus temores. La separación había sido más dañina incluso porque apenas había sufrido. No comprendía que había estado evitando intencionadamente el amor y que, en realidad, la ausencia de sufrimiento era una prueba de que nunca había estado realmente enamorado.

Probablemente los dos necesitaban años de terapia. A lo mejor podían unirse a algún grupo. Pero hasta entonces, se tendrían el uno al otro. Porque ella sabía lo que habían hecho mal. Ninguno de los dos había estado dispuesto a arriesgar. Ninguno se había jugado el corazón. Ninguno había expuesto su alma.

–Me voy ahora mismo –anunció Heidi–. En cuanto encuentre una cosa que necesito llevarme.

A Heidi nunca le había gustado conducir por una ciudad grande y el viaje hasta el centro de San Francisco resultó ser un auténtico desastre. Se perdió tres veces antes de llegar al edificio que albergaba las oficinas de Rafe. Aparcó en un aparcamiento subterráneo de seis pisos. Cuando salió de la camioneta, casi esperaba encontrarse con ríos de lava procedentes del corazón de la tierra.

Se consoló a sí misma diciéndose que no tendría que regresar nunca más allí, al menos sola. Si las cosas iban bien, la próxima vez Rafe estaría con ella. Y si iban mal, dejaría a Atenea en el vestíbulo.

Contenta con su plan, subió hasta un vertiginoso cuarenta y pico piso en un ascensor que la dejó en un elegante vestíbulo con unas vistas impresionantes de la bahía.

La recepcionista se fijó inmediatamente en la chapa que llevaba en la chaqueta. No había sido fácil encontrar una chapa de apoyo a Rafe, pero May al final había encontrado una de la media docena que se habían fabricado y Heidi se había hecho con ella antes de salir hacia San Francisco.

—Vengo a ver a Rafe Stryker —le explicó Heidi a la elegante mujer que atendía la recepción.

—¿Está citada con él?

—No.

—El señor Stryker exige que todas las visitas sean con cita previa.

—¿Por qué será que no me sorprende? —musitó Heidi para sí—. Por favor, dígale que ha venido a verle Heidi Simpson.

Una mujer de aspecto severo vestida con un traje negro se detuvo en el mostrador de recepción y se volvió hacia Heidi.

—¿Es usted la señorita Simpson de Fool's Gold? —preguntó.

Heidi se sintió como si estuviera ante la presencia del director del colegio.

—Eh... sí.

La mujer, de pelo canoso, le dirigió una inesperada sonrisa.

—Yo me encargo de esto, Charlotte.
—Por supuesto, señora Jennings.
—Sígame, por favor —le pidió la señora Jennings.
Heidi comenzó a caminar inmediatamente tras ella.

Minutos después pasaba por delante de un enorme escritorio situado ante dos puertas. La señora Jennings le abrió la de la derecha.

—Está reunido, pero estoy segura de que no le importará que le interrumpa —volvió a sonreír—. ¡Bien hecho, señorita Simpson! ¡Bien hecho!

Heidi no tenía la menor idea de a qué se refería, pero asintió de todas formas y entró en el despacho. Rafe estaba sentado en un sofá al lado de una rubia guapísima. Estaban muy cerca, inclinados los dos sobre unos documentos. Heidi estaba convencida de que había visto la mano de la rubia acercándose al muslo de Rafe.

—Nada de eso —dijo en voz alta, y se dirigió hacia la pareja.

Los dos alzaron la mirada. Al verla, Rafe se levantó de un salto.

—¿Heidi? ¿Qué estás haciendo aquí?
—Quiero hablar contigo, pero antes tengo que ocuparme de algo —se acercó a la rubia, puso los brazos en jarras y alzó la barbilla—. Lo siento, pero no vas a poder quedarte con él. Me importa muy poco lo que haya podido decir Nina sobre vuestra compatibilidad. La respuesta es no. Rafe está conmigo. En realidad, él todavía no se ha dado cuenta, pero pronto lo comprenderá. Es la clase de tipo capaz de aceptar el hecho de que su madre tenga una elefanta. Se ocupó de mis cabras cuando yo estaba con gripe y... le quiero.

La mujer se la quedó mirando fijamente durante varios segundos.

—Soy la decoradora —le aclaró.

Heidi parpadeó desconcertada.

–¿Qué?

La rubia sonrió.

–No pasa nada. Ya veo que hay algún asunto pendiente entre vosotros. Me pondré en contacto contigo más tarde, Rafe –recogió los bocetos y las muestras de tela, los guardó en su maletín y se levantó–. Me gusta esa chapa –dijo antes de marcharse.

Heidi sentía que le ardían las mejillas. Si hubieran estado más cerca del suelo, habría deseado que se la tragara completamente la tierra. O la mitad. Con que se la tragara la mitad ya sería suficiente distracción.

Rafe se reclinó contra el escritorio.

–Desde luego, sabes como hacer una entrada triunfal.

–Me ha parecido... –tragó saliva–. Probablemente ya sabes lo que me ha parecido.

–Ya te dije que había terminado con Nina.

–Me dijiste muchas cosas.

–Deberías escuchar con más atención.

–Y tú deberías... –suspiró–. No se me ocurre nada bueno que decir.

Rafe dio un paso hacia ella.

–Hace unos minutos lo has hecho –tocó la chapa que llevaba en la camisa–. ¿Lo piensas en serio?

Ya estaba. Aquel era el momento que Heidi había estado anticipando durante todo el trayecto. Había ensayado diferentes discursos, pero no había sido capaz de encontrar las palabras adecuadas. Lo que significaba que probablemente no le iba a salir nada bien lo que pretendía decir. Pero tenía que intentarlo.

–Siento haber pintado las cuevas.

–Y yo siento haber pensado en construir una urbanización. Fue un error. Fool's Gold necesita esas casas, pero no en el rancho.

Heidi tomó aire. Aquello iba a salir mejor de lo que esperaba.

—Siento haber actuado sin haber hablado contigo. Debería haber confiado en ti.

—Yo también debería haber confiado en ti —le acarició la mejilla y se inclinó para besarla—. A los dos se nos da bastante mal, ¿eh?

—¿El qué? —susurró Heidi.

—Eso de estar enamorados. Antes has dicho que me querías.

—Y es verdad.

Rafe la miró entonces a los ojos

—Yo también te quiero. ¿Sabes? Esa diseñadora a la que has atacado está ayudándome a diseñar las casas de veraneo que vamos a construir en el rancho. Más adelante me ayudará a remodelar un edificio que he comprado en Fool's Gold.

Heidi todavía estaba absorta en la mágica frase «yo también te quiero» y no era capaz de encontrar sentido al resto de sus palabras.

—¿Qué piensas hacer en Fool's Gold?

—Voy a trasladar mi empresa. Dante jura que no piensa abandonar a los Giants, pero creo que conseguiré convencerle.

La mente de Heidi continuaba sin funcionar. Oía las palabras, pero no les encontraba sentido.

Rafe se echó a reír y volvió a besarla.

—Si vamos a estar juntos, ayudará que trabajemos en la misma ciudad, ¿no te parece?

Heidi asintió.

—Piensas casarte conmigo, ¿verdad? —preguntó Rafe.

Heidi volvió a asentir.

Después no estaba segura de quién fue el que avanzó hacia quién. Fuera como fuera, terminó en sus brazos, que era donde quería estar.

—Nunca te dejaré marchar —le prometió Rafe—. He dejado escapar a muchas personas a las que quería. Me ha costado, pero al final he aprendido la lección.

Heidi no estaba muy segura de a qué se refería, pero Rafe tendría tiempo más que de sobra para explicárselo.

—¿Sabes que tu madre y Glen van a casarse?

—Sí. Tu abuelo me pidió permiso para pedirle matrimonio a mi madre. Fue una conversación muy cómoda.

Heidi se echó a reír. Continuaba abrazada a él, sintiéndose segura y feliz entre sus brazos.

—Al final también ha comprado unas cebras —le explicó Heidi—. Las he visto en el plano.

—¿Tú sabes algo de cebras?

—No.

—En ese caso, lo aprenderemos juntos —la besó en la cabeza—. ¿Estás preparada para volver a casa?

—Siempre y cuando sea contigo, sí.

—No vas a poder deshacerte de mí, Heidi.

—Creo que podré soportarlo.

ÚLTIMOS TÍTULOS PUBLICADOS EN HQN

Romance en la bahía de Sheryl Woods

Amar peligrosamente de Sarah McCarty

La última profecía de Maggie Shayne

Convénceme de Victoria Dahl

Crimen perfecto de Brenda Novak

Tiempos de claroscuro de Deanna Raybourn

Solo para él de Susan Mallery

Chicas con suerte de Kayla Perrin

Tirando del anzuelo de Kristan Higgins

La seducción más oscura de Gena Showalter

Un momento en la vida de Sherryl Woods

Prohibida de Nicola Cornick

Sin culpa de Brenda Novak

En sus manos de Megan Hart

Eso que llaman amor de Susan Andersen

Preludio de un escándalo de Delilah Marvelle

www.ingramcontent.com/pod-product-compliance
Lightning Source LLC
LaVergne TN
LVHW030337070526
838199LV00067B/6319